Originaire de Géorgie, **Eve Jagger** se considère comme une vraie fille du Sud. Mère de deux enfants, elle est aussi une épouse comblée qui n'hésite pas à solliciter l'aide de son mari lorsqu'il est question d'effectuer des recherches pour ses scènes érotiques. Elle veille toujours à ce que ses personnages soient complexes et émotionnellement forts, et ses héros sexy et virils à souhait.
Eve adore échanger et partager sur les réseaux sociaux. N'hésitez pas à la contacter, à vous abonner à sa page Facebook : https://www.facebook.com/evejaggerbooks et à la suivre sur Twitter : https://twitter.com/evejwrites

Du même auteur, chez Milady :

Sexy Bastard :
1. *Arrogant*
2. *Insolent*

Ce livre est également disponible au format numérique

www.milady.fr

Eve Jagger

Insolent

Sexy Bastard – 2

Traduit de l'anglais (États-Unis) par Ana Urbic

Milady Romance

Milady est un label des éditions Bragelonne

Titre original : *Cash*

Publié avec l'accord de Bookcase Literary Agency
pour le compte de RF Literary Agency

ISBN : 978-2-8112-1836-2

Bragelonne – Milady
60-62, rue d'Hauteville – 75010 Paris

E-mail : info@milady.fr
Site Internet : www.milady.fr

À ma mère, je t'aime plus qu'il n'y a d'étoiles dans le ciel
et de brins d'herbe sur la Terre.
Bisous, ta Petunia Pig

REMERCIEMENTS

Rédiger ces remerciements a été plus difficile que d'écrire l'histoire parce que, d'un côté, je ne voulais surtout pas oublier quelqu'un et, de l'autre, je ne voulais pas non plus faire un discours digne des Oscars. Du coup, cette fois, j'ai décidé de faire simple en espérant sincèrement n'avoir oublié personne !

À mon fils et à ma fille… Merci de me considérer toujours comme étant votre mère même si je n'ai pas été très présente ces derniers temps à cause des deux premiers tomes de la série « Sexy Bastard ». Pour me faire pardonner, vous pourrez, chacun, sécher les cours une journée pour qu'on la passe ensemble et qu'on rattrape le temps perdu.

À mon mari… Merci de soutenir ce rêve qui est le mien. Je suis la femme la plus chanceuse de la terre.

À Kylie de *Give Me Books*… Ça a beau être mon deuxième roman, tu es toujours à mes côtés à chaque étape. Je te promets de gérer le troisième comme une vraie pro.

À Emily de *Gossip Girls PR*… Merci pour tous les conseils que tu m'as donnés pour ce roman. Ton amitié et ton soutien ne connaissent pas de limites.

À Kendra Needs… Je ne lis peut-être pas tous tes commentaires, mais merci du fond du cœur pour ton soutien et l'affection que tu portes à mes *Sexy Bastards*.

À Hilary, à Liz et à Samantha… Merci pour vos paroles sages et encourageantes, pour vos conseils et votre soutien. Vous n'imaginez même pas à quel point ça me fait plaisir.

À Jenn Watson… Je n'ai pas de mots pour te dire à quel point ton amitié compte pour moi. Je t'adore et je n'ose même pas imaginer ce que seraient mes journées sans entendre ta voix joyeuse !

À tous les blogueurs et critiques qui ont apprécié *Arrogant* et qui attendaient la sortie d'*Insolent* avec impatience. Je ne vous le dis pas souvent, mais : merci ! Nous, les auteurs, ne sommes rien sans vous.

À tous les auteurs que j'ai pu rencontrer depuis que je me suis lancée dans cette aventure… Merci pour vos consignes et conseils plus que précieux, vous m'avez vraiment été d'un grand secours.

Et, pour finir, à mes amis proches… Vous vous reconnaîtrez. Tout cela aurait été impossible sans vous, votre soutien, vos encouragements, votre patience et votre amour. J'ai vraiment une chance inouïe de vous avoir.

Bisous à tous,
Eve

I

Cash

Les cocktails, c'est comme les femmes : il faut les manier avec la plus grande précaution. Si on agite trop le shaker, on tue la saveur du cocktail tout comme si on pousse une femme dans ses retranchements on risque de se retrouver sur son palier, juste en boxer, et, croyez-moi, on fait moins le malin dans cette situation. En revanche, si on s'y prend bien comme il faut, c'est le succès garanti, du moins ça l'est entre mes mains expertes.

Ce soir encore, *Altitude* est noir de monde et, je touche du bois, le club ne désemplit pas depuis son ouverture. Des clients se pressent devant le long bar qui s'étire devant moi pour, entre autres, me regarder jongler avec les bouteilles et les shakers. Je suis dans mon élément et, même si j'ai appris ce métier par hasard, pour payer mes études, je n'échangerais ma vie pour rien au monde. Même avec ma maîtrise en poche – que j'ai décrochée avec mention, s'il vous plaît – je préfère rester derrière le bar, mon terrain de jeux préféré, à faire ce que je fais de mieux : exceller dans l'art de la préparation des cocktails.

Pleinement conscient du regard lourd de sous-entendus de la ravissante jeune femme installée en face de moi, je saisis la bouteille de rhum puis la fais virevolter dans les airs avant d'en verser un filet dans le shaker et d'y ajouter un peu de jus de citron vert. Je remarque que mon admiratrice porte une robe bleue qui moule sa silhouette comme une seconde peau et qu'un long sautoir en or pend à son cou, retombant entre ses seins en une invitation presque indécente. Relevant les yeux vers son visage, je lui adresse mon plus beau sourire, celui qui fait mouche auprès des femmes.

À tous les mecs présents ce soir : je ne suis pas du tout désolé que son attention soit fixée sur moi.

Mademoiselle Robe Bleue enroule une mèche de cheveux autour de son index, et j'imagine déjà sa belle tignasse étalée sur mon oreiller, son corps nu entre mes draps. J'agite le shaker avant de verser son contenu dans le verre que j'ai posé devant elle. Je suis sur le point d'attraper un brin de menthe, mais, avant que j'aie le temps de le faire, Mademoiselle Robe Bleue saisit son verre. J'agrippe aussitôt son poignet. Je sens son pouls battre sous mes doigts, et elle lève le regard vers moi avant de me faire un clin d'œil. À mon plus grand plaisir, ses intentions sont plus que claires.

— J'ai pas encore fini, fais-je savoir en lui relâchant le poignet.

— Je ne sais pas si je peux attendre encore longtemps, minaude-t-elle.

— Mais si, tu peux. Crois-moi, tu ne vas pas le regretter.

Sans rompre le contact visuel, je prends un brin de menthe et déchire les feuilles de la tige d'un geste vif et maîtrisé.

— Qu'est-ce que cette pauvre menthe t'a donc fait pour mériter un traitement pareil ? demande Mademoiselle Robe Bleue d'une voix sensuelle.

— Disons qu'elle n'a pas été très gentille ce soir.

— Ah ! Elle n'est pas la seule, tu sais, commente-t-elle en levant un sourcil suggestif.

Je souris et frotte les feuilles de menthe entre mes mains pour libérer l'arôme.

— Tu sais, y a rien qu'une bonne fessée ne puisse résoudre, l'informé-je en frappant les feuilles de plusieurs petits coups avant de les déposer dans le verre.

Je lui lance un clin d'œil pour souligner mes propos et j'ajoute :

— Voilà, maintenant tu peux goûter.

Mademoiselle Robe Bleue porte le verre à ses lèvres et avale une petite gorgée du cocktail en affichant une moue satisfaite. Franchement, il n'y a rien de plus jubilatoire que d'observer une ravissante jeune femme en train d'apprécier un bon cocktail. Quoique si, réflexion faite : observer une ravissante jeune femme se remettre de son orgasme. Ça, c'est le pied ultime.

Je me penche par-dessus le bar pour lui chuchoter à l'oreille :

— Tu vois, tout vient à point à qui sait attendre.

— Et si je suis vraiment pressée ?

Je m'apprête à lui expliquer en détail ce qui se passe dans ce cas-là lorsqu'une voix masculine retentit derrière elle.

— Traci ?

L'instant d'après, un mec apparaît à côté d'elle et passe un bras autour de ses épaules. L'intéressée roule des yeux avant de tourner la tête vers lui.

— Ah bah, enfin ! marmonne-t-elle. Je viens de me commander un cocktail.

Sur ces mots, elle reporte son attention sur moi et m'adresse un petit clin d'œil. Une nana comme elle peut envoyer ce mec sur les roses en moins de temps qu'il n'en faut pour le dire, et je suis même prêt à l'aider parce que je ne supporte pas les types comme lui qui pètent plus haut que leur cul.

L'homme saisit alors le verre de Traci et avale une grosse gorgée.

— Ouais, pas mal, dit-il. Je vais prendre la même chose que ma copine.

À l'évidence, sa dernière remarque m'est destinée, et je me contente de hocher la tête avant de préparer sa commande et de faire glisser le verre vers lui.

— À ceux qui savent attendre, déclare Traci en levant son cocktail.

Avant de boire, elle passe la langue sur ses lèvres pulpeuses en captant mon regard pour m'envoyer un message silencieux. Oui, bien sûr que j'imagine sans trop de mal sa belle bouche se refermer autour de ma queue, mais c'est trop tard maintenant. Je ne drague jamais les nanas casées, d'autant plus que ce ne sont pas les belles célibataires qui manquent dans le club.

Je m'affaire à préparer la commande de l'une de nos serveuses quand j'entends un gloussement derrière moi. Je me retourne et j'aperçois Jackson en train de piquer des bières dans le frigo.

— Hep, hep, hep ! Interdiction de passer derrière le bar, même pour toi, plaisanté-je. Tu l'as peut-être conçu, mais c'est moi qui le gère.

— Ouais, bah je n'aurais pas à le faire si tu n'étais pas occupé à draguer tout ce qui bouge, réplique-t-il en se redressant avant de me balancer une des bières.

— Tu sais, je suis parfaitement capable de faire plusieurs choses à la fois. Et, comme je te l'ai déjà dit plusieurs fois, n'hésite pas si tu as besoin de quelques conseils en matière de drague, je serais ravi de t'éclairer à ce sujet. On commencera par les bases avant d'attaquer les choses sérieuses.

Mon regard est alors attiré par deux bombasses blondes qui se fraient un chemin vers le bar.

— Tiens, en parlant de choses sérieuses, continué-je en décapsulant ma bière, il y a du lourd qui arrive là.

— Je vis pour le jour où une nana te mettra à genoux, s'esclaffe Jackson.

— Ça, c'est pas près d'arriver, mon pote, annoncé-je en levant ma bière vers lui.

Je bois rapidement une gorgée et pose la bouteille sur le côté. Assez plaisanté, il est temps pour moi de sortir le grand jeu. Je me tourne vers Jackson qui, comme s'il avait lu dans mes pensées, me lance trois bouteilles de bière. Je les attrape une par une et me retourne vers les clients en les faisant virevolter dans les airs dans un geste familier plein d'assurance pour impressionner la galerie, qui applaudit aussitôt.

Sérieusement, elle est pas belle, ma vie ? Certains mecs se contentent d'une nana et c'est bien, tant mieux pour eux, mais moi, je pars du principe suivant : pourquoi se focaliser sur une et ôter le plaisir aux autres alors qu'il y en a assez pour toutes ?

Lentement, j'avance le long du bar en servant les clients et en discutant avec eux, et, lorsque j'arrive à la hauteur d'une belle brune qui étudie attentivement la carte des cocktails, je la lui retire des mains avant de la jeter par-dessus mon épaule.

— Ce que tu veux n'est pas sur la carte, dis-je en croisant son regard.

— Vraiment ? Tu m'as l'air bien sûr de toi, observe-t-elle.

— Oui, parce que je sais que tu veux essayer quelque chose de nouveau, expliqué-je en attrapant une bouteille de whisky et en en versant une bonne dose dans un shaker rempli de glaçons. Quelque chose qui t'aidera à lâcher prise, et ça tombe bien, parce que je suis là pour ça.

— Pour m'aider à lâcher prise ou à me raccrocher à autre chose plutôt ? me taquine-t-elle.

J'adore ça.

— Les deux.

Je secoue énergiquement le shaker pour frapper la boisson, et son regard glisse lentement sur mes bras.

Je passe ensuite le mélange dans un verre en me servant d'une passoire à cocktail et le fais glisser vers elle au moment même où elle pousse une serviette vers moi avec son index.

— Appelle-moi, murmure-t-elle.

— Compte sur moi, répliqué-je en rangeant son numéro dans la poche arrière de mon jean.

Elle avale une gorgée de sa boisson et m'adresse un sourire provocant, si bien que je regrette presque de devoir la laisser pour m'occuper des autres clients qui attendent d'être servis.

Rapidement mais toujours avec soin, j'enchaîne cocktail sur cocktail quand, soudain, j'entends un sifflement provenant du coin du bar.

— Barman ! s'exclame une voix féminine au timbre chaleureux. Je vais mourir de soif si on ne s'occupe pas de moi rapidement.

Je secoue la tête en riant. Je reconnaîtrais cette voix entre mille, et, croyez-moi, cette fille est un vrai phénomène à elle toute seule.

— Savannah, ma belle, la salué-je en m'approchant d'elle. Qu'est-ce qui te ferait plaisir ce soir ?

— À toi de me le dire, répond-elle avec un large sourire. À moins que… Tes super-pouvoirs t'auraient-ils fait faux bond ?

Je perçois la note de défi dans sa voix et la lueur d'amusement qui brille dans ses yeux.

— Tu as donc si peu confiance en moi et mes super-pouvoirs ? me lamenté-je d'un air faussement offusqué en examinant ce qu'elle porte.

Savannah est toujours ravissante et bien habillée, mais, ce soir, elle l'est encore plus dans sa robe bleu marine élégante qui moule à la perfection ses courbes féminines et incite au péché. Son choix de tenue ne veut dire qu'une chose : elle a un rencard.

Putain, le chanceux !

— Je sais exactement ce dont tu as besoin, annoncé-je en me penchant vers elle.

— C'est marrant, tous les mecs me disent ça et pourtant…

— Peut-être, mais moi, je ne suis pas comme les autres. Quand je promets quelque chose, je m'y tiens toujours.

J'attrape la bouteille de whisky – du très, très bon – sous le comptoir et je remplis un verre que je pose devant elle d'un geste solennel.

Savannah me gratifie d'un beau sourire en tapant dans ses mains.

— Oh, inutile de me remercier !

— Non, non, ça, c'est pour ta performance de tout à l'heure ainsi que pour le numéro de téléphone dans ta poche qui n'attend qu'une chose : d'être composé.

Je pars d'un fou rire.

— Ah, Savy, tes compliments me vont droit au cœur !

Elle baisse les yeux sur son verre puis relève la tête en fronçant les sourcils.

— J'ai pas le droit à un peu de menthe ? Est-ce parce que je suis trop « gentille » ? Non, mais, sérieusement, ne me dis pas que tu arrives à emballer des femmes avec une réplique pareille.

— Pour ton info, il faut frotter et écraser les feuilles de menthe avant de les ajouter dans le cocktail pour libérer leurs arômes.

— Waouh, merci pour cette explication ! Tu donnes la même à tous tes clients ? me taquine-t-elle en portant le verre à ses lèvres.

Je la regarde faire puis, malgré moi, détourne les yeux de sa lèvre supérieure posée sur le rebord du verre pendant qu'elle sirote une petite gorgée du liquide ambré. Nos amis mutuels ne perdent pas une occasion de me rappeler que Savannah entre dans la catégorie « pas touche » ; cela dit, il n'y a pas de mal à flirter un peu.

— Alors, qui est l'heureux élu de ce soir ? demandé-je. J'espère qu'il sera meilleur que le dernier.

— Je ne vois pas pourquoi tu dis ça, lâche Savannah. Mon dernier rencard s'est très bien passé.

— Vraiment ? Parce que, de ce que j'ai cru comprendre, Monsieur Salive aurait besoin d'un cours accéléré de langue.

— Comment tu sais que…

Elle ne termine pas sa phrase et se redresse sur son tabouret en plissant ses yeux bleus et en balayant la salle du regard.

— Je vais tuer Cassie, marmonne-t-elle en se retournant vers moi.

— Juste avant que tu t'en prennes à la nana de mon pote, tu pourrais m'expliquer quel était, selon toi, le problème de Monsieur Mangeur Chipoteur ? J'ai beaucoup aimé cette histoire aussi.

Elle me lance un regard noir et vide son verre d'un trait, ce qui lui arrache une petite grimace que je trouve hyper sexy. La plupart des femmes qui fréquentent le club commandent un verre de vin ou un cocktail aussi fruité que coloré, mais il n'y a rien de plus *hot* qu'une femme qui sait apprécier un bon whisky.

— Il reste encore beaucoup de whisky dans cette bouteille ? me demande-t-elle.

— Juste ce qu'il faut pour faire quelques mauvais choix, rétorqué-je en la posant devant elle.

— Sers-moi.

— Tu dois me confondre avec un croupier de Las Vegas, mais, si jamais tu veux jouer au poker, c'est très volontiers que je t'apprendrai à faire rapidement monter la mise.

— Et le droit d'entrée serait fixé à combien ?

— Une nuit avec moi. Tu ne le regretteras pas, et je parie même que tu toucheras le jackpot bien avant l'aube.

Savannah roule des yeux et fait glisser son verre vide vers moi.

— Tu devrais garder tes répliques de play-boy pour une nana réceptive à ce genre de technique de drague.

Je m'accoude sur le bar et plonge le regard dans le sien avant de déclarer :

— Oh, Savy, si je venais à utiliser mes techniques de drague sur toi, tu me supplierais de ne pas arrêter et me remercierais même à la fin.

Elle se redresse de nouveau mais ne répond pas, et je devine alors que j'ai touché une corde sensible.

Comme je l'ai déjà dit, cette nana est un phénomène à elle toute seule et, en plus d'être un fantasme ambulant, non seulement elle est capable de boire du whisky cul sec, mais elle jure également comme un charretier. La femme parfaite, quoi.

Les lèvres légèrement entrouvertes, Savannah me regarde toujours de ses beaux yeux bleus, probablement en train de se creuser la tête pour trouver une réplique cinglante.

— Le mot magique que tu cherches et qui différencie ce bar d'un casino, c'est « s'il te plaît ».

— Cash ? fait-elle d'un ton mielleux en portant légèrement la poitrine en avant.

Bien sûr, je baisse immédiatement les yeux sur son décolleté parce que ce serait un crime d'ignorer ses ravissants seins, surtout lorsqu'ils réclament effrontément toute mon attention.

— Oui ?

— Allez, s'il te plaît…

— S'il te plaît quoi, Savannah ? Je veux t'entendre dire toute la phrase.

— S'il te plaît, sers-moi, Cash, murmure-t-elle en faisant tourner le verre dans sa main.

— On va sérieusement devoir travailler sur ton manque de politesse, la taquiné-je en remplissant son verre.

Mon regard est alors attiré vers l'entrée, plus précisément vers le mec aux cheveux gominés en arrière qui vient d'arriver. Il porte un costard, une chemise à col blanche et des mocassins. Lui, il doit avoir un ego gros comme un camion. Comme pour confirmer mes soupçons, il scanne les lieux en plissant les yeux avec une petite moue désabusée et s'arrête sur Savannah.

Évidemment.

Pourquoi Savannah, pourquoi ?

— Je pense qu'on va aussi devoir travailler sur ton manque de goût, commenté-je en faisant un signe de tête en direction de son rencard, qui s'avance vers elle.

Elle se retourne et lui fait un coucou de la main.

— Laisse-moi deviner : c'est un comptable.

— Faux, un banquier, me corrige-t-elle.

— Ohhhh, ça promet, dis donc ! gloussé-je.

— Qu'est-ce que tu en sais d'abord ? C'est peut-être vraiment un mec bien et pas juste une belle gueule. Tu sais, Cash, contrairement à certaines personnes, j'aimerais bien me poser, trouver quelque chose de... (Elle marque un temps d'arrêt et pousse un soupir.) Avoir la même chose qu'ont Cassie et Ryder.

Machinalement, je porte mon regard vers l'un des box, dans un coin de la salle, où sont assis nos deux amis. Ils sont tellement absorbés l'un par l'autre qu'ils semblent en avoir oublié l'existence du monde extérieur. Ryder est en train de raconter quelque chose à Cassie qui l'écoute attentivement avant d'éclater d'un rire joyeux et communicatif en rejetant la tête en arrière et en posant la main sur le torse de mon pote. En l'entendant, plusieurs hommes se retournent pour la contempler, mais elle ne leur prête aucune attention. Ces deux-là, c'est parti pour durer.

— Aaah, dégueu ! blagué-je en reportant mon attention sur Savannah. Après, si Ryder souhaite se retirer du marché des célibataires, tant mieux, ça en fera plus pour moi.

— Connard ! lâche-t-elle en me décochant un petit coup de poing dans l'épaule avant de glisser de son tabouret. Alors, comment tu me trouves ?

— Exit le chignon, répliqué-je en le montrant du doigt.

Elle retire les quelques épingles qui retiennent ses boucles blondes, et celles-ci se répandent aussitôt sur ses épaules, puis elle passe une main dans ses cheveux et les ébouriffe, leur donnant un effet « saut-du-lit-après-une-folle-nuit-de-sexe ».

Elle vide son verre et le repousse vers moi.

— Merci pour la picole, mais je pense que tu en as plus besoin que moi.

— Moi ? Pourquoi ?

— Parce qu'il faut que tu arrêtes de persister dans cette attitude « je tire mon coup et je me casse ». Il est temps que tu te cases, que tu trouves une seule copine à plein-temps. Qui sait, ça pourrait même te plaire.

— Mais bien sûr, rétorqué-je en roulant des yeux. C'est comme si je disais que ton rencard de ce soir allait être le meilleur coup de ta vie. Je crois pas, non.

— Peut-être, mais c'est pas faute d'essayer.

Sur ces mots, elle se retourne et part à la rencontre de Monsieur Banquier Gominé.

Savannah n'a même pas besoin de se frayer un chemin, parce que la foule se fend sur son passage comme si elle était Moïse. Quand elle arrive à la hauteur de son rencard, celui-ci se penche vers elle pour l'embrasser sur la bouche *– t'es sérieux, mec ? –*, mais elle tourne rapidement la tête, ne lui laissant pas d'autre choix que de l'embrasser sur la joue. Comme ils se dirigent vers un des box, Savannah me jette un regard qui en dit long et que je connais déjà bien. La soirée promet d'être longue pour elle.

Décidant de lui épargner un énième rencard désastreux, je m'avance vers le rabat du comptoir pour aller rejoindre leur table, mais je n'ai même pas le temps de soulever la planche que Ryder apparaît devant moi.

— Tout roule ? s'enquiert-il en s'accoudant sur le rabat.

— Regardez qui voilà ! Ta copine t'a laissé un peu de temps libre ?

Ryder ne tente même pas de réprimer un sourire béat.

— Gunner vient juste de faire entrer un groupe de nanas venues fêter l'enterrement de vie de jeune fille de l'une d'elles, et j'ai tout de suite pensé à toi.

— C'est gentil, mais je suis grand et je me débrouille très bien tout seul, surtout lorsqu'il s'agit de serrer des nanas.

La soirée ne fait que commencer, et j'ai déjà quatre numéros de téléphone dans ma poche.

— Ah oui ! Cassie m'a demandé de te dire de te tenir à l'écart de Savannah.

Instinctivement, je balaie la salle du regard jusqu'à localiser Savannah et Lèvres Baladeuses, un surnom qui lui va beaucoup mieux que Monsieur Banquier Gominé. Savy a un de ces sourires dont elle a la spécialité, celui qui signifie que tout est sous contrôle, même si ce n'est clairement pas le cas. J'ai vraiment hâte qu'elle me fasse un compte-rendu détaillé de la soirée, la prochaine fois qu'elle viendra pour un nouveau rencard.

— Pourquoi tu me parles de Savannah alors qu'il y a un groupe de nanas qui n'attendent que moi ? déclaré-je.

Ryder ne dit rien et s'efface pour me laisser passer.

D'un pas assuré, je me dirige vers le box où elles se sont installées et je peux déjà dire qu'elles sont prêtes à faire la fête. Bon, les vêtements pastel et sobres ainsi que les colliers en perles, c'est pas trop ma came, mais je suis sûr que derrière cet attirail chicos se cache une âme sauvage qui ne demande qu'à être libérée.

— Bonsoir, mesdemoiselles, les salué-je en m'arrêtant à leur table. Alors, laquelle d'entre vous aurai-je l'honneur d'épouser demain ?

Ma question est accueillie par une véritable cacophonie, et je leur adresse un autre sourire ravageur dont j'ai le secret avant de prendre leur commande et de retourner derrière le bar. Je suis en train de préparer un des cocktails quand une petite blonde, qui semble tout droit sortie d'un salon de beauté, vient se planter en face de moi.

— Cash ? Cash Gardner ? m'interpelle-t-elle.

Je l'observe quelques instants en agitant mon shaker.

C'est bizarre, son visage m'a l'air familier, mais…

Oh non !

Non, non, non !

Elle sait que je l'ai reconnue parce qu'elle écarquille les yeux et frappe ses mains l'une contre l'autre, enthousiasmée, avant de dire :

— Mon Dieu, si, c'est bien toi ! Tu te souviens de moi ? Morgan, on est allés ensemble à l'école de Landsbury. J'arrive pas à croire que c'est toi !

Je suis comme pétrifié, figé, et le sang bourdonne à mes oreilles. J'essaie de me concentrer sur ce qu'est en train de me dire Morgan – elle a discuté avec ma mère la semaine dernière, et, apparemment, le country club qu'ils fréquentent tous organise une soirée de gala pour je ne sais quelle cause –, mais mon cerveau refuse obstinément d'assimiler ces informations.

J'étais persuadé que tout cela était derrière moi, un chapitre clos de ma vie.

Au bout d'un moment, j'émerge enfin de ma torpeur et je saisis rapidement l'autre barman par le bras.

— Je vais travailler un peu en salle, lui soufflé-je. Tu gères le bar, OK ?

Sans même attendre sa réponse, je sors de derrière le comptoir et m'engage dans le couloir qui mène à la porte de secours. Une fois dehors, dans la petite allée derrière le club, je m'adosse contre le mur et ferme les yeux.

Pour beaucoup, je ne suis qu'un simple barman qui bosse ici, alors que je suis l'un des proprios des lieux. On a conçu *Altitude* ensemble, de A à Z, avec les potes. Et tout le fric que j'y ai investi, je l'ai gagné seul et j'ai également moi-même financé mes études, sans avoir à recourir à l'argent ou au nom de mon père. Depuis que j'ai appris comment ma famille s'était enrichie, je les évite comme la peste et j'ai tourné le dos à la vie de la haute société, et à toute cette merde qui va avec elle. D'ailleurs, Jackson est le seul à être au courant de certains trucs, les autres ne savent rien sur ma famille.

J'ai beau essayer, mais il faut croire qu'on ne peut pas échapper à son passé, il y a toujours quelque chose ou quelqu'un pour me le rappeler, pour me faire penser à la putain de dette qui me hante depuis des années déjà. Je ne veux pas ressasser ça pour le moment, j'ai juste besoin d'une nana pour me changer les idées, il n'y a pas de meilleur remède pour l'âme.

J'inspire profondément puis je retourne à l'intérieur, à la recherche de l'objet – de sexe féminin – de ma distraction pour cette nuit.

2

Cash

Les derniers clients quittent le club, et on rallume toutes les lumières de la salle. Je distribue les pourboires aux serveuses et aux autres barmans, puis on se salue et ils disparaissent un à un dans les vestiaires avant de rentrer chez eux.

Peinant à garder les yeux ouverts, je finis de ranger le bar avant de pousser la porte dans le couloir, derrière laquelle se trouve l'escalier qui mène à mon appartement. Je glisse la clé dans la serrure au moment même où Jackson surgit du bureau qui se trouve au fond du couloir.

— T'as deux secondes ? demande-t-il en inspectant le courrier comme je tourne la poignée.

— Ouais. Qu'est-ce qu'il y a ? marmonné-je en réprimant un bâillement.

Jackson s'avance vers moi et plaque plusieurs lettres contre mon torse.

— Sérieux, mec, va falloir que tu songes à déménager de ce trou à rats, dit-il.

— Je vais rapporter vos propos à l'architecte de l'endroit.

— Ha, ha, très drôle, raille-t-il. Bref, on a déposé ton courrier au bureau par erreur.

Je marmonne un « merci », heureux, pour une fois, de me retrouver en tête à tête avec mon lit parce que, contrairement à ce qu'avait prédit Ryder, cette nuit je dors seul. Et puis il s'est avéré que Morgan Dockson maîtrise toujours aussi bien l'art de casser un coup et d'empêcher de conclure. Comme quoi, certaines choses ne changent jamais. À l'école déjà, cette nana était insupportable : elle est du genre à suivre les règles imposées à la lettre tout en forçant les autres à faire pareil. Inutile de dire qu'elle n'avait pas beaucoup d'amis et qu'on ne traînait pas dans les mêmes cercles.

— On part se coucher seul ? me taquine Jackson. Est-ce que ça a quelque chose à voir avec une certaine blonde ?

Je m'immobilise sur la première marche. Est-il possible qu'il ait capté ma réaction quand Morgan est venue me parler ? A-t-il assisté à la scène ?

— Quelle blonde ?

— Savannah, pardi ! Vous avez pas mal discuté ce soir avant qu'elle aille retrouver son rencard et, soit dit en passant, le courant avait l'air de bien passer entre eux. C'est mignon, tu en pinces pour elle.

— Moi, en pincer pour Savy ? m'esclaffé-je. N'importe quoi. On était juste en train de se lamenter d'avoir perdu Cassie et Ryder, emportés par la maladie d'amour.

— Bien sûr, et moi, je suis la reine d'Angleterre !

— Bref, bonne nuit, mec ! À demain.

Il me salue d'un signe de la main et retourne dans le bureau pendant que je gravis péniblement l'escalier.

Heureusement que je n'habite pas loin de mon lieu de travail. Jackson a raison : je devrais sans doute me chercher un autre endroit pour vivre, mais je ne me vois pas du tout faire la navette entre mon domicile et le boulot ; même s'il s'agissait juste de déménager de l'autre côté de la rue, c'est déjà beaucoup trop loin. Et puis il ne faut pas oublier un autre aspect pratique et non négligeable de la chose : c'est plus facile de ramener une nana chez soi quand il y a juste quelques marches qui séparent le club de ton petit nid douillet.

J'ouvre la deuxième porte, en haut de l'escalier, et je pénètre dans mon appart, qui n'est peut-être pas exceptionnel, mais qui me convient parfaitement : classique et fonctionnel avec des murs en brique. La plupart de mes meubles sont récupérés et/ou détournés de leur usage premier parce que je ne vois pas l'utilité d'investir dans du neuf alors que tout ce que j'ai fait l'affaire : le meuble de télé en bois repeint, la vieille malle de voyage qui fait office de table basse, la porte de grange que j'ai retravaillée pour en faire une tête de lit… Je n'aime pas les meubles prétentieux, je préfère des trucs simples et authentiques que je peux modifier ou adapter à ma guise d'autant plus que je suis quelqu'un de manuel. Travailler avec mes mains me fait me sentir utile.

Je ferme la porte derrière moi en ôtant mes chaussures et balance les clés dans le grand bol fourre-tout avant de jeter un coup d'œil sur le courrier que m'a donné Jackson. Une facture, une autre facture, une pub qui ne sert à rien, une carte postale de Knox qui se la coule douce à New York, une...

Je déglutis péniblement.

Une lettre de Gardner et Fils.

Le destin, cet enfoiré de première, sait se montrer cruel parfois. Il y a eu Morgan et maintenant ça, ce satané pognon avec lequel on achète mon silence et que je reçois tous les mois.

Réprimant un soupir, je me dirige vers la cuisine et j'ouvre le placard du haut, à droite de l'évier, sur la porte duquel j'ai scotché une liste de noms. Certains sont déjà barrés, mais il en reste quand même un paquet qui attendent de l'être, et je regarde le nom du gagnant du mois.

Eh bien, félicitations, Marissa Stamertz!

J'ouvre l'enveloppe et étudie le relevé en secouant la tête.

Tous ces zéros me donnent mal au crâne. Je n'en veux pas de ce fric. Certes, je pourrais m'acheter tout ce que je veux avec lui, mais ce serait contraire à tous mes principes. Du coup, je préfère donner cet argent à ceux qui en ont vraiment besoin, à ceux à qui il appartient en réalité. La justice ne le voit peut-être pas de cet œil, mais, s'il y a bien une leçon que j'ai retenue de mon passé, c'est qu'il existe une grande différence entre ce qui est légal et ce qui est légitime.

Soigneusement, je détache le chèque du relevé puis j'en remplis un autre de mon propre chéquier que je mets à l'ordre de Marissa Stamertz en espérant que cet argent lui sera utile et que mon geste compensera les… Oh, et puis merde, j'espère juste que je ne m'y prends pas trop tard ! Je glisse le chèque dans une autre enveloppe, où j'inscris l'adresse du destinataire, puis retourne dans la cuisine pour barrer le nom et refermer le placard.

Je me déshabille et me glisse dans mon lit en essayant de ne pas penser à tous ces noms qu'il me reste à barrer.

3

Savannah

On croit toujours que Harvard est la meilleure fac de droit de tous les États-Unis. Eh bien, j'ai un scoop pour vous : c'est faux. Harvard est la solution de repli pour ceux qui n'ont pas pu entrer à Yale ou à Stanford. Oui, vous l'aurez donc compris : Harvard occupe la dernière place du top 3 des meilleures facs du pays. Moi, ça ne me dérange pas parce que ce fait m'a aidée à me dépasser et à aller toujours plus loin. On n'est peut-être pas les meilleurs, mais on a une attitude qui porte à croire le contraire, moi la première.

Ce sont justement mon assurance et ma confiance en moi qui me permettent de garder la tête sur les épaules et mon sourire. Si, du côté boulot, je n'ai pas à me plaindre, je ne peux pas en dire autant de ma vie privée, pour laquelle je préfère pratiquer la politique de l'autruche. Au moins, étant donné que c'est moi qui porte mon service à bout de bras, j'ai toujours une pile de dossiers et mon ordi portable pour me tenir chaud au lit. Je ne compte même plus le nombre de fois où je me suis réveillée avec une grosse tache d'encre sur mon pyjama ou mes draps parce que je m'étais endormie en bossant. C'est bien d'avoir du boulot, mais ça serait cool aussi de se réveiller à côté de quelque chose de plus… vivant, bien foutu et nu…

La sonnette de l'ascenseur retentit, mettant malheureusement fin à mes pensées coquines, et les portes s'ouvrent.

J'élargis mon sourire, je me redresse et rejette les épaules en arrière.

Je suis Savannah Sunday, je déchire grave et je suis sur le point de recevoir une promotion. Ma vie amoureuse ressemble peut-être à un désert, mais je vais quand même accomplir de grandes choses, et rien ni personne ne pourra m'arrêter.

Le cabinet d'avocats Briggs, Meyers et associés occupe quatre étages d'un gratte-ciel du centre d'Atlanta et offre une vue imprenable sur la ville. Chaque fois que je m'engage dans ce couloir, j'ai l'impression d'être un général étoilé qui s'apprête à non seulement livrer une bataille, mais à l'emporter. La réceptionniste lève les yeux de son écran, et je lui fais un petit signe de la tête.

Mon service – spécialisé dans le droit des médias – occupe la moitié de l'étage, et notre portefeuille de clients est aussi large que diversifié, on représente des musiciens, des stars du ciné ou encore des DJ, et on est les meilleurs en la matière.

— Alors, on est en retard, Savannah ? m'interpelle Richard depuis son bureau.

Je constate qu'il a déjà retiré sa veste et a retroussé les manches de sa chemise.

Richard, c'est mon adversaire, mon ennemi juré. Même si ma mission n'a rien d'officiel – du moins, pas encore –, c'est moi qui ai repris le service lorsque notre patron est parti à la retraite, et, depuis, ce cher Richard, ou Trouduc comme je préfère l'appeler, cherche à me voler ma promotion. Mais moi, je ne suis pas là pour jouer et encore moins pour perdre.

Tous les matins, j'arrive avant les autres pour essayer de m'avancer dans le travail et je dois avouer que ça me réussit plutôt bien. Alors oui, c'est au détriment de ma vie sexuelle, inexistante, mais, que voulez-vous, on ne peut pas tout avoir. Le pire, c'est que j'ai eu un tas de rencards ces derniers mois, mais aucun d'entre eux n'a répondu à mes critères. Je finissais donc toujours par rentrer seule et retrouvais mes chers dossiers, qui m'attendaient patiemment. Au moins, je fais le bonheur de mes clients.

— Bonjour à toi aussi, Richard, le salué-je.

Plusieurs cartons sont posés sur son bureau, et il finit d'en fouiller un avant de s'attaquer au suivant.

— Tu as besoin d'un coup de main peut-être ?

Évidemment, je n'ai pas du tout envie de l'aider, mais il est hors de question que quoi que ce soit, y compris notre rivalité, vienne troubler le bon fonctionnement de notre service.

— Je travaille sur les dernières clauses d'un de mes contrats et je voulais revoir un contrat que Meyers a rédigé il y a plusieurs années déjà. Il m'en a parlé hier pendant qu'on était en train de relire…

Il ne termine pas sa phrase, et je sais très bien pourquoi : je ne suis pas censée savoir que Meyers, un des associés principaux du cabinet, lui donne un coup de main dans son travail.

Si je n'aime pas Richard Trouduc, je déteste encore plus Meyers, ce gros porc misogyne qui m'a embauchée par dépit étant donné que Briggs, l'autre associé principal, m'avait prise en entretien derrière son dos.

Trouduc est le petit protégé de Meyers, et c'est d'ailleurs pour cette raison que je n'ai pas eu la promotion quand notre chef a pris sa retraite. Meyers voulait attendre un mois avant de prendre une décision pour laisser sa chance à Trouduc qui, depuis qu'il est là, c'est-à-dire cinq ans, est parvenu à nous montrer juste une chose : son incompétence profonde.

— Demande à un assistant juridique de t'aider alors, proposé-je.

Je n'ai vraiment, mais alors vraiment pas envie de bosser avec lui. En fait, j'aimerais bien le virer, mais, pour le bien du service, je suis obligée de me le coltiner jusqu'à ce que je décroche la promotion qui me donnera le droit de l'éjecter comme un malpropre. Je n'aime pas jouer le rôle de la connasse, mais, l'univers des affaires étant impitoyable, il arrive parfois qu'une jeune femme bien élevée comme moi doive sortir ses griffes.

— Non, non, je préfère m'en occuper moi-même pour m'assurer de la satisfaction de mon client, rétorque Trouduc en m'examinant de la tête aux pieds.

Beuuurk!

— C'est toi qui vois, mais tu ne dois en aucun cas facturer ce travail au client, lui rappelé-je avant de tourner les talons pour rejoindre mon bureau en essayant d'ignorer le fait que Trouduc est sûrement en train de me reluquer les fesses.

Je préférerais encore coucher avec Cash plutôt que de laisser Trouduc facturer un travail supplémentaire louche à un client. Quoique… Offrir mon corps à Cash pour la bonne cause ne serait même pas un si grand sacrifice que ça…

Sans grande surprise, Rob, mon assistant, m'attend de pied ferme devant mon bureau avec une pile de dossiers sous un bras et une tasse de thé vert au lait dans l'autre main.

Rob travaille pour moi depuis que je suis arrivée dans la boîte, et c'est un assistant en or. Non seulement il a appris comment je prends mon thé, comment gérer les clients difficiles et dégotter des informations précieuses, mais, surtout, il comprend et analyse les contrats qui passent par ses mains comme un vrai pro. C'est le genre de personnes qui serait capable de vendre de la glace à un Esquimau.

Je lui fais un signe de tête en prenant les dossiers et mon thé, puis m'avance vers mon bureau, et il m'emboîte le pas, prêt à procéder à notre petite routine matinale.

— Alors, annonce-t-il, on n'a toujours aucune nouvelle de Davies. Du coup, je lui ai…

— … envoyé des fleurs et j'ai adressé une…

— … bouteille de bourbon à Mathias, parfaitement, m'dame.

Je lui lance un regard assassin en posant les dossiers et la tasse sur mon bureau.

Rob est l'assistant parfait à un détail près : je ne supporte pas qu'il m'appelle « m'dame », et il le sait parce que ses oreilles rougissent aussitôt.

Rob est un gars de la campagne, il vient d'un petit village pas loin de Trou-en-Cambrousse, comme il le prétend souvent en plaisantant. Élevé aux principes de la vieille école, il tire une grande fierté du fait de respecter la hiérarchie de l'autorité, ce qui est tout à son honneur, mais « m'dame », sérieusement ? Quoi qu'il en soit, il a quitté son patelin pour s'installer dans une grande ville et côtoyer des gens plus ouverts d'esprit, et c'est comme ça qu'il a atterri dans le cabinet, pour mon plus grand bonheur. Franchement, je l'adore et j'ignore ce que je ferais sans lui. Il pourrait me demander n'importe quoi, et je le lui accorderais.

Je m'installe dans mon fauteuil puis j'ouvre la première chemise de la pile, et je commence à lire le contrat tout en écoutant les autres messages que m'énumère Rob.

— On va essayer de rappeler Davies. Il a besoin d'un nouvel avocat pour attaquer les studios de tournage, et nous, pour ça, on casse la baraque, marmonné-je distraitement.

Rob esquisse une petite moue en répliquant :

— Quand j'ai parlé avec son assistante, j'ai eu la vague impression qu'il préférerait trouver un avocat à Los Angeles.

Je lève le regard vers lui.

— Quoi ? Mais pourquoi, alors qu'il passe quatre-vingt-dix pour cent de son temps ici, à Atlanta, pour le tournage de son dernier film ? C'est plus simple de s'adresser à nous d'autant plus qu'on a déjà eu affaire aux studios en question.

— Je le rappellerai à son assistante la prochaine fois que je l'aurai au téléphone.

— Super. Et Mathias ? l'interrogé-je en reportant mon attention sur le contrat devant moi.

— Apparemment, il a un nouveau client pour toi, mais il n'a pas voulu m'en dire plus, juste que c'était une star de la chanson country.

Je relève la tête vers lui, étonnée.

Voilà qui est bizarre, parce que Rob s'y connaît pour extirper des informations aux personnes sans trop en laisser paraître, ce qui ne peut vouloir dire qu'une chose… Le client mystère que veut m'envoyer Triton Entertainment doit être super important et peser un paquet de fric. Juste ce qu'il me faut pour coiffer Trouduc au poteau.

— OK, merci, Rob.

Il se dirige vers la porte, et je saisis mon stylo pour ajouter une note au contrat que je suis en train de relire quand j'aperçois, du coin de l'œil, Rob faire demi-tour et venir se planter devant mon bureau.

— Une dernière chose, marmonne-t-il. Meyers voudrait savoir si tu comptes assister au gala à l'hôtel *Intercontinental*, demain soir.

— C'est comme me demander si le ciel est bleu.

— Oui, oui, je sais que tu y vas, mais tu connais Meyers, il est tellement…

— Rob…, l'avertis-je gentiment.

Lui non plus n'est pas fan de Meyers, et l'un de nos passe-temps préférés, c'est de faire des blagues à son sujet, mais, maintenant que je suis sur le point de décrocher la promotion, je me dois d'être irréprochable sur tous les fronts. Je n'aime peut-être pas Meyers, mais lui ne m'aime pas non plus. Je dois donc me montrer super vigilante.

Je regarde Rob en essayant de comprendre la démarche de Meyers.

— Pourquoi est-ce qu'il t'a demandé ça alors que je lui ai moi-même confirmé ma présence il y a déjà plusieurs semaines ? On a même prévu d'approcher les P.-D.G. de plusieurs gros labels durant le gala.

Rob détourne brièvement le regard, visiblement mal à l'aise.

— Je crois que c'est parce que tu es partie tôt, une fois, rétorque-t-il. Il doit penser que tu ne te donnes pas à fond dans ton travail.

Je m'arrête net, mon stylo en l'air.

C'est une plaisanterie, j'espère. La fois en question – la seule et unique fois où j'ai quitté le bureau plus tôt –, c'était il y a déjà quelques mois, et je préfère ne pas me rappeler cette horrible journée. C'était la première et dernière fois que j'ai laissé ma vie amoureuse empiéter sur ma carrière.

Mais quel crétin, ce Meyers!

— Dis-lui que je serai présente et qu'il ne le regrettera pas.

Rob hoche la tête et esquisse un geste pour sortir du bureau avant de se retourner de nouveau vers moi.

— Au fait, tu ne m'as pas dit comment s'est passé ton rencard d'hier.

— Merci, Rob, ce sera tout pour le moment, marmonné-je en sentant mes joues rougir.

— Si bien que ça, hein ? s'enquiert-il avec un air compatissant. Tu veux que j'annule Monsieur Confrère, ce soir ?

Je réprime un juron. C'est une chose de donner un surnom à mes rendez-vous galants après les avoir rencontrés, mais le faire avant, c'est vraiment… triste. Pour moi, bien sûr. N'empêche, je devrais probablement annuler parce que je ne m'attendais pas à ce que Meyers pense ça de moi et de mon travail.

Oui, annule, c'est plus prudent. C'est ta carrière qui est en jeu, là.

« Éclate-toi un peu » : les paroles de Cash, qu'il m'a dites il n'y a pas longtemps, me reviennent brusquement à l'esprit, et je tressaille malgré moi.

Pourquoi est-ce que je repense à ça ? Visiblement, je traîne trop à *Altitude*…

« … tu me supplierais de ne pas arrêter et me remercierais même à la fin. »

Ah ! Et ça recommence ! Et le pire, c'est que ses propos m'excitent !

Tout compte fait, je ne vais pas annuler mon rencard de ce soir parce que je risque vraiment d'accepter la proposition de Cash si je ne me trouve pas un mec rapidement.

— Non, confirme le rencard, c'est bon.

— À vos ordres, m'dame.

Il s'arrête sur le pas de la porte et, avant de la refermer derrière lui, ajoute :

— Tout de suite, m'dame.

Je secoue vaguement la tête en souriant malgré moi avant de me replonger dans le contrat sous mes yeux. Une fois que je l'ai relu et corrigé, je consulte mes mails quand j'entends mon téléphone portable vibrer sur mon bureau. Je décroche sans même regarder qui appelle, une déformation professionnelle de tout grand avocat qui se doit d'être à l'écoute de ses clients vingt-quatre heures sur vingt-quatre.

— Savannah Sunday.

— Bonjour à toi aussi, me salue une voix plus que familière à l'autre bout du fil et qui me fait aussitôt sourire comme une débile.

Depuis que Cassie, ma meilleure amie, est revenue vivre à Atlanta, après avoir passé deux ans en Angleterre, on est très vite retombées dans nos bonnes vieilles habitudes pour rattraper le temps perdu. On brunche souvent ensemble, on s'appelle, on s'envoie des textos sans cesse, et je pense qu'on ferait même encore des soirées « pyjama, popcorn et vin » si elle était célibataire comme moi. C'est trop bon de l'avoir de nouveau à mes côtés.

Je me laisse aller contre le dossier de mon fauteuil et j'enlève mes escarpins sous mon bureau.

— Salut, Cassie.

— Je t'ai vue avec ton rencard, hier soir, et je veux tout savoir. Alors, comment c'était ? Bien, pas bien, trop bien ? Tu l'as ramené chez toi ?

— Je suis étonnée d'apprendre que ton Jules t'a laissée jeter un coup d'œil à mon rencard.

Je me mords la langue parce que c'est sorti sur un ton plus sec que je ne le voulais.

Il n'y a rien de méchant, mais, parfois, je me surprends à être jalouse de la chance qu'a ma meilleure copine. En même temps, s'il y a bien quelqu'un qui le mérite, c'est vraiment elle. Je voudrais juste que, pour moi aussi, ce soit aussi simple de trouver l'Amour, avec un grand A. Je pensais l'avoir trouvé à une époque, mais je me suis bien mis le doigt dans l'œil, et ce jusqu'au coude.

— N'évite pas le sujet, réplique-t-elle d'une voix joyeuse.

Bien évidemment, elle ne va pas lâcher l'affaire tant que je n'aurai pas craché le morceau. Je suis sûre qu'elle le fait exprès étant donné que j'ai eu recours à cette même technique quand elle a commencé à sortir avec Ryder. C'est pas ma pote pour rien !

— Disons qu'on n'ira pas déposer une liste de mariage dans un grand magasin de sitôt.

— Ah, c'est pas encore mort, alors ?

Ah, Cassie, l'éternelle optimiste !

Je soupire en essayant de m'imprégner de son humeur éternellement romantique avant de répondre :

— Je me reprends : disons qu'on n'ira jamais déposer une liste de mariage dans un grand magasin.

— Oh, ça n'a pas marché entre vous ? Mais bon, c'est pas grave ! Comme on dit : un de perdu…

— Objection, Votre Honneur. Cette expression va à l'encontre de toutes les règles en vigueur que se doit de suivre une amie casée pour consoler une amie célibataire.

Cassie éclate de rire à ma vanne d'avocat, et j'apprécie vraiment.

— OK, OK, réplique-t-elle. Mais, si jamais tu as besoin d'aide, sache que je connais plusieurs mecs célibataires avec lesquels je pourrais te brancher.

Trop mignonne, Cassie.

Moi qui croyais déjà avoir touché le fond en ce qui concerne ma vie amoureuse, voilà que ma meilleure amie veut me caser et pas avec n'importe qui : avec des mecs qui, en plus d'être ses amis, sont aussi les miens et qui, comme si ça ne suffisait pas, gèrent – tous ensemble, avec son mec – plusieurs clubs ainsi qu'une organisation de combats clandestins.

Gé-nial !

— N'importe quel mec rêverait de sortir avec une nana comme toi, enchaîne-t-elle.

Je l'écoute d'une oreille distraite en attrapant une autre chemise de la pile pour prendre connaissance du dossier suivant.

Ah, il s'agit d'un contrat d'un de mes clients les plus importants, un groupe de rock que Mathias a dégotté, un soir, par hasard, dans un des clubs de la ville où ils avaient l'habitude de se produire. Depuis, ils sont devenus vraiment connus dans le milieu de la musique et, comme c'étaient un peu mes premiers gros clients, je vais m'assurer que le contrat que leur propose le label soit conforme et complet.

Je remarque alors le Post-it de Rob, collé sur la chemise, disant que Mathias a un nouvel artiste à me présenter.

Il n'a pas voulu m'en dire plus, juste que c'était une star de la chanson country.

« Une star de la chanson country »…

Un doute terrible me compresse alors la poitrine si bien que je n'écoute plus du tout ce que Cassie est en train de me raconter.

Il ne faut pas s'emballer, ce n'est peut-être rien. Après tout, dans cette partie des États-Unis, des chanteurs country, il y en a à la pelle. Ici, la musique country, c'est un peu comme le thé glacé trop sucré et l'église : ça fait partie de la culture locale. En plus, Triton Entertainment a un paquet de clients qui veulent tous percer dans la musique.

Oui, je m'en fais probablement pour rien. C'est sûr, même.

— Savannah ? Savannah, tu m'écoutes ? s'enquiert Cassie, me tirant de mes réflexions.

Je referme brusquement la chemise contenant le contrat du groupe de rock, ne pouvant empêcher les souvenirs que je cherche à oublier à tout prix d'affluer à ma mémoire.

Non, putain, pas maintenant!... Pas maintenant!

— Savannah, qu'est-ce qu'il y a? Ne me force pas à débouler dans ton bureau!

— Hein? Quoi? Oh, pardon, voilà ce qui arrive quand je fais deux choses à la fois!

Je fixe mon regard sur le mur, en essayant d'oublier la sensation des doigts légèrement abîmés par les cordes de guitare se promenant sur mon corps. Heureusement que Cassie n'est pas là pour assister à mon bug émotionnel.

— Voyons, Savannah, je te connais très bien. Allez, dis-moi ce qui te tracasse.

— J'ai un autre rencard ce soir et j'espère que, cette fois, je ne rentrerai pas seule chez moi.

— Bien essayé, mais ça marche pas. Qu'est-ce qu'il y a vraiment?

Cassie n'est peut-être pas en face de moi, mais, même au téléphone, elle arrive à sentir dès que ça ne va pas.

— Sérieusement, poursuit-elle comme je ne dis rien, tu penses que j'ai pas compris qu'il vient de se passer un truc? Qu'est-ce qui t'arrive, Savannah, où est la nana sûre d'elle qui a toujours une bonne réplique dans sa poche? Sans parler du fait que tu peux avoir n'importe quel mec à ta merci en moins de deux et toi, tu choisis toujours des types chelous. Pourquoi?

— Oh, c'est rien !

Je n'ai qu'une envie à présent : me pelotonner dans mon canapé avec un gros pot de glace en pleurant comme une Madeleine devant le film *N'oublie jamais*, mais c'est pas comme ça que ça marche. Il faut savoir prendre sur soi et aller de l'avant, repousser et dépasser ses limites sans cesse, être en mesure d'oublier une bonne fois pour toutes le mec qui vous a trahie…

— Je pensais juste à mon ex qui… Il m'a brisé le cœur, et, parfois, j'ai l'impression que je n'arriverai plus jamais à recoller les morceaux. (Je ferme les yeux pour chasser tous ces foutus souvenirs qui ne cessent de remonter.) Mais c'est rien de grave, ajouté-je. Tout va bien, promis.

— Oh, Savannah ! Pourquoi est-ce que tu ne m'as rien dit ?

Je ravale la boule qui s'est formée dans ma gorge avant de siroter mon thé au lait. Si seulement boire du whisky avant midi était une pratique socialement acceptable !

— Parce que j'étais très occupée ces derniers temps.

Techniquement, ce n'est pas un mensonge, mais c'est aussi très, très loin de la vérité.

Avant qu'elle me demande plus de détails, je décide d'ajouter :

— Tu sais, entre la promotion, les rencards… Et puis tu as l'air tellement heureuse, je ne veux…

— Oh, Savannah, tu sais que tu peux tout me dire à n'importe quel moment ! Tu pourrais même interrompre mon mariage, je m'en ficherais du moment qu'on arrive à trouver une solution à ton problème, m'informe-t-elle d'un ton résolu.

J'ai tendance à oublier que ma copine est une battante, une vraie dure à cuire. La vie ne l'a pas épargnée, mais ça ne l'a pas empêchée de se reconstruire.

— T'es folle, je vais quand même pas interrompre ta cérémonie de mariage ! m'esclaffé-je.

— Si, tu as même intérêt.

— Bon OK, à condition que je te ramène personnellement à l'autel.

— Oui, mais pas avant qu'on ait réglé ton problème. Non, mais, plus sérieusement, parle-moi, laisse-moi t'aider. Maintenant que je suis revenue à Atlanta, je peux enfin redevenir la meilleure amie que tu mérites.

Cassie essaie de me prendre par les sentiments, et ça commence à marcher. Si je ne lui ai rien dit, c'est surtout parce que je ne voulais pas qu'elle apprenne à quel point je suis conne. Et puis ça appartient à un passé plus que révolu tout ça, personne n'a besoin de savoir qu'on m'a piétiné le cœur comme on piétine les paillassons devant les portes.

— Cass, je…

Je quoi ? Je ne sais même pas par où commencer, quoi lui dire, comment lui expliquer. C'est la raison pour laquelle je garde ça pour moi. Si je lui raconte tout, elle me prendra en pitié, et c'est exactement ce que je veux éviter.

Je vais bien, tout va bien. La plupart du temps, du moins. Je ne laisserai plus aucun homme se jouer de moi comme celui-ci l'a fait. Et je me remettrai de cet échec, coûte que coûte.

— Cet homme mystère mériterait qu'on lui botte les fesses, observe mon amie. Ça tombe bien, je connais quelqu'un qui pourrait s'en charger.

J'éclate de rire en la remerciant silencieusement de faire prendre à la conversation un tour plus détendu.

— C'est gentil, mais ça serait pas une bonne idée. Déjà, je pense qu'il ne survivrait pas à la raclée, et on risquerait de se retrouver avec un beau gros procès au cul.

— Écoute, Savannah, je suis bien placée pour savoir à quel point c'est difficile d'aborder des sujets sensibles, mais tu sais que tu peux compter sur moi si jamais tu as besoin, hein ? Jamais je ne porterai le moindre jugement sur toi, promis.

Elle sait exactement quoi dire et quand le faire.

— Je sais et je te remercie d'être là pour moi, mais tout va bien, vraiment. En plus, je sens que ça va bien se passer avec mon rencard ce soir, je préfère me concentrer sur ça.

— OK ! Bon, du coup, dis-m'en un peu plus sur ce fameux rencard.

Je lui raconte ce que je sais sur lui, et on discute encore quelques minutes avant de raccrocher. S'il y a bien une personne qui sait me remonter le moral, c'est Cassie. À présent, j'ai tellement hâte d'être à ce soir que je ne pense même plus à l'autre connard.

J'ai été bête, je suis tombée amoureuse du mauvais type, mais il ne me reste plus qu'à guérir dans l'espoir de tomber sur le bon, cette fois.

Après le rencard désastreux avec Monsieur Mangeur Chipoteur, j'ai décidé de donner rendez-vous à tous mes futurs prétendants au même endroit : à *Altitude*. Bien sûr, certains essaient de me proposer un autre bar, mais le lieu de rencontre reste non négociable. Pourquoi ? me demanderez-vous. Eh bien, c'est très simple ! Déjà, j'adore l'endroit, et on y mange super bien. En plus, si mon rendez-vous venait à prendre une tournure imprévue, voire inquiétante, je sais que je ne suis pas toute seule. Pour tout vous dire, j'ai même mis en place un système pour me débarrasser de mon rencard si celui-ci se révèle vraiment mauvais : un regard appuyé en direction de la serveuse, un choix de boisson bien spécifique et hop, après cinq minutes, me voilà libérée du boulet. Et, enfin, je sais que je l'ai déjà dit, mais j'adore vraiment l'endroit. Si ma soirée se solde par un échec, je me sens quand même bien à *Altitude*, un peu comme si j'étais chez moi. L'une des premières choses que j'ai apprises à Harvard, c'est qu'on ne se sent jamais autant à l'aise et confiant que lorsqu'on joue sur son propre terrain.

Ce soir, avec Monsieur Confrère, j'ai décidé de changer mes habitudes en l'attendant dans un box, et non pas installée au bar. Je l'ai peut-être fait pour conjurer le mauvais œil des rencards désastreux, mais ça n'a même pas marché parce que Monsieur Confrère vient pratiquement d'arriver, et je n'en peux déjà plus.

Katie, une des serveuses, nous apporte nos boissons, et je lui donne le signal. Quelque part au fond de moi, je savais que ce rencard allait être un fiasco avant même de commencer, mais je voulais quand même la jouer fair-play quitte à payer un peu de ma personne.

Je tiens tout de même à préciser une chose : le conseil de Cash craint.

Machinalement, je porte mon regard vers le bar et j'aperçois le donneur de leçons en train de jongler avec des bouteilles sous les yeux ébahis des clients. Ses cheveux blonds sont en bataille, et, chaque fois qu'il sourit, une fossette se creuse dans sa joue. Je comprends pourquoi les femmes lui courent littéralement après. Il est super bien foutu, même s'il est un peu moins baraqué que Ryder et Jackson. Cash, lui, est plus… souple. Il a plutôt la carrure d'un nageur. Ses muscles sont peut-être moins apparents, mais cela ne veut pas dire qu'ils ne sont pas là et qu'on n'a pas envie d'y plonger les doigts. Ce soir, il est habillé comme d'habitude : un jean et un tee-shirt en col V blanc, dont la manche courte révèle une partie de son tatouage quand il bouge.

Mon Dieu, qu'est-ce que je ne donnerais pas pour lui retirer ce tee-shirt afin de voir ce qu'il y a…

Hein ? Ça sort d'où, tout ça ??

Allô, c'est de Cash qu'il s'agit. Cash !

Je le regarde placer un verre devant une jeune femme avant de lui dire quelque chose, et elle se met à rire.

Tu vois, tu n'es pas la seule qu'il réconforte.

Non, mais sérieux, pourquoi je pense à Cash de cette façon ? Je suis venue ici en rendez-vous galant, pas pour épier les faits et gestes de Cash, mon ami.

Je reporte mon attention sur mon rencard, que j'ai rencontré lors d'une réunion d'anciens élèves de Harvard, d'où le surnom – Monsieur Confrère – attribué par Rob, et, vous savez quoi ? On peut dire ce qu'on veut, mais la première impression n'est pas du tout un bon indicateur et compte vraiment pour des prunes.

À la soirée, Monsieur Confrère portait un beau costume et une cravate, et m'avait longuement parlé de son boulot dans un super cabinet d'avocats. Mais il s'avère que ce n'était qu'une façade, quelque chose de trop beau pour être vrai, parce que, ce soir, il porte un pantalon en faux cuir et un tee-shirt troué. Il ne lui manque plus qu'une coupe mulet. Je n'ai rien contre ce style particulier, mais sur lui c'est une vraie catastrophe.

— Il est sympa, ce bar, déclare-t-il en regardant autour de lui d'un air appréciateur. Tu sais s'ils cherchent des DJ ?

— Euh... non. Pourquoi ?

« Pourquoi ? » Mais comment ça ? On s'en tape, ça ne m'intéresse même pas ! Mon Dieu, qu'est-ce que je fous là ? Pourquoi est-ce que je m'impose un tel supplice ?

J'espère sincèrement que Cash a une bonne bouteille de whisky pour moi, une fois que je me serai débarrassé de ce clown.

— Bon, comme on sort ensemble, je peux te le dire, répond-il avec un sourire conspirateur. Tu vois, le métier d'avocat, le droit et tout ça, c'est pas du tout mon truc. J'ai fait la fac de droit uniquement pour faire plaisir à mes parents. J'ai décroché mon diplôme, trouvé un bon taf et, maintenant, je voudrais faire ce qui me plaît. Mais t'inquiète, toi, ils vont te kiffer grave.

Sur ces mots, il se penche vers moi pour m'embrasser, et j'ai envie de hurler.

Ça fait déjà deux mois que j'évite ce genre de rapprochement, je suis devenue une vraie pro si bien que je pourrais même en faire mon métier. Aussitôt, je tourne la tête en espérant voir une des serveuses dans les parages et, pour être sûre que les lèvres de Monsieur Confrère ne viennent pas se poser sur ma joue, je bloque de la main l'accès à mon visage.

— Écoute, c'était sympa, mais je dois y aller, annoncé-je en basculant mon sac sur l'épaule avant de glisser sur la banquette pour me lever.

— On se revoit samedi alors ? Tu pourrais venir voir mon concert.

Bon, apparemment, il ne sait pas lire entre les lignes.

— Désolée, mais je dois bosser tout le week-end, tu sais ce que c'est, répliqué-je avant de vider mon verre d'un trait.

Toi et moi, ça ne se fera jamais, coco.

Il secoue la tête avant de commenter :

— Tu dois changer de métier, tu es trop sexy pour être une avocate.

Je ne prends même pas le temps de trouver une repartie à cette remarque et m'en vais. Comme si une femme ne pouvait pas être belle et intelligente. *Putain !*

— Je t'appelle ! lance-t-il encore alors que je m'éloigne.

Oui, et moi, j'ignorerai ton appel, tout simplement.

Je me fraie un chemin jusqu'au bar et m'installe à ma place de prédilection, sur le tabouret tout au bout du comptoir.

Quelques instants plus tard, Cash se dirige vers moi, et je me réjouis déjà du plaisir à venir : un bon verre de whisky. Mais, une fois devant moi, il pose sur le comptoir un verre à shot, un bol de citrons verts coupés en quartiers et une salière.

— Je préférerais du whisky ou un verre de vin rouge, marmonné-je, avant de remarquer moi-même à quel point mon ton était sec et abrupt. S'il te plaît, ajouté-je aussitôt.

— Essaie encore, rétorque-t-il.

— Allez, steupléééé mon petit Cash que j'aime et que j'adore.

— Peut mieux faire.

— Sers-moi c'que je te demande et que ça saute.

— Ah, voilà, c'est beaucoup mieux ! déclare Cash avec un sourire qui fait apparaître sa fossette. Cela dit, je ne vais pas accéder à ta demande. Tu prends toujours un verre de whisky après tes rencards, et il est temps de changer un peu tes habitudes. Du coup, au programme de ce soir, des shots de tequila, et, si tu es gentille, je te laisserai même faire quelques *body shots* sur moi.

— Comme c'est sympa de ta part, Cash !

— Le plaisir d'une femme passe avant tout, rétorque-t-il en me faisant un clin d'œil avant de s'appuyer sur le comptoir. Alors, c'est simple : d'abord le sel puis le shot, et enfin le citron vert.

— C'est ça, ton remède contre les rencards désastreux : faire en sorte que je me bourre la gueule en un temps record ?

— Non, non, c'est un jeu. Le gagnant, c'est celui de nous deux qui aura raconté son pire rencard. Le perdant, lui, devra vider son shot cul sec.

— Et tu penses sérieusement que toi, ô grand queutard par excellence, peux perdre contre moi ? Dis, ça t'arrive de m'écouter quand je te parle de mes rendez-vous galants ?

— Pour ton info, moi aussi, j'ai quelques histoires de ce genre dans mon sac qui risquent de te faire mouiller ta culotte tellement tu rigoleras.

Il se penche alors vers moi et, quand il me regarde comme ça, je préférerais de loin qu'il me fasse mouiller ma culotte autrement.

Non, mais tu vas te calmer, oui ? Tu veux sérieusement que Cash Gardner te fasse mouiller ta culotte ?

Putain, je suis vraiment en manque, je ne vois pas d'autre explication ! Je veux dire, Cash est trop canon, mais c'est un ami.

Un ami. Un ami. Un ami.

— C'est très présomptueux de ta part, mais, honnêtement, je pense que, en matière de désastres amoureux, tu ne m'arrives même pas à la cheville.

— On verra bien... D'ailleurs, comme je suis un gentleman, je vais commencer. Alors, une fois, une femme a miaulé comme une folle à tout ce que j'ai fait et dit.

Je ris avant de surenchérir :

— Une fois, un homme m'a invitée au resto et m'a regardée tout manger seule.

— Et c'est moi qui remporte le premier round, désolé, annonce Cash en secouant la tête. Tu feras un effort pour le deuxième tour.

— Quand je joue, c'est pour gagner, soufflé-je. Même si je reconnais que baiser avec Catwoman doit être extraordinaire... du moment qu'elle ne sort pas ses griffes.

Cash remplit mon verre, et, sous son regard intense que j'essaie d'ignorer, je dépose un peu de sel entre le pouce et l'index, le lèche, avale mon shot d'un coup et suce enfin le citron vert tout de suite après. Je réprime une grimace et lève les pouces pour lui signaler que je suis prête pour la suite. Ça fait un bail que je n'ai pas bu de shots, et je sens déjà la tequila me monter directement à la tête.

— Beau travail avec le sel, me félicite Cash en me resservant avec un petit sourire en coin. Comme tu as perdu, c'est encore à moi de commencer. Une fois, une meuf m'a fait un tableau avec des cheveux qu'elle a récoltés dans le siphon de douche. Et, non, ce n'est pas une histoire inventée, c'est du cent pour cent vécu.

Il croise les bras en jaugeant ma réaction, et je suis littéralement bouche bée.

— Tu couches avec toutes ces nanas ?

— Je ne peux pas deviner tout de suite qu'elles sont cinglées, réplique-t-il en haussant les épaules.

— Ce soir, un mec m'a prise pour un trophée qu'il pourrait fièrement exhiber devant ses parents. En effet, il s'est dit que ce serait plus facile pour lui d'arrêter d'exercer le métier d'avocat si j'étais là pour impressionner les darons. Il a aussi voulu que j'assiste au concert de son groupe samedi, car oui, il a aussi un groupe, et m'a demandé si *Altitude* embauchait des DJ parce que ça l'intéressait. Et, comme si ça ne suffisait pas, il m'a dit que j'étais trop sexy pour être avocate. Donc, en plus d'être sexiste, mon rencard manque aussi sérieusement de jugeote parce que, si sa dernière remarque était vraie, je doute que ses chers parents approuvent son choix de petite copine.

Comme j'ai tout déballé d'une traite, j'inspire profondément sans quitter Cash des yeux. Celui-ci saisit la salière en décrétant :

— Bon, je pense que j'ai perdu la deuxième manche.

— Oui, je le pense aussi, rétorqué-je en poussant le bol avec les quartiers de citrons vers lui, un petit sourire triomphant dansant sur mes lèvres.

Il lèche le sel de son poignet, frappe son shot sur le bar et l'avale cul sec avant de mordre dans le citron.

On vient à peine de commencer, et la compétition s'annonce féroce.

Les histoires qui s'enchaînent sont toutes pires les unes que les autres, et, rapidement, on réussit même à construire une petite pyramide avec les verres à shot vides. Ma vision est légèrement brouillée, et je commence à envisager le monde qui m'entoure sous un autre angle. Déjà mes problèmes, ceux que je croyais insurmontables, me semblent ridicules à présent.

— Pourquoi… pourquoi est-ce que je n'arrive pas à trouver un mec bien ? bafouillé-je en regardant Cash me servir un autre shot. Hein, pourquoi ? Je veux dire, je suis une meuf bien, non ? Y a quand même pas écrit « ratée » sur mon front, si ?

— Je préfère ne pas répondre à ces questions.

— C'est pas comme si je voulais me marier, non. Et j'ai pas non plus besoin d'un mec pour remplir ma vie. Je suis une grande fille et je sais m'occuper de moi-même, tu sais ? C'est juste que là j'arrive à saturation. J'ai besoin de baiser. J'en ai tellement besoin que je suis à deux doigts de ramener chez moi le prochain mec que je croise dans l'espoir qu'il me procure un orgasme correct.

— Où sont donc passés tes standards, voyons ? m'interroge Cash.

— Dixit le mec qui n'en a aucun !

— Hé, pas cool, ça. Tiens, pour la peine, le prochain shot est pour toi.

— OK, j'ai besoin de sel alors.

Une fois le rituel du sel accompli, j'avale le shot et, quand j'attrape un quartier de citron vert, cette saloperie me glisse des doigts, me déstabilisant totalement, et je sens la tequila me brûler la gorge et les entrailles.

— Tiens, mords, m'intime Cash en me tendant un autre quartier de citron vert.

Aussitôt, je me penche vers sa main et mords dans le quartier pour en sucer le jus et atténuer le goût de l'alcool.

Je jette un coup d'œil à la dérobée à Cash, et une tornade d'idées salaces m'agite l'esprit.

OK, donc Cash Gardner, mon ami, suscite de très vilaines pensées chez moi. Tellement vilaines que, quand il retire l'écorce du citron vert et passe le pouce sur ma lèvre, je saisis son doigt entre mes dents. Ses yeux s'assombrissent brusquement, et je me rends alors compte d'un truc : on n'est plus deux potes en train de s'amuser en picolant, il se passe carrément un truc entre nous.

Je suis en train de jouer avec le feu, et ça ne me dérangerait pas plus que ça de m'y brûler. Au contraire… Cash doit se dire la même chose parce qu'il se penche vers moi.

— Tu sais, Savy, si tu as besoin de quelqu'un pour t'aider à évacuer tout ce stress que tu as accumulé, je serais ravi de te venir en aide, il suffit juste de le demander. Et crois-moi quand je te dis que mon aide ne se soldera pas par un « orgasme correct », tu verras plutôt des étoiles derrière tes paupières. Et tu me remercieras même à la fin.

J'ignore si c'est à cause de l'alcool ou si c'est plutôt mes hormones qui se réveillent enfin, mais je suis à deux doigts de lui demander ce service quand ma raison reprend le dessus.

— Comme je te l'ai déjà dit hier, je cherche plus qu'un simple plan cul, soupiré-je.

Cash plonge alors le regard dans le mien avec un sourire des plus sensuels. J'ai l'impression qu'il me déshabille des yeux, et un frisson me parcourt le dos. S'il me touche, je vais craquer, je le sais, je le sens. Et puis merde, on peut tirer un coup vite fait – il ne faut pas oublier que ce mec est un dieu du sexe –, et faire comme si de rien n'était dès le lendemain. Y aura pas mort d'homme quand même !

Soudain, je sens ses doigts me caresser le creux du poignet, exactement à l'endroit où j'ai léché le sel il y a quelques secondes à peine, et mon corps s'enflamme aussitôt, surtout la partie sud. Lentement, je rapproche le visage du sien, et son regard se baisse alors sur mes lèvres... Encore un peu et...

— Les clients..., déclare-t-il en se redressant et en signalant la salle de la main.

Il n'y a personne au bar, personne qui attend d'être servi, mais je reçois le message cinq sur cinq : il ne se passera jamais rien entre nous deux.

Je secoue la tête pour chasser les pensées coquines qui commencent à m'obséder et glisse du tabouret, manœuvre qui me réussit beaucoup mieux d'habitude.

— Je devrais y aller, marmonné-je.

— Prends soin de toi, dit-il.

Oh oui, tu peux compter sur moi étant donné que tu t'es dégonflé au dernier moment !

4

Cash

On est jeudi et, ce soir, on n'ouvre pas *Altitude*, c'est soirée très privée.

On a encore trois autres clubs sur Atlanta qui marchent du feu de Dieu ; du coup, on peut bien s'accorder ce petit privilège. En plus, si on ferme, c'est pas pour se tourner les pouces, on a du pain sur la planche ; avec les potes, on doit discuter de notre projet le plus ambitieux de tous : l'ouverture du club numéro cinq.

Katie, notre meilleure serveuse, m'a proposé de passer après ses cours pour « l'aider à décompresser », mais j'ai refusé sa proposition. D'habitude, je ne dis jamais non à une partie de jambes en l'air, surtout avec elle – et, croyez-moi, on « décompresse » souvent ensemble –, mais, ce soir, j'ai vraiment pas l'esprit à ça. Même imaginer ses cuisses se refermer autour de ma tête ne me fait rien. Je suis peut-être en train de perdre la main cela dit, je pense que c'est surtout à cause du nouveau club.

Chaque fois, c'est la même chose : plus l'ouverture approche, plus on bosse comme des dingues.

D'ailleurs, je suis surpris que Cassie n'ait toujours pas fait irruption dans la salle pour nous forcer à faire une pause. Elle se fait du souci pour nous, ce qui part d'un bon sentiment, mais c'est la dernière ligne droite, et on ne peut plus se permettre de chômer jusqu'à l'ouverture officielle de notre dernier bébé, la *Librairie.*

Depuis le comptoir, je lève la tête en direction de Jackson et de Ryder, qui sont en train d'examiner une multitude de plans déroulés sur plusieurs tables rassemblées à cet effet.

La *Librairie* sera située dans le quartier de Virginia Highland et aura un univers complètement différent de nos autres clubs. Là, on a vraiment sorti l'artillerie lourde. Avec *Altitude*, on voulait retracer l'histoire d'Atlanta alors que la *Librairie* sera une réadaptation des clubs anciens, avec beaucoup de meubles en bois foncé, des fauteuils et des sièges capitonnés de velours, des alcôves à la lumière tamisée et, bien sûr, comme dans tous nos autres bars, un service de grande qualité pour faire passer à nos clients des moments inoubliables.

— La pizza va pas tarder à arriver, m'informe Parker, le petit génie de la finance, en prenant place sur le tabouret en face de moi.

Chaque fois que je regarde ce qu'il porte – toujours la même chose : une chemise à col et un pantalon à pinces –, je remercie Dieu de ne pas avoir voulu suivre les traces de mon père en me lançant dans les finances. Putain, j'aime trop les jeans pour ça !

— Cool, les cocktails sont presque prêts, annoncé-je en disposant une rangée de verres sur le comptoir.

Ça fait déjà un petit moment que je travaille sur la carte des cocktails pour le nouveau club. On pourra y trouver les grands classiques, bien évidemment, mais je dois aussi proposer quelque chose de nouveau à nos clients, quelque chose qu'ils ne pourront trouver qu'à la *Librairie*.

Ce soir, Jackson doit finaliser les plans de rénovation et d'agencement tandis que moi, je vais leur présenter mes dernières concoctions. La carte est assez rétro, et j'ai décidé que la plupart des cocktails auraient pour base soit du whisky soit du bourbon : les deux alcools que j'associe aux écrivains et aux livres. En fait, le plus dur a été de leur trouver des noms parce que, bon, appeler un cocktail du nom d'une star ou d'un film, c'est du déjà-vu.

— Alors, qu'est-ce que tu nous proposes de bon ? demande Parker en consultant l'ébauche de la carte.

— Un 351.3, également connu sous le nom « la Libraire ».

— J'espère qu'elle est bonne, s'esclaffe-t-il.

— Disons qu'elle allume bien.

— Mon premier vrai béguin, c'était pour une libraire super sexy. Tiens, on devrait faire porter des petits gilets bien serrés à nos serveuses et des lunettes à monture noire aussi.

J'éclate de rire avant de rétorquer :

— Ouais, je pense que les filles péteraient une durite si on leur proposait ça.

— Voilà ce qui arrive quand on les laisse mener la danse, observe-t-il avec un soupir.

Il se tourne alors vers l'endroit où Ryder et Jackson sont en train d'étudier les plans et ajoute :

— Mec, t'es devenu chiant depuis que tu t'es maqué avec Cassie.

Ryder lève la tête vers lui.

— Peut-être, mais moi au moins, je ne rentre plus jamais seul, réplique-t-il en souriant et en levant sa bière vers lui. Tu peux en dire autant ?

À son tour, Jackson porte son attention sur nous, puis les deux se regardent avant de venir nous rejoindre.

— Tout ce que je peux dire, c'est que ta belle te mène à la baguette, le taquine Parker.

On aime bien se charrier entre nous, mais ça reste toujours bon enfant.

Ryder éclate de rire en lui prenant l'ébauche de la carte des mains.

— « 351.3 » ? s'étonne-t-il.

— C'est un code de classification bibliographique, lui explique Parker. Notre ami Cash veut une carte classe pour notre nouveau club.

Jackson part d'un fou rire avant de déclarer :

— Depuis quand Cash Gardner, le mec qui vit au-dessus d'un bar, sait ce qui est « classe ».

J'en sais plus qu'ils ne peuvent l'imaginer. J'ai passé ma scolarité à côtoyer des jeunes dont l'élégance est comme une seconde nature. Eux, leur modus operandi en matière de séduction est très simple : un dîner dans un resto chicos et un bouquet de roses.

— En tout cas, c'est pas le fait d'être classe qui va satisfaire une nana au pieu, fais-je remarquer. J'ai jamais couché avec une meuf qui m'a dit que j'étais classe au lit – ou en dehors de celui-ci d'ailleurs –, et, malgré ça, on ne s'est jamais plaint de mes capacités.

— Cash pourrait se payer un penthouse dans le quartier de Buckhead s'il en avait envie, dit Ryder.

La bière que je viens d'attraper dans le bac devant moi me glisse des mains et retombe dans l'eau glacée.

J'oublie toujours que, grâce à l'organisation de combats clandestins qu'il dirige, Ryder connaît pas mal de monde, toutes classes confondues. Est-il possible qu'il soit au courant de mon passé ? Pourquoi cette observation sinon ?

— Allô, la Terre appelle Cash, m'interpelle-t-il en tapant plusieurs fois sa bière contre le comptoir.

— Hein, quoi ?

Reste cool, mec.

L'air attentif, Ryder m'observe comme si j'étais un de ses boxeurs. On ne peut rien lui cacher, et il est toujours très protecteur envers ce qui est à lui : sa nana, ses potes et son business.

— J'étais en train de dire que t'es un homme riche, entre les bénéfices des clubs et les pourboires que tu te fais, annonce-t-il enfin. Tu pourrais déménager de là-haut sans problème.

Aussitôt, Parker et Jackson opinent.

— Sans oublier le retour sur investissement qu'on touche aussi, ajoute Parker.

Il n'est pas dans la finance pour rien, celui-là.

— Par simple curiosité, marmonne Jackson en se tournant vers Ryder, il se fait combien, en pourboires ?

— Ryder, ne…

— Dans les 400 balles par soir, réplique celui-ci du tac au tac avec un petit sourire en coin.

Jackson cogne sa bière contre la table tandis que Parker émet un sifflement admiratif.

Il faut le dire, on se fait tous des couilles en or avec nos bars, mais, apparemment, ils ne s'attendaient pas à ce que je touche autant de pourboires.

— Ouais, les bons soirs, éventuellement, le corrigé-je.

Il faut remettre les choses dans leur contexte quand même.

— Putain, vas-y ; moi aussi, je veux bosser derrière le bar, déclare Jackson. Je suis prêt à renoncer à mon métier d'architecte et à servir des boissons pour une somme pareille. Sans parler des nanas.

Je secoue légèrement la tête en riant et m'affaire à terminer la préparation des cocktails.

Hop, un petit coup de cuillère à mélange, une écorce d'orange dans chaque verre, et voilà.

— Je vous présente le 351.3, déclaré-je fièrement en faisant un pas en arrière pour ne pas louper une miette de ce grand moment.

Ils prennent chacun un cocktail et en goûtent une gorgée.

— Putain, c'est une tuerie ! commente Jackson en étudiant le verre sous tous les angles.

Parker hoche la tête, et Ryder lève son cocktail vers moi.

— De rien, les gars, m'esclaffé-je.

Les commentaires du match sont en fond parce qu'on est toujours rassemblés autour des plans de la *Librairie*. Le bâtiment est top, surtout avec les bibliothèques en bois massif qu'on a décidé de garder. Jackson a fait quelques réajustements de l'espace afin de faire du nouveau bar l'endroit incontournable par excellence des nuits d'Atlanta.

Cette fois, on a voulu créer un lounge-bar avant-gardiste, où l'ancien côtoie le moderne. En gros, c'est une ancienne librairie que l'on a projetée dans l'avenir, qu'on a fait évoluer avec son époque.

— Où est Knox ? s'enquiert Jackson à un moment.

On est en train d'essayer de fixer la date d'ouverture et, si on se dépêche, on pourra quand même mater une bonne partie du match.

— On pourrait demander à Cassie de voter pour lui, suggère Ryder, dont la proposition est tout de suite accueillie par plusieurs grognements.

— T'es pas sérieux, là, j'espère ? rétorqué-je.

Il n'y a vraiment qu'une seule règle qu'on s'est fixée concernant nos réunions du conseil : pas de petites amies. Ça n'a jamais été un souci quand on était tous les célibataires les plus convoités d'Atlanta, mais, depuis l'arrivée de Cassie dans notre groupe, on a préféré mettre les choses au clair. Ce n'est pas qu'on n'aime pas Cassie – on l'adore –, et en plus c'est elle qui s'occupe de notre compta, c'est juste que les bars et tout ça, c'est notre truc. On s'est lancés dans l'aventure à cinq mecs et on veut que ça reste comme ça.

— En tout cas, tout m'a l'air nickel, continué-je en reportant mon attention sur les plans devant nous. Je suis pour une ouverture le mois prochain.

— Moi aussi, d'autant plus que ce sont mes dessins, mais il nous manque toujours la voix de Knox, réplique Jackson.

— C'était pas toi qui devais le faire venir ? demandé-je à Parker en me tournant vers lui.

Avant qu'il revienne vivre à Atlanta, Parker habitait à New York, comme Knox, et, forcement, ils traînaient souvent ensemble. Parker faisait des miracles sur les marchés financiers pendant que Knox, lui, faisait des miracles sur le terrain de baseball.

Lanceur partant de l'équipe des Yankees, en dehors du terrain Knox est également connu sous le surnom de « play-boy de Park Avenue ». Quand on a décidé d'ouvrir notre premier bar – à thématique sportive –, c'est lui qui a investi le plus de fric dans le projet. Depuis, il est toujours actionnaire majoritaire du business, même s'il n'exerce jamais ce droit. Néanmoins, notre règlement exige qu'il prenne part à tous les votes.

— Je lui ai dit d'être là, se défend Parker en levant les mains en signe d'excuse. C'est pas ma faute s'il ne lit pas ses mails ou ne sait pas comment acheter un billet d'avion.

— Il est où, là ? demande Ryder.

— En Floride, dis-je. Il a repris les entraînements.

— Y a Internet en Floride que je sache, non ? commente Jackson. On est bloqués sans le vote de Knox, les mecs.

Non, vraiment, Jackson ? T'es sûr de toi ?

— On a besoin d'un nouveau règlement, fait remarquer Parker.

À l'époque, quand on a établi les règles, on l'a fait en se basant sur le credo de Ryder : on est une famille. On s'est lancés dans ce projet ensemble et, même si on a des problèmes, que ce soit avec nos « vraies » familles ou autre, on sera toujours là les uns pour les autres. Ces mecs, c'est comme mes frères, je donnerais ma vie pour eux s'il le fallait.

On ne suit pas toujours le règlement à la lettre, mais le problème, c'est que, depuis nos débuts, notre flux de trésorerie a littéralement explosé. Il faut donc aborder les choses avec un minimum de sérieux tout en respectant les lois.

— Faut qu'on se trouve un avocat, marmonne Ryder.

— Écoutez, je suis sûr qu'il sera d'accord avec nos décisions, annoncé-je. Moi, je dis : on cale la date et on lui envoie une carte postale pour le prévenir. Que tous ceux qui sont en faveur de cette proposition lèvent la main.

Sans grande surprise, on la lève tous.

— Voilà, c'est réglé, conclus-je. Bon, qu'est-ce qu'il nous reste à…

Soudain, la porte d'entrée s'ouvre dans un claquement, laissant apparaître Cassie et les filles, et…

Merde, elles retiennent notre pizza en otage !

— C'est un événement privé…, commence Jackson avant d'être interrompu par Shelby, sa petite sœur.

— Oh, mets-la en sourdine, frangin. On est venues pour voir le match et, comme vous avez commandé cette délicieuse pizza, on va en prendre une part aussi. Allez, reprenez votre réunion de boy-scouts, ne faites pas attention à nous.

À ces mots, elle pose la pizza sur le comptoir et passe derrière le bar pour servir les boissons.

— Elle a oublié de vous dire qu'on est venues aussi pour accaparer vos bières et profiter de votre écran soixante-dix pouces, ajoute Avery.

Elle s'avance alors vers nous avant d'attraper un des plans pour l'enrouler tout en rejetant ses cheveux bruns en arrière.

— Parce que peu importe ce qu'on raconte, la taille, c'est quand même important, lance Ruby depuis le bar en prenant la bière que lui tend Shelby.

Il faut reconnaître que ces deux-là ont également apporté leur part de contribution à *Altitude* et que celle-ci n'est pas des moindres.

La règle la plus importante à retenir quand on ouvre un club de nuit est la suivante : ramène le plus de belles nanas, et les gars suivront pour leur payer des coups à boire. Avec ses longs cheveux bruns et son style de motarde, Shelby est un véritable aimant à mecs, tout comme Ruby d'ailleurs. Les hommes tombent comme des mouches ; comme quoi, le charme d'une rouquine est bel et bien fatal. En tout cas, elles sont de vraies pros en matière de promotions de nos clubs.

— Ne les écoutez pas, se fait entendre Cassie. Elles ont juste faim. (Elle se love dans les bras de Ryder.) Moi, ajoute-t-elle, si je suis venue, ce n'est ni pour la pizza ni pour la bière.

Ryder lui sourit, puis ils s'embrassent longuement, et je roule des yeux avant de tourner la tête de l'autre côté.

Tiens, à qui appartient ce joli petit cul penché sur mon bar ?

Moulée dans un jean serré que j'imagine déjà au pied de mon lit, la plus belle paire de fesses que j'aie jamais eu l'occasion de reluquer s'exhibe sous mon nez. Je suis sûr que c'est encore une copine de Shelby que cette petite chipie a ramenée ici juste pour me faire chier.

La belle inconnue se redresse, et une masse de boucles blondes tombent en cascade dans son dos. Elle tient plusieurs bouteilles de bière dans les deux mains et…

C'est Savannah. Savannah Sunday.

Pu-tain.

Elle devrait troquer ses tenues d'avocates pour ce genre de fringues plus souvent.

En plus du jean qui lui va à ravir, elle porte un tee-shirt de Harvard qui dévoile légèrement son ventre et met bien en valeur ses seins. Sérieux, si elle se sapait comme ça plus souvent, les hommes se battraient en duel dans l'espoir de s'attirer ses faveurs. Je parie qu'elle récolterait plus de numéros de téléphone que moi. Je serais même le premier à lui filer le mien en l'invitant chez moi afin de l'aider à enlever son jean serré.

— Trouvez-vous une chambre, taquine-t-elle Cassie et Ryder en leur donnant un petit coup d'épaule en passant à côté d'eux, ses boucles dansant autour de son visage en forme de cœur. Ne nous forcez pas, nous pauvres âmes célibataires, à vous détester encore plus.

Elle s'installe ensuite à table, en face de moi, et me tend une bière que j'accepte en ajoutant :

— Ouais, sérieux. Je vous rappelle quand même qu'on est dans un endroit « classe ».

Je porte le goulot de ma bière à mes lèvres en essayant de ne pas penser aux petits cris que pousserait Savannah si je posais la bouche entre ses cuisses. J'avale plusieurs grosses gorgées en me balançant en arrière, ma chaise en équilibre sur deux pieds.

— Tu veux que je t'en raconte une bonne ? m'interroge-t-elle, brisant ainsi ma concentration vers le but que je me suis fixé.

Les autres filles sont en pleine discussion au bar et les mecs se sont tous levés de table, ce qui veut dire qu'on est tout seuls, en quelque sorte.

— Toujours.

— J'ai rencontré un mec dans un bar, et il m'a plus ou moins forcée à m'enquiller plusieurs shots de tequila avant de me faire une proposition indécente.

— Vraiment ! m'exclamé-je en feignant l'étonnement. On va le surnommer comment, celui-là ?

— Monsieur Chaud Bouillant, réplique-t-elle en me regardant droit dans les yeux.

OoooKééé…

— Je valide, dis-je en essayant de cerner son attitude.

L'autre soir, j'étais persuadé qu'on était juste en train de faire mumuse, mais, à en croire son regard – qui ferait fondre tout le pôle Nord –, je me suis sans doute trompé.

C'est moi ou il fait chaud ?

— Tu vois, Monsieur Chaud Bouillant est blond, grand et baraqué. Il a aussi un tatouage sur le bras, et j'aimerais bien savoir jusqu'où il va.

J'ignore quelle mouche l'a piquée ce soir, mais je crois lire comme un défi à relever dans son comportement.

OK, pas de problème, je marche.

— Je sens un « mais » arriver…

— Mais, lâche-t-elle, je pense que c'est un beau parleur. Sa grande bouche débite trop de conneries, tu vois un peu le genre ?

— Tu ne devrais pas émettre d'avis avant d'avoir senti sa bouche te travailler sans relâche, Savy.

— Oh, et il est tellement sûr de lui ! se lamente-t-elle avant d'avaler une gorgée de sa bière de manière provocante. Et comme on dit : c'est ceux qui en parlent le plus qui en font le moins.

— Vraiment ? Je dirais plutôt que c'est ceux qui en parlent le plus qui ont une langue plus agile que les autres, la contredis-je en lui faisant un clin d'œil.

Et crois-moi, Savy : tu ne te lasseras pas de la mienne de sitôt.

Je sens déjà ses cuisses se refermer autour de ma tête pendant que je la lécherais jusqu'à ce qu'elle jouisse sur ma langue.

Elle ne répond pas, et je me demande si elle n'a pas changé d'avis. Je me lève et contourne la table pour m'arrêter à la hauteur de Savy, puis je me penche vers elle en posant une main sur son épaule. Sans le vouloir, j'inspire son parfum, un mélange frais et épicé, avant de lui murmurer à l'oreille :

— Sache juste que ma proposition tient toujours. Tu sais où me trouver si jamais tu veux aller au bout des choses.

— Quelles choses ? demande Shelby derrière moi.

Je me redresse.

Elle nous regarde, Savannah et moi, tour à tour, avant de déclarer :

— On sait tous qu'il n'y a qu'une seule chose qui fait tourner le cerveau de Cash à plein régime. Est-ce que cette chose a un lien avec Monsieur Chaud Bouillant ? Est-ce pour cette raison que tu as utilisé Cash, si j'ai bien compris ?

Fière d'elle, elle s'appuie sur la table, attendant une réponse.

Oups, grillés !

Savannah détourne la tête de sorte que ses cheveux couvrent son visage pour masquer le rouge vif de ses joues. Bien sûr, la subtilité légendaire de Shelby n'est pas passée inaperçue, et rapidement tout le petit groupe se réunit autour de la table.

— Cash, comment as-tu pu laisser un mec se jouer de Savannah alors que tu étais là ? demande Cassie en s'installant sur les genoux de Ryder, sans même savoir de quoi il en retourne vraiment. Tu aurais dû lui botter le cul !

Ah oui, c'est bon ça, continue de croire que c'est pas moi, Monsieur Chaud Bouillant.

Inutile d'entrer dans les détails et de révéler la véritable identité du protagoniste.

— Il ne s'est rien passé, pas la peine d'en faire tout un plat, marmonne Savannah. Et puis je suis une adulte, je sais très bien m'occuper de moi-même.

— Tu ne vas pas t'en tirer aussi facilement, commente Shelby, à qui je lance un regard noir.

Normalement, vu que c'est son frère, c'est à Jackson que revient la tâche de la faire chier du matin au soir pour tout et n'importe quoi, mais je peux lui prêter main-forte s'il le faut vraiment.

— Cash, m'interpelle Shelby d'une voix mielleuse, aurais-tu fait une proposition indécente à ma copine Savannah ? C'est comme ça que tu opères d'habitude, non ?

— Qui a fait une proposition indécente ? Et à qui ? Et pourquoi ? s'enquiert Ruby en apparaissant de nulle part, un paquet de chips à la main.

Non, mais sérieusement comment elle fait ? Elle mange comme quatre et n'a pas un gramme de graisse.

— Pour rien, répond-on en chœur avec Savannah.

— Cash, tu sais très bien ce que je pense, m'informe Cassie d'un ton sérieux.

— Non, je l'ignore, répliqué-je en lui adressant mon plus beau sourire. Attends, laisse-moi deviner… Ah si ! T'as enfin compris que tu sortais avec le mauvais associé du club ? Pas de souci : il n'est jamais trop tard pour changer d'avis. Bon, tu risques de moyennement kiffer mon appart, mais rassure-toi, tu vas adorer tout le reste.

Aussitôt, Savannah me donne un coup de pied sous la table. Est-ce parce que je fais du rentre-dedans à sa meilleure copine, qui, accessoirement, sort avec l'un de mes meilleurs potes, ou juste parce qu'elle est jalouse ?

— Très drôle, mais non, rétorque Cassie.

— Non quoi ? la provoqué-je.

— Ne joue pas au malin avec moi, Cash. Pas touche à ma meilleure amie.

Bien sûr qu'elle a capté le truc, elle est bien trop intelligente pour ne pas faire le rapprochement.

— Coucou, la meilleure amie en question est juste là, observe Savannah en roulant des yeux. Et puis c'est pas comme si j'avais accepté sa proposition.

— Ah, c'est toi qui as fait une proposition indécente à Savannah ! s'exclame Ruby qui, apparemment, ne l'avait toujours pas compris.

Bon, bah voilà, tout le monde est au courant maintenant.

— Je voulais être un bon ami pour elle, dis-je en haussant les épaules. Mais en quoi ça vous regarde d'ailleurs ?

— Exactement !! tonne Savannah. Écoute, Cassie, merci de t'inquiéter pour moi, mais je suis une grande fille et je suis tout à fait capable de gérer les choses toute seule.

— T'es sûre ? Parce que si ce gars t'embête…, déclare Ryder en me montrant du doigt.

Je lève les mains en signe de reddition.

— C'est sympa de ta part, mais ce ne sera pas nécessaire, Ryder, parce que si j'ai envie de faire des galipettes avec ton barman je le ferai, et personne ne pourra m'en empêcher. Je couche avec qui je veux, OK ?

Et, avec cette phrase, Savannah parvient à clouer le bec à tous.

— Savannah…, murmure Cassie.

— Cassie, il s'agit de ma vie et si j'ai envie que Cash me fasse grimper au rideau, eh bien, Cash me fera grimper aux rideaux.

Le regard qu'elle me lance me fait comprendre qu'on n'est plus en train de jouer et que sa décision est prise.

Putain, je pense que j'ai vraiment besoin d'un petit remontant !

5

Savannah

Ça y est : ce soir, c'est le grand soir. Soit je vais décrocher la promotion que je veux tant, soit je vais encore devoir attendre un an. Ou deux. Ou toute la vie, plutôt. Si le job me passe sous le nez, ça va vraiment pas le faire.

La soirée bat son plein dans la somptueuse salle de bal de l'hôtel *Intercontinental*. La crème de la crème de la scène musicale est présente, ainsi que les acteurs encore inconnus qui s'apprêtent à percer sur le grand écran.

J'attrape une coupe de champagne sur le plateau d'un serveur qui passe et balaie la salle du regard, à la recherche d'un nouveau gros client potentiel. Je pense que je ne devrais pas avoir de mal à en trouver un ici.

— Ah, vous voilà enfin ! s'exclame Thomas Briggs en sortant de la foule, vêtu d'un costume parfaitement coupé, sa peau sombre contrastant avec sa chemise à col blanche.

Briggs excelle dans tout ce qu'il entreprend, qu'il s'agisse de faire du café ou de batailler pour contourner ou alors imposer des changements à un contrat. C'est quelqu'un de courtois et aimable, et, si ça ne tenait qu'à lui, j'aurais déjà été promue il y a belle lurette. Mais, malheureusement, Meyers aussi a son mot à dire à ce sujet, et tout le monde sait quel est son point de vue sur les femmes : leur place est à la maison, pieds nus, dans la cuisine, le ventre bien arrondi. D'ailleurs, la seule raison pour laquelle je n'ai pas encore claqué la porte de leur cabinet, c'est Thomas Briggs.

— Où étiez-vous passée ? s'enquiert-il d'un ton plaisant. Ça fait une heure que Maxwell circule entre les invités, à la recherche d'un client. Vous devez nous en ramener un aussi, un gros poisson qui plus est.

— Ne vous inquiétez pas, je gère, lancé-je d'une voix que j'espère confiante.

Si les informations de Rob sont correctes – et je ne vois pas pourquoi elles ne le seraient pas, il s'agit de Rob tout de même –, mon poisson est déjà pêché et me sera bientôt servi sur un plateau d'argent.

— En êtes-vous sûre ? insiste Briggs poliment.

Je porte la coupe de champagne à mes lèvres en observant Briggs par-dessus le bord du verre. J'apprécie qu'il s'inquiète pour moi et je sais qu'il veut que je réussisse au sein du cabinet ; cela dit, ça m'embête un peu de savoir qu'il ne s'est jamais autant préoccupé d'un autre avocat du cabinet, comme Maxwell, par exemple.

Briggs, Meyers et Associés a dernièrement perdu pas mal de clientes à cause de l'attitude déplorable de Meyers vis-à-vis des femmes et sa façon condescendante de s'adresser à elles, même s'il refuse obstinément de le reconnaître. Du coup, logiquement, Briggs repose tous ses espoirs sur moi pour réparer la situation une fois que j'aurai la promotion, et donc, si je ramène un gros client ce soir, ça jouera grandement en ma faveur et ça me rapprochera de mon but ultime.

— Oui, j'en suis sûre à cent pour cent. Tout est sous contrôle.

— Très bien, je vous fais confiance. Y a-t-il quelque chose que je puisse faire pour vous aider éventuellement ?

Je lui tends ma coupe vide en déclarant :

— Non, regardez-moi juste pêcher mon gros poisson et, si ça ne vous dérange pas, apportez-moi une autre coupe. Je vais aller trouver Mathias de Triton Entertainment pour finaliser le deal.

— Voilà ce que j'aime entendre ! s'exclame-t-il avec un sourire chaleureux. Montrez-leur à tous de quel bois vous vous chauffez.

Comptez sur moi.

Il ne me faut pas beaucoup de temps pour trouver Mathias, qui est à côté de la scène, et je prends le temps de le détailler en avançant vers lui parce que c'est la première fois que je le vois en vrai. Avec ses cheveux foncés et sa peau mate, je trouve qu'il ressemble un peu à un dieu grec. On a dû se parler au téléphone des centaines de fois déjà, et je dois reconnaître que ce n'est pas toujours facile de discuter affaires avec lui. Je savais déjà qu'il avait un caractère difficile, mais, heureusement, gérer des gens comme lui, ça fait partie de mon travail, et je le fais les yeux fermés depuis le temps.

Ce soir, je joue gros et j'espère sincèrement que Mathias pourra me rendre le service que j'attends de lui. Triton Entertainment représente majoritairement des stars de la chanson country, et, oh, quelle coïncidence, Meyers adore la chanson country.

— Mathias ? l'interpellé-je une fois à sa hauteur. Savannah Sunday.

— Ah, Savannah, ravi de te rencontrer enfin ! me salue-t-il en me donnant une petite accolade.

— Tout le plaisir est pour moi, et merci de m'avoir mise sur le coup. As-tu bien reçu le bourbon ?

— Oui, oui, merci beaucoup. Il était délicieux. Je dois dire que tu as très bon goût.

Je remercie silencieusement Cash de m'avoir aidée à choisir le bourbon qui m'a vraisemblablement permis de marquer quelques points avec Mathias.

— Du coup, si j'ai bien compris, tu voulais me présenter quelqu'un de spécial ce soir, une grosse pointure de la chanson country ?

— Oui, exactement. Je pense que tu vas l'adorer, déclare-t-il en se penchant vers moi avec un air de conspirateur. C'est un génie, ce mec, vraiment.

— Il est si bien que ça ?

— Il sera rapidement plus connu que Tim McGraw et il a l'allure de Luke Bryan.

Waouh, je suis impatiente de voir ce beau spécimen !

— J'ai hâte de le rencontrer dans ce cas.

— J'allais justement monter sur scène pour le présenter à la salle. Il va nous chanter une de ses chansons. Donc, comme tu le sais déjà, il est à la recherche d'un avocat et il veut quelqu'un qui a du mordant. (Il accompagne sa remarque d'un clin d'œil, et je serre les dents.) Ne bouge surtout pas, tu as la meilleure vue d'ici. Il va nous chanter le titre qui est actuellement en tête de plusieurs classements, et on reviendra te voir juste après pour discuter de la suite, m'informe-t-il tout sourires.

J'opine, et Mathias disparaît derrière la scène. Puis il refait son entrée sur celle-ci quelques instants après à la suite des musiciens qui s'affairent à préparer leurs instruments. Mathias saisit le micro devant lui, et mon cœur se met à battre plus vite dans ma poitrine. Le moment que j'attendais tant est enfin arrivé.

— Mesdames et messieurs, annonce-t-il d'une voix qui résonne dans toute la salle, je vous remercie d'être là ce soir et j'ai l'immense plaisir de vous présenter notre nouvel artiste, Tanner Jakes, qui va nous interpréter sa dernière chanson, *Old Dirt Roads*.

J'ouvre grands les yeux, et mon sourire disparaît aussitôt.

Non. Non, non, non!

Mon cerveau hurle à tue-tête et ma bouche est à deux doigts de se joindre à lui.

Non, mais dites-moi que je rêve, c'est une blague, le destin ne peut pas être aussi cruel quand même, si? Peut-être que Mathias s'est trompé ou alors c'est moi qui ai dû mal entendre.

À cet instant, Tanner Jakes sort des coulisses et se dirige vers le micro d'un pas léger en balançant les hanches comme un vrai cow-boy. Mon regard se pose machinalement sur la ceinture taille basse de son jean délavé, plus précisément sur les boutons de sa braguette. Mesurant un mètre quatre-vingt-dix, des bottes de cow-boy aux pieds et un Stetson sur la tête, il respire la « beau gosse attitude » et possède un charme fou qui va séduire tout le monde, sans exception. Il sera rapidement la nouvelle coqueluche de ces dames et, pour moi, mon pire cauchemar devenant réalité. Il va mettre toute la salle à ses pieds, aucun doute sur ça.

Comment je sais tout ça ? Parce que moi aussi, il m'a séduite ; moi aussi, je suis tombée sous son charme. Je l'ai même aimé, à une époque, il y a longtemps.

Putain de destin de merde !

Tanner attrape le micro, qui émet un son assourdissant, et adresse au public un petit sourire d'excuse qui creuse ses fossettes.

Les premières notes de la chanson retentissent, et je croise le regard de Mathias qui lève ses deux pouces à mon adresse.

Ah non, compte pas sur moi pour lever mes pouces aussi, c'est mort !

Un coup de chaud me monte brusquement aux joues, mais je suis coincée, je dois rester ici et, comme si mon malheur ne suffisait pas, Tanner tourne la tête vers moi et plonge les yeux dans les miens, me figeant telle une statue.

Toute la distance que j'ai mise entre cet homme et moi, toutes les barrières que j'ai dressées autour de mon cœur, tout, absolument tout vole aussitôt en éclats, rouvrant ainsi mes blessures du passé.

J'ai sillonné les routes pendant très longtemps, ces vieilles routes désertes et interminables, en pensant à cette femme que j'ai laissée derrière moi…

Le son de sa voix m'enveloppe malgré moi, et, sentant les larmes me monter dangereusement aux yeux, je détourne le regard. Je déteste qu'il ait toujours une aussi grande emprise sur moi, sur mes émotions. L'empire de la musique country s'est construit sur des chansons d'amour à la con comme celle-ci. Tanner doit même en avoir tout un répertoire, mais peu importe ce qu'il chante, ça me fait mal de l'entendre.

J'ignore vraiment comment je fais pour garder mon calme parce que j'ai l'impression de vivre un cauchemar éveillé. Si ça se trouve, bientôt Dante surgira de nulle part pour me faire faire un petit tour de son Enfer. J'ai du mal à respirer, mon estomac fait des acrobaties de dingue, et je pense même que la salle devient de plus en plus petite.

Je dois absolument me calmer. Je gère.

Cette chanson ne veut rien dire et elle ne me touche pas. En revanche, j'aimerais bien qu'elle se termine rapidement, mais, bien sûr, il n'en est rien, parce que Tanner entonne le refrain en me regardant, moi.

Elle a toujours été mon chez-moi, mon refuge…

Mais quel salaud!

Il me disait toujours ça à l'époque, et maintenant il est en train de le chanter devant tous ces gens.

C'en est trop pour moi, je ne peux pas rester ici, à écouter cette chanson, pour laquelle il s'est clairement inspiré de notre relation, en me noyant dans ses magnifiques yeux bleu clair. Je dois m'en aller, c'est la seule solution.

Tant bien que mal, je me fraie un chemin dans la foule qui se balance, comme hypnotisée, au rythme de sa chanson. Tanner Jakes est la nouvelle star de la chanson country, ça ne fait aucun doute, mais il est hors de question qu'il soit mon client. Mon départ précipité me vaut quelques coups d'œil irrités de la part des convives que je bouscule, mais je m'en fiche complètement. Là, c'est mon instinct de survie qui a pris le dessus et qui me guide. Soit c'est ça, soit je pars en live devant tout le monde.

Je ravale la bile qui me monte sans cesse à la gorge quand j'entends une rouquine minauder sur ma gauche :

— Oh, comme c'est romantique !

J'ai envie de lui mettre une bonne grosse gifle parce que non, c'est pas romantique du tout. Cette putain de chanson parle de la femme avec laquelle il a trompé sa femme. C'est donc pas romantique, c'est juste dégueulasse.

J'ai presque atteint la sortie quand je m'arrête net. Qu'est-ce que je suis en train de faire ? Je ne peux pas partir, c'est comme si je me tirais une balle dans le pied. Si je franchis cette porte, je peux dire au revoir à la promotion sans parler du coup qu'en prendrait ma réputation professionnelle. Il faut que j'arrête de me comporter comme une Cendrillon traumatisée.

Forte de cette résolution, je décide d'agir en adulte responsable que je suis et file tout droit vers les toilettes le temps de me remettre les idées en place. Une fois dans l'une des cabines, je m'y enferme à double tour, m'adosse contre la porte et pose une main sur mon ventre en espérant calmer mon estomac.

Putain de merde, fait chier !

Même d'ici, j'arrive à entendre la voix de Tanner, et, rapidement, je laisse la mélodie me transporter vers les souvenirs que je cherche à oublier.

Avec Tanner, j'ai vécu les six mois les plus beaux de toute ma vie, du moins c'était ce que je croyais avant que la vérité éclate au grand jour. Je l'ai rencontré lors d'un de mes déplacements professionnels à Nashville, et ça a tout de suite collé entre nous. Il commençait tout juste à se faire connaître et venait de se trouver un agent. Il ne connaissait pratiquement personne du métier encore, ni Mathias ni Triton Entertainment en général. Cela dit, il a rapidement trouvé son public en remplissant, doucement mais sûrement, les salles de concert du sud du pays. Quand il n'était pas à Atlanta avec moi, on avait l'habitude de passer des heures et des heures au téléphone à parler de tout et de rien, à refaire le monde, et rien qu'en y repensant…

Non, oublie, c'est mieux.

Et puis, un vendredi, Tanner m'a fait la surprise en venant me chercher au bureau avec une de mes petites valises déjà prête pour m'emmener en week-end. Il m'a dit qu'il avait décidé ça sur un coup de tête, comme la plupart des décisions qu'il prend, d'ailleurs. Vu que son emploi du temps devenait de plus en plus chargé, j'étais ravie de sa démarche, et ça faisait aussi longtemps que je ne m'étais pas accordé un week-end tranquille sans boulot. Même Rob était super content de me voir, moi, la maniaque de la microgestion, lâcher du lest et profiter un peu de la vie.

Tanner avait loué une magnifique maison au bord de la mer, sur la côte géorgienne. On n'a peut-être pas trop profité de la plage, mais on a passé deux jours extraordinaires. Il m'a chanté ses dernières chansons à la guitare, dont celle avec laquelle il comptait conquérir la scène country et se hisser rapidement au sommet de tous les classements.

Comme il voulait qu'elle soit parfaite, il a passé la majorité du week-end à bosser dessus, et moi, je l'écoutais et le regardais, plongé dans son travail de création.

Un soir, j'étais allongée sur le lit, portant un de ses tee-shirts, pendant que lui était assis au bord, essayant de peaufiner un des passages de la chanson.

— « Accélérant sur la vieille route pour fuir… Rouler… Rouler sans but… », a-t-il chanté, essayant d'accorder les paroles à la mélodie qu'il jouait sur sa guitare, sans succès.

— « Roulant sur cette vieille route, j'ai toujours l'impression de rentrer chez moi », lui ai-je alors proposé en me plaçant derrière lui et en enroulant les bras autour de son cou.

Comme il venait de sortir de la douche, j'ai enfoui la tête dans son cou pour humer son délicieux parfum, un mélange de citron et de cèdre.

— J'aime bien, a-t-il déclaré. Ouais, ça peut donner quelque chose.

Et c'est ainsi que ma phrase est devenue le fil rouge de sa chanson, et de notre relation. Notre histoire reposait sur la spontanéité, c'était comme ça qu'on fonctionnait, des voyages de dernière minute, des visites surprises. D'ailleurs, comme il m'a fait le coup de débarquer chez moi sans me prévenir plein de fois, je voulais le surprendre à mon tour. J'ai donc pris l'avion pour Nashville, impatiente de voir sa réaction. Jamais je n'oublierai à quel point j'étais excitée à l'idée de visiter la ville avec lui et de l'avoir rien que pour moi pendant deux jours.

Sa maison de style ancien semblait très bien entretenue, avec un jardin entouré de haies et agrémenté de parterres de fleurs. En voyant tout ça, je me rappelle m'être fait la réflexion qu'il devait avoir un sacré jardinier pour s'occuper du vaste terrain.

J'ai remonté l'allée qui menait à la maison, et, quand j'ai frappé à la porte, une femme m'a ouvert quelques secondes après. Elle était ravissante, avec de longs cheveux blonds et des yeux bleus. Étrangement, c'était exactement le genre de nanas qu'on imaginait en couple avec un chanteur country.

— Puis-je vous aider ? a-t-elle demandé avec un sourire.

Et moi, comme une conne, j'ai répondu :

— Euh… oui, je cherche Tanner.

Aussitôt, son expression a changé du tout au tout. Elle a croisé les bras, laissant bien paraître la bague montée d'un énorme diamant qu'elle portait à l'annulaire.

— Ah, vous cherchez Tanner ! Je suis sa femme. Enchantée.

Sans rien dire, j'ai hoché faiblement la tête avant de redescendre l'allée presque au pas de course. Je suis tout de suite retournée à l'aéroport, j'ai changé mon billet de retour – au prix fort – et suis retournée à Atlanta. J'aurais pu tout supporter, mais ça… J'étais… dévastée. Jamais je ne me suis sentie aussi sale et trahie.

Après cet épisode désastreux, je me suis lancée corps et âme dans le boulot en me disant que si je ne pouvais pas avoir ma fin heureuse, celle qui comprenait la belle maison avec une clôture blanche autour, autant essayer de devenir la meilleure avocate qui existe dans le sud des États-Unis.

Poussant un soupir, je me redresse avant de me tourner pour sortir de la cabine en essayant de reléguer tous ces fichus souvenirs au passé, là où ils appartiennent. Je m'avance vers l'un des lavabos et m'y appuie en baissant la tête et en inspirant profondément. Je me suis peut-être débrouillée comme une chef dans ma vie professionnelle, mais ma vie perso, elle, a fini par devenir catastrophique.

Allez, tout ira bien, tout… (Je croise alors mon regard dans le miroir au-dessus du lavabo et change d'avis.) *Ça n'ira pas bien, pas bien du tout.*

J'ai une tête épouvantable, on dirait que j'ai été percutée par un camion qui a même fait une marche arrière pour me rouler dessus, juste pour le fun. D'une main tremblante, j'ouvre ma pochette et fouille dedans avant d'en sortir mon portable, puis je compose le numéro. Il n'y a qu'une seule personne qui puisse m'aider…

« Bonjour, vous êtes bien sur la messagerie de Cassie, je… »

Merde ! Merde ! Merde !

Je raccroche et me regarde de nouveau dans la glace.

Ne panique pas, surtout ne panique pas…

Cassie doit être à *Altitude* et n'entend pas son téléphone à cause de la musique. Je parcours alors la liste des contacts sur mon portable pour appeler directement le club. Je dois parler à Cassie ; maintenant qu'elle est revenue habiter ici, je n'ai plus besoin de traverser tout ça seule. Au bout de quelques sonneries, quelqu'un décroche enfin.

— *Altitude*, Cash à l'appareil.

— Est-ce que Cassie est là ? demandé-je d'une petite voix.

Je suis à deux doigts de pleurer et j'inspire lentement pour me calmer.

— Savy ? Qu'est-ce qui se passe ?

Merde, c'est donc si évident que ça ?

Je me racle la gorge dans l'espoir de donner une tonalité plus détachée à ma voix.

— Est-ce que tu peux juste dire à Cassie que je suis à l'hôtel *Intercontinental* et que j'ai besoin d'un plan B ? S'il te plaît, Cash, tu peux faire ça pour moi ?

— Tu m'inquiètes là, Savy. Tu vas bien ? Dois-je apporter ma trousse de premier secours ?

Je laisse échapper un petit rire forcé.

— Non, non, en revanche si tu as un coup-de-poing américain qui traîne... Bref, dis à Cassie que c'est une urgence, OK ? Je te revaudrai ça.

— Tu es sûre que tu veux avoir une dette envers moi ? C'est pas tombé dans l'oreille d'un sourd.

— Cash !

Je ne suis pas d'humeur à plaisanter là.

— Oui, oui, OK, je gère.

C'est à cet instant qu'une première larme roule sur ma joue, puis une autre et une autre encore. Je ne peux pas retourner dans une salle pleine d'admirateurs de ce cher Tanner Jakes, qui est devenu célèbre parce qu'il a écrit une chanson sur nous. C'est au-dessus de mes moyens. Lui, ça se voit que son cœur est resté intact après notre histoire.

— Tout ira bien, Savy. La cavalerie arrive.

Je hoche silencieusement la tête et raccroche.

Tout ira bien...

Si j'ai pu survivre en apprenant qu'il avait une femme, je peux bien survivre à cette putain de soirée.

Allez, Savannah, on se remet de ses émotions. Ça y est, tu as pleuré un peu, mais il est temps à présent de leur montrer l'avocate intrépide et sûre d'elle que tu es. Tu n'es pas du genre à te dégonfler devant une bagarre ; non, toi, tu serres les poings et tu fonces dans le tas. Tanner Jakes peut écrire encore un millier de chansons sur votre histoire, mais tu t'en tapes, ça ne doit pas t'atteindre.

Je me tamponne les joues avec un mouchoir et j'essuie l'eye-liner qui a un peu coulé sous mes yeux. Celui qui a inventé le mascara waterproof est un génie. Je retire mon rouge à lèvres de la pochette et j'en applique une couche généreuse, puis, pressant mes lèvres l'une contre l'autre plusieurs fois, je jette un dernier coup d'œil à mon reflet. C'est déjà mieux, maintenant je suis de nouveau prête à retourner dans l'arène.

Toute cette mascarade peut se torcher en dix minutes chrono, et si je peux m'enfiler un cocktail en quittant la salle ce sera juste top. Puis, une fois chez moi, je me ferai couler un bon bain chaud dans lequel je me glisserai avec un verre de vin à la main pour essayer d'oublier cette soirée cauchemardesque.

Rejetant les épaules en arrière, je retourne dans la salle et j'aperçois aussitôt Briggs qui me demande du regard si tout va bien.

Bien sûr que tout va bien, parce que je veux garder mon boulot et décrocher la promotion.

Je lui souris et j'opine avant de prendre une autre coupe de champagne sur un plateau qu'un serveur fait circuler parmi les convives. Rien de mieux qu'un peu de bulles pour me redonner la pêche.

Je passe de groupe en groupe en me présentant et en discutant quelques minutes avec les autres invités de la soirée, tout en distribuant mes cartes de visite. Une vraie pro. Dès que j'en ai l'occasion, je regarde l'heure sur mon téléphone, comptant les secondes qu'il me reste à tirer dans cet enfer. Ma meilleure copine ne devrait plus tarder.

J'ai déjà survécu huit minutes quand je vois Mathias et plusieurs de ses collègues se diriger tout droit vers moi. *Merde, je fais quoi maintenant?* J'ai travaillé trop dur pour construire une relation professionnelle avec Triton Entertainment, je ne peux pas tout envoyer balader juste comme ça.

— Savannah, te voilà! déclare Mathias. J'avais peur que tu ne sois partie. Alors, que penses-tu de notre dernier poulain ? Il est fantastique, n'est-ce pas ?

Il y a plein d'adjectifs qui caractérisent à la perfection Tanner Jakes, mais « fantastique » n'en fait sûrement pas partie.

— C'est un sacré numéro que tu as déniché là, répliqué-je en souriant. Je suis même sûre qu'il a déjà un tas d'admiratrices qui sont folles de lui.

Allez, bonjour, au revoir, les secours arrivent pour me sortir de là.

— Oui, mais malheureusement pour elles Tanner est marié, s'esclaffe Mathias.

Je me sens blêmir à ces mots.

Ne sois pas stupide, c'est juste une blague. Rigole, allez!

Je me mets à rire, mais ça sonne archifaux.

— Ah, merci du tuyau, je ne manquerai pas de prévenir mes collègues ! En revanche, si tu veux bien m'excuser, Mathias, mais je dois y aller.

— Non, reste encore un peu, Tanner veut faire ta connaissance. Il a tellement entendu parler de Briggs, Meyers et Associés, et veut s'entretenir avec toi vite fait ce soir. C'est bon, on est prêts à signer avec toi.

Génial !

Bon, il m'a peut-être bousillé le cœur, mais je ne dois pas lui donner l'occasion de bousiller ma carrière.

— Quelle bonne nouvelle ! dis-je.

C'est pour le boulot, le boulot, le boulot. La promotion, pense à la promotion.

— J'adorerais le rencontrer aussi, mais là, vois-tu, je suis un peu pressée. On pourrait peut-être caler un…

— Ne me dis pas que tu vas à la pêche aux clients, m'interrompt Mathias.

— Voyons, Mathias, tu sais comment se passent les choses dans ce milieu, fais-je remarquer avec un petit rire. Pas de répit pour les avocats !

Soudain, la foule se fend en deux, laissant apparaître Tanner Jakes, mon cauchemar en chair et en os. Dire qu'il y a encore quelques mois, j'aurais remué ciel et terre pour cet homme, qui s'est révélé être un connard de première.

— Savannah Sunday, me salue-t-il en me prenant la main, le regard fixé sur moi.

J'ai l'impression de tomber dans un trou sans fin. Je n'ai qu'une envie, c'est de retirer brusquement ma main et de le gifler. Ouais, voilà, s'il ne me lâche pas dans les secondes qui suivent, je vais lui flanquer une baffe monumentale. J'ai la rage, là, ça y est.

— Ça fait longtemps, ajoute-t-il avec un sourire en coin.

Ne pouvant plus attendre, je retire lentement ma main et j'ai envie de l'essuyer sur ma robe, mais je me retiens.

— Monsieur Jakes.

— Tanner, voyons. Je préfère que les gens qui s'occupent de mes affaires m'appellent par mon prénom.

Je me sens rougir jusqu'aux oreilles.

— Très bien, Tanner. Écoutez, je suis sûre qu'on pourra faire de grandes choses…

— Oh, j'en suis sûr aussi ! me coupe-t-il de nouveau.

Ne le bute pas. Ne. Le. Bute. Pas.

— Je suis persuadée que notre réputation parle d'elle-même, mais je serais ravie de pouvoir répondre aux éventuelles questions que vous vous posez au sujet de Briggs, Meyers et Associés. Comment puis-je vous convaincre de signer avec nous afin que nous vous aidions à devenir un homme encore plus riche ?

Tanner plonge le regard dans le mien, et je décide de le soutenir coûte que coûte. Il ne va pas me déstabiliser, surtout pas quand il est question de mon avenir professionnel.

— Savy ! m'interpelle une voix familière derrière moi.

Il n'y a qu'une seule personne qui m'appelle comme ça et…

Non.

Nooon, Cash ne ferait pas ça même si je suis à la fois euphorique et terrifiée par cette idée.

Je me retourne et vois… Cash, bien évidemment.

Ah, bah si, en fait, il l'a fait.

Comme à son habitude, il n'a écouté que ce qu'il a voulu entendre, du Cash tout craché.

Il s'avance vers nous, et je m'aperçois qu'il n'est pas du tout habillé pour la soirée. Il porte son tee-shirt en col V blanc, un jean et des bottes, et a quand même pris la peine de revêtir une veste.

Nos regards se croisent, et il me sourit, faisant apparaître la petite fossette sur sa joue et, en le regardant de plus près – son style combiné avec son attitude –, je dois admettre qu'il ne fait pas trop tache parmi les convives.

— Un whisky avec des glaçons, s'il vous plaît, annonce-t-il à l'adresse de Tanner en lui filant un billet de 20 dollars.

Oh, oh!

— Cash, je…

Je n'ai pas le temps d'aller au bout de ma pensée parce qu'il m'attire à lui et m'embrasse. Sur la bouche.

Waouh! Le contact de ses lèvres sur les miennes provoque en moi une décharge électrique, et je crispe convulsivement les orteils dans mes escarpins. Son baiser est à la fois tendre et profond, et j'ai la tête qui commence à tourner. Eh bé, il disait la vérité au sujet de sa langue « agile ».

Quelques instants plus tard, il met fin au baiser, sans doute pour reprendre son souffle.

— Désolé d'être en retard, s'excuse-t-il en ignorant le monde qui nous entoure.

Parle, dis quelque chose! hurle mon cerveau. *Tu es une avocate reconnue, alors tu effaces ce sourire béat et tu te remets en mode boulot.*

Oui, j'aimerais bien mais je n'y arrive pas. Le contrecoup de ce baiser est juste… *Waouh!*

— Je… je… Qu'est-ce que tu fais ici?

Ce n'est pas du tout le plan B que j'attendais, mais, maintenant qu'il est là, je me dis que c'est celui dont j'ai besoin, en fait.

Cash tourne son regard vers Tanner qui nous observe, les mâchoires crispées. *La tête qu'il fait, mon Dieu!* J'aimerais pouvoir la prendre en photo, l'imprimer, l'encadrer et l'accrocher au-dessus de ma cheminée pour lui faire un doigt d'honneur chaque fois que je passe devant.

— J'ai pas été clair dans ma commande? lui demande alors Cash.

Impossible que Cash ignore qui il est; cela dit, c'est tellement bon pour mon moral de le regarder remettre cette petite vermine à sa place. Tanner serre les poings et s'il décide vraiment de faire ce que je pense qu'il veut faire il aura assez de matos pour pondre un album entier.

Bon, assez plaisanté, je ne veux pas non plus que la soirée se termine en bain de sang.

— Chéri…, dis-je en essayant d'imiter l'intonation de Cassie quand elle s'adresse à Ryder et en posant une main sur le torse de Cash.

Tiens, je me demande ce que ça ferait de toucher son torse musclé sans son tee-shirt.

— Je te présente Tanner Jakes, mon nouveau client.

— Félicitations, mon cœur. C'est officiel alors, on peut enfin célébrer ça ? (Il se tourne ensuite vers Mathias et Tanner.) Elle a bossé comme une malade pour que tout soit parfait dans les moindres détails, ajoute-t-il. Je n'aurai plus à m'endormir avec un ordinateur portable entre nous. C'est un peu embêtant, si vous voyez ce que je veux dire.

Mathias éclate de rire. Il faut dire que le charme naturel de Cash agit rapidement sur tous ceux qu'il croise sur son chemin.

— Ravi de vous rencontrer, annonce Mathias en lui tendant la main.

Cash la serre d'une poigne ferme.

Il semble avoir mis Mathias dans sa poche sans problème, mais il n'en est pas de même pour Tanner, loin de là. Le cow-boy sûr de lui ressemble plus à un taureau prêt à charger, et je décide de mettre un peu de distance entre Cash et moi pour essayer de sauver les meubles. Ça a l'air de marcher parce que les traits de Tanner se détendent légèrement.

— Comment avez-vous connu Savannah ? interroge-t-il Cash.

— Elle était penchée sur mon bar la première fois que j'ai posé le regard sur elle. Je possède cinq clubs à

Atlanta avec des potes. Dès que je l'ai vue, je n'ai pas réussi à décrocher les yeux d'elle, mais elle m'a bien fait ramer avant que j'arrive à obtenir un premier rencard. Elle ne se laisse pas faire. Par qui que ce soit.

Cash dirige alors un regard appuyé vers Tanner – évidemment qu'il a compris que c'était lui, la source de mon désarroi – en lui adressant un message silencieux qui n'augure rien de bon, et, brusquement, la tension monte d'un cran.

6

Savannah

— Il se fait tard, on devrait rentrer, dis-je à Cash avant qu'il en vienne aux mains avec Tanner.

Ce n'est pas pour Cash que je m'inquiète, il sait parfaitement se défendre, c'est plus pour Tanner qui risquerait de se retrouver étalé par terre comme une crêpe.

J'ai l'impression que la peur et la colère que Tanner a suscitées en moi ce soir se dissipent peu à peu et que les morceaux de mon cœur brisé commencent lentement à se recoller. Je peux rester encore dix minutes s'il le faut ; tiens, je peux même accepter de prendre Tanner comme client et c'est à Cash que je le dois. Il a littéralement sauvé ma soirée en débarquant ici, prétendant être mon petit ami et surtout remettant Tanner à sa place.

Ne sentant apparemment aucun malaise, Mathias me dit qu'il m'appellera pour convenir d'un rendez-vous puis salue Cash en lui serrant de nouveau la main avant de disparaître dans la foule, suivi de ses collègues.

Cash reporte aussitôt toute son attention sur Tanner, et j'ai envie de l'attraper par le bras et de l'entraîner loin d'ici. Il est venu, m'a sauvé la vie, mais maintenant c'est fini, il faut s'en aller. Malheureusement, je connais trop bien Cash pour savoir qu'il ne va pas lâcher l'affaire aussi facilement. Cette situation est destinée à se finir dans le sang ou au fond d'une bouteille. Ou un mélange des deux. Perso, je préfère juste la deuxième option.

Sympa, les rencards avec Cash en tout cas.

— Ça fait combien de temps que vous êtes ensemble ? demande Tanner.

Ignorant délibérément sa question, Cash se tourne vers moi.

— Ça va ? s'enquiert-il. Tu as eu une longue journée au bureau déjà et maintenant le gala, tu dois être morte de fatigue.

— Je vais bien.

Il hoche la tête et pose une main sur mon bras avant de la faire glisser vers le bas de mon dos dans un geste protecteur, mais qui veut clairement dire : « Elle est à moi. »

— En revanche, j'espère que tu n'as pas oublié le massage que tu m'as promis, ajouté-je.

Je lui lance un sourire avant de poser le regard sur Tanner parce que, bon, je ne veux pas non plus enfoncer le clou jusqu'au bout.

— Ça doit faire quelques semaines, même si j'ai l'impression que ça fait plus étant donné qu'on se connaît depuis une éternité, lancé-je en guise de réponse tardive.

Je regarde de nouveau Cash et plaque une main sur son torse, juste à l'endroit où bat son cœur. Ses battements sont réguliers alors que les miens sont super rapides et limite assourdissants, mais il faut dire que les caresses circulaires du pouce de Cash dans le bas de mon dos y sont largement pour quelque chose. Et mon entrejambe aussi réagit à son toucher. *Oh oui !*

— Tu ne perds pas de temps à ce que je vois, Savy, observe Tanner d'une voix furieuse qui me fait l'effet d'une gifle.

Je me retourne pour partir, mais Cash demeure immobile et attrape ma main sur son torse, puis la porte à ses lèvres pour embrasser l'intérieur de mon poignet.

— Voyons, Savy, ne sois pas aussi modeste, ça fait quoi… ? Trois, quatre mois plutôt ? déclare-t-il en me regardant droit dans les yeux.

Je sens mes joues s'empourprer.

— Bon, c'est vrai qu'au début c'était pas officiel, enchaîne-t-il, mais j'ai toujours su ce que je voulais et où ça allait nous mener.

— C'est Savannah, le corrige Tanner. Elle a horreur des surnoms.

Une lueur malicieuse passe dans les yeux de Cash avant qu'il tourne la tête vers Tanner et, sans son regard plongé dans le mien, je me sens… toute nue. Mais bon, le round deux entre lui et Tanner en vaut largement la peine.

— Peut-être qu'elle n'aime pas que certaines personnes l'appellent par un surnom, commente Cash. Venant de moi, ça ne la dérange pas du tout.

OK, là, ça devient vraiment tendu.

— Les gars…

Ils ne m'écoutent même pas, ils sont trop occupés à s'observer comme des boxeurs sur un ring de Ryder, avant le combat.

— Tu fais quoi dans la vie… ? Excuse-moi, j'ai pas capté ton prénom, dit Tanner.

— Cash Gardner. Je suis mixologue et…

— « Mixologue » ? s'esclaffe Tanner. Ouais, t'es barman, quoi. Méfie-toi, Savannah. Tu connais la réputation des barmans, j'espère pour toi qu'il est clean sur tous les fronts.

Je sens aussitôt Cash se raidir à côté de moi en serrant les poings. Il n'est pas Ryder, certes, toutefois il est capable d'envoyer valser Tanner d'une simple droite. Mais je préférerais personnellement lui extirper les yeux des globes oculaires, parce que c'est ma bataille, pas celle de Cash. C'est moi qui ai un passé avec Tanner, à moi donc d'en assumer les conséquences. Et puis il ne faut pas oublier que j'ai quand même besoin de ce salopard pour ma promotion.

Même si ça me tue de le faire, je dois ranger mes griffes et faire ce que ferait tout bon avocat : sourire et achever l'adversaire.

— On devrait vraiment y aller, annoncé-je à Cash en le tirant légèrement par le bras. J'ai promis à Cash qu'on…

—Attends, Savannah, cet individu a clairement besoin qu'on lui explique certaines choses, rétorque Cash en souriant. On ne peut pas le laisser dans l'ignorance tout de même.

Si, si, on peut parce que Tanner est un crétin, inutile de gaspiller ta salive pour rien.

—Éclaire ma lanterne dans ce cas, déclare Tanner en lui adressant un sourire qui découvre ses belles dents blanches et régulières.

Pourquoi, mon Dieu, pourquoi ? C'est le même sourire qui me fait trembler les jambes. Il faut absolument que je sorte d'ici, tout cela devient ridicule. Quand j'ai mis le plan B en action, j'ignorais que j'aurais également besoin d'un plan C.

J'ouvre la bouche pour dire quelque chose, mais la referme aussitôt parce que j'ai envie de crier. Oui, de crier sur Tanner puis sur Cash, et encore une fois sur Tanner.

Allez, les mecs, sortez vos queues, et c'est la plus grande qui gagne. Qu'on en finisse !

—Alors, vois-tu, on a souvent tendance à confondre un barman et un mixologue, c'est un peu comme appeler un chef étoilé un simple cuisinier, explique Cash. Bien sûr, avant d'être un chef étoilé, celui-ci était forcément un cuisinier. Autre exemple – au cas où tu n'aurais pas compris celui-là –, c'est pas parce qu'une personne chante bien du karaoké qu'elle pourrait remporter un Grammy. Elle sait chanter, OK, mais ce n'est pas un artiste, on est d'accord ?

À ces mots, il reluque Tanner de la tête aux pieds en esquissant une petite grimace.

Tanner n'a jamais eu à travailler pour quoi que ce soit, ses mains calleuses ne sont pas le résultat de durs labeurs mais des cordes de sa guitare. Il vient d'une famille friquée et est né avec une cuillère en argent dans la bouche.

Croisant de nouveau le regard de Tanner, Cash ajoute :

— Ouais, je pense qu'on est d'accord.

Tanner inspire profondément, comme s'il s'apprêtait à bondir sur Cash, mais, maintenant que ce dernier a dit ce qu'il avait à dire, cette histoire ne l'intéresse plus.

Il m'enveloppe d'un regard tellement intense que j'ai l'impression qu'il vient d'ouvrir une cage pleine de papillons dans mon ventre. Je comprends maintenant comment il s'y prend pour ramener une nana chez lui. Il les regarde comme si elles étaient la chose la plus importante à ses yeux. Même moi, s'il m'embrassait, là, je lui dirais oui à tout. Absolument tout.

— À présent, si tu veux bien nous excuser, j'aimerais passer un peu de temps en tête à tête avec ma copine, annonce-t-il. Ravi d'avoir fait ta connaissance, même si, bon, c'est clair que je n'achèterai jamais ton album, je ne suis pas fan de la musique country, au grand dam de ma mère.

Il lui fait un clin d'œil accompagné d'un petit hochement de la tête – un geste qui lui a sûrement déjà évité pas mal de galères –, avant de me guider loin de Tanner, et heureusement qu'il me tient parce que j'ai les jambes en coton.

— Ça va, Savy ?

Je hoche la tête, même si ça ne va pas bien du tout. Cette soirée a déchaîné en moi une véritable tempête, et j'aimerais bien établir un état des lieux émotionnel le plus rapidement possible.

D'une main tremblante, je recoiffe une mèche qui s'est échappée de mon chignon. Cash en repousse alors une autre derrière mon oreille, ses doigts effleurant ma mâchoire, et ce simple contact suffit à mettre tous mes sens en feu, chose qui ne m'était plus arrivée depuis… Tanner.

— Savy, si tu ne te remets pas rapidement de tes émotions, tu ne me laisseras pas d'autre choix que de t'embrasser pour te réveiller un peu.

Sa proposition me fait presque bondir, et une nouvelle vague de chaleur me submerge, balayant toutes mes réflexions.

— C'est une promesse ?

— Et comment ! répond-il en me dévorant des yeux, comme si j'étais la seule femme présente dans la salle.

Comme s'il n'avait qu'une envie : me mettre dans son lit.

Quelque chose se débloque en moi, l'attitude de Cash efface petit à petit les paroles et les actes blessants de Tanner qui m'a bien fait comprendre que je n'étais pas assez bien pour lui.

Putain, qu'est-ce que ça fait du bien de se sentir de nouveau désirée !

Ouais, mais n'oublie pas ce qui s'est passé la dernière fois que tu as joué avec le feu.

C'est vrai que je suis encore en train de m'en remettre. Mieux vaut avancer prudemment cette fois.

Lorsqu'on a mis assez de distance entre Tanner et nous, je préviens Cash que je dois aller dire au revoir à mon patron et que je compte rentrer chez moi après. Si seulement je pouvais remonter le temps de trois heures pour oublier tout ça, Tanner, Cash… Tout.

Briggs est déçu de me voir quitter la soirée aussi tôt mais me félicite pour mon travail parce qu'un des agents de Triton Entertainment est déjà venu le voir pour convenir d'un rendez-vous pour la suite. Parfait, j'ai fait ce pour quoi je suis venue. On discute encore quelques instants, et, quand il aperçoit Cash en train de m'attendre, il me salue avec un petit sourire en coin, pensant sans doute que c'est lui, la raison de mon départ précipité.

Retournant vers Cash qui s'est trouvé une place au bar, j'attrape une autre coupe de champagne et la lève vers Meyers que j'aperçois à l'autre bout de la salle. Celui-ci m'adresse un regard contrarié qui ne fait qu'accentuer les rides de son front. Il doit être encore en train d'espérer que je donne ma démission pour devenir une gentille petite femme d'intérieur comme il les aime.

Tu peux toujours rêver !

— C'est un bon millésime, observe Cash en me montrant une bouteille de champagne quand j'arrive à sa hauteur.

— Waouh, barman, mixologue et sommelier en plus ?! Y a-t-il quelque chose que tu ne sais pas faire ?

— Les ménages à trois.

— Excuse-moi, mais j'ai beaucoup de mal à y croire, rétorqué-je avec un petit grognement.

— Je rêve ou tu viens de grogner, là ?

— Non, voyons. Les femmes ne grognent pas. Elles… gloussent. Du moins, c'est ce que ma mère me dit toujours.

— Ah, dans ce cas… Mille excuses, très chère, dit-il en secouant la tête.

Je réprime un soupir en lui prenant la bouteille de champagne des mains avant de la reposer sur le bar. J'ignore ce qu'il comptait en faire, mais ça n'arrivera pas. Il ne manquerait plus qu'il pique une bouteille lors du gala organisé par mon boulot !

— Pour en revenir à ta question, je suis plutôt l'homme d'une seule femme, m'explique-t-il en faisant tourner deux coupes vides dans ses mains avant de…

Mais il est fou ou quoi ?!

… avant de les glisser dans ses poches arrière.

— Il est hors de question que tu voles quoi que ce soit ici, Cash.

— Tu préférerais que je m'occupe d'autre chose ? s'enquiert-il en se penchant vers moi.

Il sent trop bon, ce mélange de savon et d'eau de Cologne aux notes épicées me donne le tournis. En y réfléchissant, j'aimerais bien qu'il s'occupe d'autre chose : de moi. Certes, il est très insolent, mais…

Non, c'est ridicule.

Une fois que ce sera fait, il continuera à courir les jupons comme si rien ne s'était passé. J'ai eu déjà assez de mal comme ça pour me remettre de mon histoire avec Tanner et je pense que je ne pourrais pas supporter l'idée de Cash ramenant une autre femme chez lui.

— Il est temps de s'amuser un peu, déclare-t-il en me tirant de mes réflexions.

— Ah ouais ?

C'est tout ce que j'arrive à dire parce que mon corps est trop occupé à essayer de convaincre ma raison qu'il n'y a rien de mal à s'amuser un peu avec Cash.

Je suis tellement absorbée par la lutte intérieure qui se livre en moi que je reste immobile, regardant Cash reprendre la bouteille de champagne avant de se diriger vers un des serveurs, qui semble galérer avec un plateau bien trop chargé en desserts.

C'est une mauvaise idée, tout ça.

Oui, sans doute, mais j'ai déjà vécu tellement de mauvais rencards que je me dis qu'il ne peut rien m'arriver de pire avec Cash. Néanmoins…

— Mais qu'est-ce que tu fous ? lui lancé-je en sortant de ma stupeur avant de le rattraper.

Je me positionne devant lui de sorte que personne ne voie ce qu'il est en train de faire. La soirée est déjà assez pénible comme ça, je ne veux pas en plus que mes collègues et mes clients pensent que mon « petit copain » est un voleur.

— Bah, quoi ? marmonne-t-il en me tendant la bouteille pour sortir son portefeuille.

Il en tire un billet de 50 dollars qu'il donne au serveur avant de me dire d'un ton neutre :

— Arrête de me regarder comme ça, tu ne pensais tout de même pas que j'allais piquer la bouteille.

À ces mots, il m'adresse un clin d'œil, celui qui fait frémir les femmes, puis remercie le serveur et se dirige vers la sortie en me reprenant la bouteille de la main.

Franchement, je ne comprends toujours pas à quoi il joue.

— Tu viens, Savy ? demande-t-il en se retournant vers moi. Crois-moi, c'est exactement ce qu'il te faut pour te remettre d'une rupture difficile.

— Je pensais que c'était la tequila plutôt.

— Non, ça, c'est pour un rencard difficile. Rien à voir avec ta séparation définitive et totale d'un vrai trou du cul qui chante comme une casserole, en plus. Tu as vraiment besoin que quelqu'un t'explique certaines choses, et j'ai décidé de m'y coller.

— Je pense que tu traînes trop avec des nanas bourrées, marmonné-je en lui emboîtant le pas.

Il s'arrête aussitôt et se tourne de nouveau vers moi.

— Dis-moi que je me trompe et on arrête tout, tout de suite.

Je voudrais bien lui dire qu'il n'y a jamais rien eu entre Tanner et moi, mais il n'est pas né de la dernière pluie. Je me contente donc de croiser les bras.

— Alors ? Des objections, maître Sunday ?

Non, car, pour une fois, j'aimerais bien pouvoir confier à quelqu'un l'histoire de mon aventure avec Tanner.

— Tu sais, il te sera difficile d'avancer tant que tu refuseras d'admettre que tu traverses un moment difficile à cause de ta rupture, ajoute-t-il.

Putain, il sait tout ! Je ne lui ai rien dit et il a tout de suite tout deviné. Et, grâce à sa lucidité, il va très vite m'amener à lui manger dans la main.

— Je ne veux pas parler de tout ça ce soir, répliqué-je enfin en essayant de garder ma confiance en moi légendaire, tout en ayant plutôt l'impression de passer pour une sale gosse qui fait un caca nerveux.

— Pas de souci, dit-il en me tapotant légèrement la joue. Mais relève la tête, Savy. On doit toujours faire notre grande sortie. Détends-toi un peu. Tu viens de ramener un gros client à ton cabinet, ton patron t'adore, et tout le monde ici pense que, si tu pars aussi tôt, c'est parce que tu vas t'envoyer en l'air avec moi. Je suis sûr que la moitié de la salle doit t'envier de partir à mon bras. Allez, rendons-les tous fous de jalousie.

— OK, à condition que tu ne t'assoies pas quelque part avec les deux coupes dans tes poches arrière parce que je ne veux pas finir la soirée aux urgences, rétorqué-je en glissant un bras sous le sien.

— Ne t'en fais pas, ma petite Savy, s'esclaffe-t-il. Je fais toujours attention à moi, encore plus à cette partie spécifique de mon corps.

On exécute notre « grande sortie », comme l'a appelée Cash, et on descend les marches de l'hôtel en silence. Il attrape ma main, et j'ai presque l'impression de vivre un conte de fées jusqu'à ce que l'on sorte de l'hôtel et que l'on croise une femme qui regarde Cash un peu trop longtemps et un peu trop fixement à mon goût. J'ai envie de lui arracher les yeux, mais je ne peux pas, Cash n'est pas mon petit copain. Et puis on n'est plus au gala, il n'a plus besoin de faire semblant d'être avec moi. Si une nana l'avait regardé comme ça là-haut, dans la salle, j'aurais sans doute réagi, mais, là, je n'ai tout simplement pas le droit de faire une scène.

Cash, lui, ne semble même pas remarquer la femme qui se penche en avant pour remettre la lanière de son escarpin, montrant clairement qu'il y a du monde au balcon. J'essaie de retirer ma main de la sienne pour lui faire comprendre qu'il n'a plus besoin de jouer la comédie, qu'il peut redevenir lui-même et flirter avec la nana, mais il refuse de me lâcher. Au lieu de ça, il tire légèrement sur mon bras en me jetant un regard amusé. Il doit sûrement vouloir qu'on tourne le coin de la rue pour ne rien laisser au hasard.

— Tu sais, t'étais pas obligé de venir, l'informé-je, voulant ainsi remettre les choses dans leur contexte, à savoir que Cash et moi sommes des amis et que je ne meurs pas réellement d'envie de satisfaire mes besoins les plus élémentaires.

— « Oh, merci d'avoir accouru à mon secours, Cash ! J'ai tellement de chance de t'avoir » aurait été mieux quand même, commente-t-il.

— Ce n'est pas que je n'apprécie pas ce que tu as fait pour moi, mais, si je me rappelle bien, je t'ai demandé de prévenir Cassie.

Ah, super, c'est justement ce dont j'ai besoin : revoir l'objet et les modalités de notre contrat verbal ! Non seulement il ne peut pas gagner là-dessus, mais, en plus, ça m'empêche de penser à ce que je veux vraiment.

— Ça te dérange que je sois venu ?

— Hein, quoi ? Non. C'est juste que tu bossais au bar et…

— La famille passe avant tout le reste, m'interrompt-il.

— Je ne fais pas partie de ta famille.

Et heureusement, parce que tous les trucs que je m'imagine en train de faire avec toi auraient été bizarres en plus d'être illégaux. Beurk !

— Non, pas au sens propre du terme du moins. Jackson, Parker, Ryder et Knox sont ma famille, ce qui veut dire que Shelby et les filles le sont aussi, et toi, tu l'es par le biais de Cassie.

— Ça marche pas comme ça. C'est quoi, cette logique ?

— Oh, vous les avocats, toujours à poser des questions, se lamente Cash.

— Bah, oui !

— Bon, alors, si je suis venu ce soir, c'est pour aider une amie et, histoire de faire d'une pierre deux coups, remettre l'autre chanteur de pacotille à sa place. J'ai bien fait, non ?

Il conclut sa phrase par un sourire qui ne me laisse pas indifférente. Oh, et puis, de toute façon, je n'étais pas vraiment fâchée contre lui.

L'air estival s'est légèrement rafraîchi, et on respire déjà plus facilement. Peut-être que ça m'aidera aussi à me remettre de mes émotions, quelles qu'elles soient. Je retire mon bras glissé sous le sien, et, cette fois, il ne m'en empêche pas. Oui, c'est bien ce que je pensais, c'était juste de la comédie, et disons que je me suis un peu laissé emporter dans mon rôle. Quoi qu'il en soit, je ne regrette rien, surtout quand je repense à la tête de Tanner.

— C'est quoi, ton plan, du coup ? demandé-je.

Autant aller jusqu'au bout des choses, et puis, pour le moment, toutes les idées de Cash se sont révélées plutôt bonnes.

— Aux grands maux, les grands remèdes. Je te propose donc de nous installer sur des marches et de regarder le monde aller et venir.

On s'engage sur Peachtree Street, et, au bout de quelques minutes, Cash me fait signe en direction de plusieurs marches. Je m'installe sur l'une d'elles pendant qu'il retire les deux coupes de ses poches avant de s'asseoir à côté de moi.

— Alors, tu es restée avec Tanner combien de temps ?

— J'aurais besoin d'un peu d'alcool pour répondre à cette question.

— Bien sûr, justement ça tombe bien, parce que j'en ai apporté avec moi, me taquine-t-il en faisant sauter le bouchon du champagne. Cela dit, autant arracher le pansement rapidement.

Je ne peux m'empêcher de sourire. Tout semble tellement simple avec lui. La dernière fois que je me suis sentie aussi bien, aussi détendue, je suis tombée de très, très haut. Néanmoins, je pense que si ça devait m'arriver encore Cash serait là pour me rattraper.

— Je suis restée avec lui trop longtemps, dis-je enfin pour répondre à sa question avant d'avaler quelques gorgées directement à la bouteille.

Heureusement qu'on a de l'alcool, ça va m'aider à faire passer la pilule plus facilement.

— Six mois, en tout, continué-je en lui passant la bouteille. Six mois merveilleux jusqu'à…

— Jusqu'à… ?

Allez, dis-le. Te confier à un barman, c'est un peu comme te confesser à un curé : ça restera à jamais entre vous, et tu te sentiras bien mieux après.

— Jusqu'à ce que je découvre qu'il était marié.

Cash émet un sifflement de surprise, et, aussitôt, un groupe de femmes installées à la table sur la terrasse du restaurant de l'autre côté du trottoir se tournent toutes vers nous. Enfin, vers lui plutôt.

Désolée, les meufs, ce sifflement ne vous était pas adressé. Du coup, on se retourne et on finit de manger son dessert… Voilà, c'est bien.

— Comment a-t-il pu te faire ça, à toi ? s'indigne-t-il.

— Merci pour ton soutien, mais…

Il pose alors une main sur mon épaule, et ce contact envoie une onde de chaleur dans tout mon corps. Je n'ose même pas lever les yeux vers lui parce que je suis persuadée qu'il pourra lire en moi comme dans un livre ouvert, et, là, ce ne serait pas du tout une bonne idée.

— Savannah, ce n'est pas ta faute.

— Je suis l'autre femme, Cash, marmonné-je en secouant la tête. Je n'ai pas d'excuses. J'ai couché et je suis tombée amoureuse d'un homme marié, je suis autant coupable que lui.

Je bois une autre gorgée de champagne avant que Cash me retire lentement la bouteille de la main.

— Pourquoi est-ce que tu serais autant coupable que lui ? Tu ignorais qu'il était marié. Et, donc, tous tes rencards foireux, c'est à cause de cette histoire, n'est-ce pas ?

— Non, et, avant que tu le dises, non, je ne suis pas en train de me punir…

— Si, c'est exactement ce que tu fais, déclare-t-il après avoir bu une longue gorgée de champagne. Tu te dis que, comme tu es sorti avec un homme marié, tu ne mérites pas de trouver le bonheur. Tu te punis en sortant avec tous ces ploucs parce qu'au fond de toi tu sais qu'ils ne pourront jamais te rendre heureuse. Faut pas être expert en psychologie pour le déduire.

— Ouais… Tout ça venant d'un mec qui change de nanas comme de slips.

— Et alors, ça a ses avantages, réplique-t-il, légèrement sur la défensive. Mais on n'est pas en train de parler de moi, là. Savy, ne t'embarque pas dans une histoire si tu n'es pas encore prête. L'autre con t'a brisé le cœur, ne le laisse pas te gâcher la vie en plus. Tu mérites mieux, beaucoup mieux.

Mes yeux s'emplissent de larmes, et je tourne rapidement la tête. Je ne veux plus pleurer pour Tanner Jakes, c'est fini, je dis stop.

— Mais, d'un autre côté, enchaîne Cash, parfois il faut aussi surmonter sa peur et se jeter à l'eau, faire quelque chose qui te rend heureuse et/ou qui t'excite.

Nos regards se croisent, et il passe la langue sur sa lèvre inférieure pour y récupérer une goutte de champagne.

— Et, comme je te l'ai déjà dit, tu sais que tu peux compter sur moi pour t'aider dans ce domaine, conclut-il en remplissant une des coupes de champagne.

Gloups…

Comment aurais-je pu oublier la proposition indécente qu'il m'a faite ?

Cash respire le sexe, tout le monde le sait, tout le monde le voit, et moi encore plus, surtout depuis ce qui s'est passé à *Altitude*, le soir du match. Cassie aussi, d'ailleurs, elle n'arrête pas de me mettre en garde, car elle ne veut pas que je finisse sur le tableau de chasse de Cash parce que je mérite bien mieux que ça. Elle a raison, mais ça ne veut pas dire que je n'ai pas le droit d'explorer toutes mes possibilités avant de faire un choix. Peut-être que Cash saura trouver des arguments convaincants qui feront pencher la balance en sa faveur. Et puis, soyons honnêtes, je rêve de savoir ce qui pousse les femmes à revenir le voir pour en redemander encore et encore. Oui, j'aimerais bien être celle à qui il accorde toute son attention le temps d'une nuit, qu'il embrasse passionnément…

— Tu serais pas un peu psy sur les bords ? plaisanté-je, espérant changer le cours que prennent mes pensées.

— Tous les barmans le sont un peu.

— Je pensais que tu étais mixologue.

— Oui, aussi. Je suis doué dans plusieurs domaines.

— Je vois ça. Et dis-moi alors : à part ça et séduire effrontément tout ce qui porte une jupe, que sais-tu faire d'autre encore ?

— Tu fais vraiment un blocage sur le fait que je couche avec beaucoup de nanas, n'est-ce pas ?

— Non, pourquoi ? C'est un secret pour personne après tout.

— OK, mais tu remets toujours le sujet sur le tapis.

Il l'a dit avec un sourire, mais je vois dans ses yeux que ça le touche. Ça le touche parce que… parce que l'opinion que j'ai de lui lui importe vraiment.

— Tu ne te poses jamais de question au sujet de ces filles ? Est-ce qu'elles sont en couple ? Si oui, qu'est-ce que votre histoire implique exactement ? On peut croire ce qu'on veut, mais le sexe sans…

— Bon, je vois que je vais devoir éclaircir quelques malentendus. Premièrement, si elles décident de coucher avec moi, elles savent à quoi s'attendre parce que je ne leur donne jamais de faux espoirs. Deuxièmement, si elles ont déjà un mec, c'est leur problème, pas le mien. Je ne vais tout de même pas leur faire remplir un questionnaire sur leur situation amoureuse. Tout ça, c'est du pipeau, Savy. L'amour, c'est simple parce que, justement, c'est compliqué et, oui, on peut se brûler les ailes parfois, mais on ne renonce pas, on fait appel.

— « On fait appel » ? répété-je.

— Oui, c'est pas un terme que vous aimez utiliser souvent, vous, les avocats ? J'essaie de parler ton charabia.

— Dans ce cas, poursuivez, cher confrère, gloussé-je.

Il porte la coupe à ses lèvres et boit quelques gorgées avant de reprendre :

— Ce que je voudrais te faire comprendre, c'est que les choses n'ont pas forcément besoin d'aboutir, parfois il faut savoir lâcher du lest et profiter de la vie. Et toi, Savannah, tu mérites tout ce que la vie peut t'apporter, tu mérites d'être heureuse.

— Argument retenu. Je vois ce que tu veux dire. Et, pardon, je ne voulais pas porter de jugement sur toi.

— Ne t'excuse pas, profite juste un peu de la vie. Ne laisse pas Tanner Jakes tout gâcher parce que, dans ce cas, je serais obligé d'intervenir en représentant exclusivement les intérêts de ton entrejambe.

Cette fois, j'éclate de rire et m'aperçois que ça faisait longtemps que je n'avais pas ri comme ça.

Tanner Jakes a déjà fait assez de dégâts comme ça, il ne va pas continuer à me pourrir la vie. Et Cash, c'est clair qu'il n'est pas Monsieur Parfait et ne le sera probablement jamais, mais je m'en fiche, ce n'est pas ce que je recherche. Du moins, pas ce soir.

Je décide d'ailleurs d'appliquer tout de suite un de ses conseils et me penche vers lui pour l'embrasser sur la bouche.

Mmmh, ses lèvres ont le goût de champagne et de bonbon à la menthe.

Le baiser est chaste, et je le romps rapidement, un peu trop vite même. Je n'y vois pas plus clair dans mon esprit, mais, au moins, je ne pense plus à mon boulot ni à ma promotion. Il n'y a pas de petites victoires…

Lorsque je me redresse et que j'ouvre les yeux, Cash plonge le regard dans le mien en repoussant une mèche de mes cheveux derrière mon oreille. Puis, soudainement, il me prend le visage entre les deux mains et l'attire vers le sien avant de m'embrasser avec ferveur.

Waouh, mon corps entier revient à la vie sous ses lèvres chaudes, et chacune de mes terminaisons nerveuses vibre d'anticipation à la question de savoir où il va poser les mains et qu'est-ce qu'il va faire avec elles. Je devrais mettre fin à cette folie, le remercier pour son aide et lui dire que cela ne doit plus se reproduire, mais le plaisir qui grandit au creux de mes reins et entre mes jambes m'en empêche. J'enfouis donc les doigts dans ses cheveux et l'attire davantage contre moi.

Putain, il ne me pipeautait pas, sa bouche est vraiment magique et elle…

Elle quitte brusquement la mienne. Encore une fois.

J'émets un petit gémissement de frustration qui le fait rire.

— Tout doux, ma belle, murmure-t-il.

— On arrivait à la partie la plus intéressante, minaudé-je en l'agrippant par sa veste.

Mais il se redresse.

— Non, pas tout à fait, mais t'inquiète, on y arrivera quand tu seras parfaitement sobre.

— Je vais bien ! Je suis pas bourrée.

Je suis juste ivre de toi et je te veux tout de suite !

Cash secoue la tête en se penchant légèrement vers moi.

— Écoute, ma belle…, susurre-t-il en laissant doucement courir un doigt le long de mon bras, si on baise ce soir, ce sera à cause de lui.

Je pense que je suis en train de haleter d'excitation.

— Et, ça, c'est hors de question, poursuit-il. La fois où on couchera ensemble, je veux être sûr que tu ne penseras à personne d'autre qu'à moi. D'ailleurs, tu seras tellement subjuguée par moi et ce que je provoque en toi que tu auras certainement du mal à prononcer ne serait-ce qu'un seul mot cohérent, ce qui n'est pas si grave en soi du moment que je t'entends me dire : « Oui, oui, encore, Cash ! » OK ?

Waouh !

Je hoche lentement la tête, parce que, réellement, ai-je un autre choix ? Je ne crois pas, non.

Cash se relève et me tend la main pour m'aider à faire pareil.

— Allez, je te ramène chez toi, déclare-t-il.

Il est quand même assez galant pour un mec qui vient de m'expliquer comment il comptait bientôt me faire grimper aux rideaux.

7

Cash

Je suis en train de préparer de nouveaux cocktails pour la *Librairie* et j'ai demandé à Ryder d'être mon cobaye du jour.

La boisson que je prépare actuellement est flashy juste ce qu'il faut, c'est un mélange d'absinthe et de whisky avec quelques feuilles de menthe pour lier les saveurs. Une fois qu'il est prêt, je pose le verre devant Ryder qui, sans attendre, en boit une grosse gorgée avant de partir dans une quinte de toux, ce qui me fait rire.

— Putain, trop bon ! bafouille-t-il.

— Je me suis inspiré des comptables pour faire ce cocktail : sous leurs airs calmes se dissimule une nature brûlante.

— Qu'est-ce qui te fait dire ça des comptables ?

— J'ai couché avec une comptable, une fois, et crois-moi, elle n'était pas douée qu'avec les chiffres.

C'était pas mal, mais je ne prends plus autant de plaisir à me replonger dans ce souvenir parce que je me demande à quoi ressemblerait Savannah jouissant sous moi, son corps m'amenant toujours plus profondément en elle.

— Et, du coup, ça s'est bien passé ton rencard avec Savannah, hier ? demande Ryder.

— Tu sais que je ne déballe jamais rien sur qui j'emballe, rétorqué-je un peu trop vite.

Merde, je suis trop con, je viens de vendre la mèche, et maintenant il sait qu'il s'est passé quelque chose !

— Bienvenue au club, commente Ryder avec un petit sourire amusé.

— Non, non, je ne fais pas partie de ton club pourri. J'ai reçu une invitation il y a longtemps, mais j'ai poliment décliné. Je suis pas fait pour ça. Bon, et sinon tu valides le cocktail ?

J'essaie de changer de sujet parce que je n'ai pas du tout envie de parler de Savannah et de ce qui s'est passé entre nous. Ça ne regarde personne.

— Il est bon, mais je me demande quand même s'il a meilleur goût qu'une avocate, me taquine Ryder, cet enfoiré.

Je l'ignore, mais je compte bien éclaircir ce mystère rapidement. Déjà, hier, j'ai eu un petit avant-goût, et ça m'a beaucoup plu. Bientôt, j'irai au bout des choses et je ne m'arrêterai pas tant que je n'aurai pas fait hurler Savannah de plaisir, une mission sur mesure pour moi.

À cet instant, mon portable se met à sonner. Ouf, sauvé par le gong ! Ryder ne pourra plus me soutirer des infos que je refuse de donner et tant mieux, parce qu'il est vraiment bon à ce jeu.

L'écran de mon téléphone indique « Appel masqué », mais je décide quand même de décrocher. Au point où j'en suis, je préfère encore discuter avec un démarcheur téléphonique plutôt qu'avec Ryder.

— Cette conversation n'est pas finie, chuchote Ryder au moment même où je réponds à l'appel.

— Allô ?

— Cassius, chéri, ne raccroche pas, s'il te plaît.

J'ai envie d'ignorer sa demande et de raccrocher aussitôt, mais quelque chose – le ton de sa voix, sans doute – m'en empêche. Il a dû se passer un truc grave, ou alors elle va me demander un service.

— Tu es encore là, mon chéri ?

— Ouais, maman, je suis là.

Ryder m'observe en haussant un sourcil étonné.

Bah quoi, c'est pas parce que je ne parle jamais de ma famille que je n'en ai pas une. D'ailleurs, je devrais vraiment raccrocher parce que l'appel de ma mère risque probablement de me replonger dans cet univers que je déteste et auquel j'ai réussi à échapper à temps. Mais, d'un autre côté, il s'agit de ma mère, et, même si j'en meurs d'envie, je ne peux pas l'ignorer éternellement.

— Ton père a fait une crise cardiaque, marmonne-t-elle à l'autre bout du fil. Il est à l'hôpital et on ne sait pas… Viens, s'il te plaît, il est à l'hôpital Piedmont, les médecins sont en train de l'opérer. Je vais prévenir l'accueil de ton arrivée pour qu'ils t'indiquent sa chambre.

Elle semble vraiment paniquée, et une angoisse me prend à la gorge.

— OK, d'accord.

Peu importent nos différends, Emmett Gardner est et restera mon père. C'est un enculé de première, certes, mais c'est quand même mon père.

Je raccroche et sors de derrière le bar en attrapant ma veste. Mon pouls s'emballe, et je déglutis péniblement en avançant vers la sortie. J'y vais juste vite fait et après je reviens ici ; si je me magne, je serai de retour avant le début du service du soir.

J'ai atteint l'escalier quand je me rappelle que je n'ai pas pris mes clés.

Merde !

Lorsque je me retourne, je tombe nez à nez avec Ryder.

— Je dois m'absenter, dis-je simplement.

Il s'efface pour me laisser passer, et je tâte les poches de ma veste en me demandant où j'ai foutu les clés. Derrière le bar. Elles doivent être derrière le bar.

— Ta mère va bien ? s'enquiert Ryder comme je saisis le trousseau avant de le glisser dans ma poche.

Je n'aurais pas dû utiliser le mot « maman » pendant notre discussion téléphonique. Ryder est loin d'être con, il a bien compris que quelque chose n'allait pas. Je ne veux pas lui dire la vérité, mais hors de question que je lui mente – davantage –, d'autant plus qu'il a horreur des mensonges.

— C'est rien, dis-je en me dirigeant de nouveau vers la sortie. Enfin si, c'est sérieux, mais… Je dois y aller.

Je n'ai pas le temps de lui expliquer, et puis ça risque de soulever d'autres questions auxquelles je ne veux pas répondre. Je refuse catégoriquement de parler de mon passé, surtout maintenant.

— Je t'emmène, déclare Ryder en attrapant ses clés. T'as trop bu, t'es pas en état de prendre le volant.

— Non !

Il ne peut pas voir mes parents, il ne doit rien savoir, je ne veux pas qu'il sache.

— Je veux dire : non merci, enchaîné-je. Je vais juste…

— Cash, j'ignore de quoi il retourne, mais tu sais que t'es pas seul, dit Ryder en s'asseyant sur un des tabourets.

Putain, ça ne va pas bien se terminer, toute cette histoire ! Je vais vraiment finir par tout lui avouer, et, une fois que tout le monde saura qui je suis et d'où je viens, ils me détesteront, c'est sûr.

Je ne réponds pas et m'éloigne de lui à reculons, légèrement paniqué. Bizarrement, il ne me suit pas, et je comprends rapidement pourquoi : quand je me retourne vers la porte, je vois Jackson qui vient tout juste d'arriver.

— T'es bien pressé, on dirait, commente-t-il.

— Ouais, marmonné-je en passant à côté de lui. Je dois voir une nana, tu sais comment ça se passe.

Je viens de mentir à mon pote, et c'est la faute de mes parents, ces deux-là détruisent tout ce qu'ils touchent. Ma vraie famille, c'est mes potes, et je suis obligé de leur raconter des bobards parce que j'ai honte de mes origines. J'ai réussi à me reconstruire une nouvelle vie, et mes parents vont tout ficher en l'air, c'est ce qu'ils savent faire de mieux.

— Je fais vite, ne vous inquiétez pas.

À ces mots, je dévale les marches, éprouvant un petit pincement de culpabilité par rapport à leurs expressions inquiètes.

L'hôpital de Piedmont n'est pas très loin d'*Altitude*, et j'y arrive assez vite. J'ai horreur des hôpitaux, et même tout l'argent qu'ont mes parents ne suffirait pas à masquer l'odeur du désinfectant et de la mort.

Je pénètre dans le bâtiment en me préparant mentalement à l'éventuel décès de mon père. J'ai souhaité sa mort tellement de fois, mais, maintenant que ça risque vraiment d'arriver, je ne me sens pas prêt à faire face à cette épreuve. Je sais : souhaiter la mort de quelqu'un n'est pas très sympa pour la personne en question, sauf que mon père le mérite amplement.

Cet homme, P.-D.G. d'une société d'investissement qui a foutu des milliers de personnes dans la merde en leur faisant perdre toutes leurs économies, mérite une bonne correction karmique. Je venais de commencer la fac quand c'est arrivé et que mon monde s'est écroulé autour de moi. C'est alors que j'ai compris que mon existence, notre belle maison, les voitures, les vacances, tout reposait sur un mensonge.

Tout allait bien dans le meilleur des mondes, mon père était un génie du marché boursier respecté, puis, un jour, tout s'est cassé la gueule. La boîte de mon père a coulé à cause d'investissements risqués, de prêts mal calculés et je ne sais plus quoi d'autre. Quoi qu'il en soit, tout l'argent s'est littéralement volatilisé, et quand je dis « argent » je parle de l'argent de ses clients, pas le nôtre bien évidemment. Nous, on était bien protégés parce que la société était à responsabilité limitée et que les avocats de ma famille ont bâti leur défense sur les petits caractères dans tous les contrats clients. Personne n'en avait rien à foutre que tous ces gens, toutes ces familles aient pratiquement tout perdu : leurs maisons, leurs économies, leurs retraites... Mes parents, eux, s'en sont sortis indemnes. Ils ont gardé la maison, les voitures, le chalet de vacances sur le lac, et, cerise sur le gâteau, ils n'ont pas eu à verser un seul cent de dommages et intérêts. Pas mal de personnes ont fait appel de la décision, mais l'affaire a été classée sans suite au bout de deux jours de procès. Mon père est donc sorti du tribunal comme il y était entré : plein aux as.

À partir de là, j'ai décidé de couper définitivement les liens avec ma famille, je ne pouvais pas continuer à vivre comme si de rien n'était, comme si tout cet argent n'était pas sale. Je me suis trouvé plusieurs petits boulots pour financer mes études et j'ai démarré une nouvelle vie. Logiquement, mon départ aurait dû faire réagir mon père, lui faire comprendre ses erreurs et essayer de les réparer, mais non, au contraire. Peu de temps après le scandale, il a ouvert une nouvelle boîte, amassé un paquet de fric, et, à présent, tout roule pour lui, c'est comme s'il ne s'était jamais rien passé. Tous les mois, je reçois les chèques d'un fonds fiduciaire à mon nom et, tous les mois, je reverse cet argent aux personnes qui ont tout perdu à cause de mon cher père. Ce n'est pas beaucoup, mais c'est tout ce que je peux faire pour ces pauvres gens.

La salle d'attente est vide, et je balaie rapidement du regard les chaises très BCBG de la pièce en réprimant une moue de dégoût.

— La chambre d'Emmett Gardner, s'il vous plaît, demandé-je à l'infirmière à l'accueil.

— Chambre 2167.

J'opine puis je traverse le dédale de couloirs jusqu'à atteindre la chambre en question. Une fois devant, je m'arrête et prends une profonde inspiration. Bon, tout ce que je dois faire, c'est entrer, m'assurer qu'il n'a pas passé l'arme à gauche et ressortir.

Je tourne la poignée de la porte et pénètre dans une chambre spacieuse avant de m'arrêter net.

Ma mère, toujours aussi soigneusement apprêtée avec son petit gilet sobre et son rang de perles autour du cou, est assise sur le lit, à côté de mon père qui est en train de manger en lisant le journal et en se plaignant de la médiocrité de son déjeuner. Il n'a aucun tube qui sort de son corps, pas de masque à oxygène, rien, juste une perfusion dans le bras.

Non, mais c'est quoi, ce délire ?

Mon angoisse cède rapidement place à la colère. S'il ne portait pas sa robe d'hôpital, on pourrait croire qu'il est en train de se dorer la pilule au bord de la piscine de son country club.

Je suis sur le point de faire marche arrière pour sortir de la chambre, mais ma mère se retourne et se lève en me voyant. Je suis déjà dans le couloir quand elle m'attrape et m'attire dans son étreinte. Elle est tellement maigre que j'arrive à sentir ses os sous sa peau presque translucide. J'ignore quel régime elle suit actuellement, mais ça ne lui réussit pas du tout.

— Ne fais pas de scène, Cassius, hors de question que tu nous embarrasses ici avec un tel comportement, me souffle-t-elle en fermant la porte de la chambre, sans doute pour ne pas perturber mon père.

— Tu m'as dit qu'il allait mourir alors qu'il va parfaitement bien. Je peux donc m'en aller.

— Non, je t'ai dit qu'il avait fait une crise cardiaque, et c'est vrai. Je ne savais pas quoi faire, Cassius.

— Maman…

— Il n'y a pas que vous deux dans la vie, tu sais. Moi aussi, je suis là et j'ai dû regarder, impuissante, ma famille voler en éclats. Je n'arrête pas de me faire du souci pour toi et, comme si ça ne suffisait pas à mon malheur, ton père fait un malaise. J'ai eu très peur, et c'est pour ça que je t'ai appelé, j'avais besoin d'avoir mon fils à mes côtés. Ce n'est pas un crime tout de même ? Pour moi, il n'y a rien de plus important que de savoir que les deux hommes de ma vie vont bien.

— Ne sors pas les violons, maman. Si tu voulais vraiment avoir de mes nouvelles, tu aurais pu m'appeler n'importe quand, rien ne t'en empêchait. Là, tu voulais juste me forcer la main.

— Les médecins ont dit que ça pouvait se reproduire. Je ne voulais pas que tu regrettes le restant de ta vie d'avoir campé sur tes positions, tout ça à cause d'une petite dispute. C'est du passé, ça, Cassius.

— Une « petite dispute » ? répété-je, incrédule. Maman, ces gens ont tout perdu.

— Nous aussi, figure-toi.

Je serre la mâchoire pour ne pas hurler de frustration.

— Votre compte en banque semble indiquer le contraire.

Bien évidemment, elle ignore ma remarque.

— Tu ne sais pas ce que c'est, la vraie douleur, tant que tu n'as pas perdu un être cher avec qui tu n'as pas eu la chance d'arranger les choses avant qu'il soit trop tard. Ça peut nous arriver à tous, mais j'espère sincèrement que tu n'auras jamais à traverser une telle épreuve. Tu dois lui parler avant qu'il soit trop tard. Il est temps que vous fassiez la paix pour aller de l'avant.

J'ai envie de tourner les talons et de me barrer d'ici parce que c'est ce que j'ai fait chaque fois qu'il a été question de mes parents.

Lorsque j'ai découvert le vrai visage de mon père, je ne voulais plus avoir affaire à lui. Je ne suis pas comme lui, je ne pense pas qu'à ma gueule, je n'ai pas gâché la vie de plusieurs milliers de personnes sans aucun remords, je ne pourrai jamais faire ça.

Ma mère ouvre la porte de la chambre et se tourne vers moi en me toisant d'un de ses fameux regards noirs dont elle a le secret. J'y ai eu droit à maintes reprises : après ma première bagarre, quand j'ai décidé d'arrêter le baseball, quand j'ai essayé de les convaincre de rendre l'argent à tous ces gens… Je reçois tout de suite le message qu'elle veut me faire passer – « ne t'avise pas de me décevoir » –, et pourtant je devrais m'en foutre royalement.

J'entre dans la chambre et je m'installe dans le fauteuil à côté du lit.

Mon père ne lève même pas les yeux du journal. Le connaissant, il doit être en train d'étudier le cours de la bourse qui, aujourd'hui encore, semble être plus important que ses propres enfants.

— Cassius, me salue-t-il au bout de quelques instants en refermant le journal.

— C'est Cash, papa.

— Ah, je vois que tu n'as toujours pas renoncé à cette lubie ! Sers-moi un verre d'eau.

J'obéis en serrant les dents.

— Oui, c'est vraiment une lubie, renchérit ma mère.

Je tends le gobelet rempli d'eau à mon père et le regarde boire avant qu'il s'incline de nouveau en arrière en s'appuyant sur l'oreiller derrière son dos.

— Tu travailles toujours comme barman ? m'interroge-t-il.

Les muscles de mon cou se crispent aussitôt. Il repart là-dessus, sérieux ?

— Pourquoi ? Qu'y a-t-il de mal à vouloir gagner sa vie honnêtement ?

— C'est peut-être une façon honnête de gagner ta vie, mais ce n'est pas la meilleure pour toi, observe-t-il sèchement. Tu étais le premier de ta classe et tu aurais pu accomplir de grandes choses dans le monde des finances, mais non, toi, tu as préféré faire « comme les autres, les gens normaux ». Quel gâchis de temps et d'efforts, vraiment !

Ses propos me dégoûtent.

— Tu sais, papa, si tu t'intéressais un peu plus à ma vie, tu saurais que je ne suis pas qu'un simple barman, j'ai également mis des billes dans cinq bars qui sont rapidement devenus les plus branchés de la ville. Ils sont pleins à craquer tous les soirs et ce que je gagne, je le gagne à la sueur de mon front, ce qui n'est pas le cas de tout le monde ici présent.

Mon père se frotte le torse, et je me demande si sa crise cardiaque lui a rappelé qu'il avait, comme tout être humain, un cœur, même si celui-ci est probablement en pierre.

— Je t'interdis de me parler de la sorte, me réprimande-t-il. Tu ne sais pas ce que c'est de subvenir aux besoins de ta famille.

— Et les personnes qui, par ta faute, n'arrivent plus à subvenir aux besoins des leurs, on en parle ?

— Les garçons…, marmonne ma mère en s'avançant vers nous.

Mon père lui lance un regard lui signifiant clairement qu'il vaut mieux qu'elle se taise.

— Je refuse de parler de tout ça, ça ne fait qu'empirer mon état.

Je lève les yeux au ciel. Il va loin quand même.

— Ne roule pas des yeux en ma présence, jeune homme. Sais-tu seulement à quel point ta mère se fait un sang d'encre pour toi ? Elle n'en dort pas la nuit. Le nombre de fois où j'ai dû la rassurer en lui disant que s'il t'arrivait malheur on serait certainement prévenus, quand même… Tu peux me détester, mais pense un peu à ta mère.

J'ai l'impression de regarder une scène d'une *telenovela* sauf qu'il m'est impossible de changer de chaîne.

— Non, je ne me fiche pas d'elle, mais je pense que nous ne parlons pas de la même personne parce que la mère dont je me souviens passait son temps à s'enfiler des verres au country club et se débarrassait de Tasha et de moi dès qu'elle en avait l'occasion en nous confiant à des baby-sitters, à des tuteurs, j'en passe et des meilleures. On était des enfants trophées dont vous vous vantiez quand ça arrangeait vos petites affaires.

— En tout cas, je vois que tu fais partie de la famille quand ça t'arrange, raille mon père. Les chèques qui te parviennent du fonds fiduciaire sont très rapidement encaissés.

— Oui, je le fais pour reverser cet argent aux personnes qui en ont vraiment besoin, je ne le garde pas.

— Je me disais aussi que ça ne collait pas avec ton côté intègre et juste.

— Et tu as vu juste. Cet argent est destiné aux personnes que tu as foutues dans la merde. C'est ma manière de les aider parce que je sais que toi, tu ne le feras jamais.

Voilà, j'ai dit ce que j'avais à dire et apparemment j'ai même réussi à lui clouer le bec. Tant mieux.

— J'espère que tu te remettras rapidement, ajouté-je en me levant du fauteuil avant de quitter la chambre sans même me retourner.

Je passe à côté d'une des salles d'attente, et une personne attire mon regard.

Putain, j'ai failli ne pas la reconnaître !

Assise sur une des chaises, les pieds nonchalamment posés sur une autre, Tasha est en train de tripoter son portable.

Elle a grandi depuis la dernière fois. Elle doit avoir quoi… Dix-neuf, vingt ans ? Ce qui veut dire qu'elle doit être à la fac. En tout cas, elle ne ressemble plus du tout à ma petite sœur ennuyeuse, avec son uniforme d'école et son appareil dentaire. Déjà, elle porte bien trop de maquillage pour son âge, ma mère y est pour quelque chose, c'est clair. En tout cas, elle a l'air… blasée.

— Tu les as encore foutus en rogne ? demande-t-elle sans même lever les yeux vers moi.

— Ouais, un peu, il faut garder les bonnes habitudes. Ça va, toi ? La fac ?

— Comme si t'en avais quelque chose à foutre, réplique-t-elle.

— Bah, je viens de te poser la question, ça veut dire que ça m'intéresse, non ?

Elle me fait un doigt d'honneur en guise de réponse.

— Très classe, Tasha, vraiment très classe.

— Ouaip, lâche-t-elle, refusant toujours de me regarder. C'est bon, tu peux t'en aller maintenant que tu les as bien vénères. Avec un peu de chance, ils partiront une semaine aux Bermudes afin de rééquilibrer leurs chakras ou ils iront encore voir leur gourou indien. Retourne à ta vie « trop mortelle », je gère les darons, comme d'hab.

— Tasha, tu sais que je suis là si…

— Ouais, ouais.

— Vraiment, Tasha.

Je sors le stylo de la poche intérieure de ma veste et un vieux ticket de caisse de la poche arrière de mon jean pour y noter mon numéro de portable avant de le poser sur la petite table, à côté de sa chaise.

— Appelle-moi si jamais tu as besoin de quoi que ce soit, murmuré-je.

Elle m'ignore et met son casque sur ses oreilles.

Super, elle ne veut même plus m'écouter. Ma petite sœur est une autre des nombreuses victimes de mes parents, sauf qu'elle, j'ignore comment l'aider parce que son souci n'est pas d'ordre financier.

Je suis sur le point de partir quand Tasha attrape le ticket de caisse et – à ma grande surprise – enregistre mon numéro dans son téléphone. Mes parents ont peut-être tout gâché, mais Tasha reste ma sœur, et j'aurais dû être plus présent pour elle. J'ai tellement voulu échapper à cette vie qui n'était plus la mienne que je n'ai même pas pris le temps de penser à ma sœur.

Je tends le poing vers elle, et elle tape dedans avec le sien en roulant des yeux, comme on avait l'habitude de faire quand on était gamins. Quelque part, ça me rassure même si je sais qu'elle ne m'appellera pas de sitôt.

Je quitte l'hôpital tendu et frustré à l'extrême. Je n'ai qu'une envie : rentrer chez moi, mais pour ce faire je dois passer par le bar, ce qui veut dire que je vais devoir expliquer aux gars ce qui s'est passé, chose que je veux éviter.

Avançant sur le trottoir, je sors mon portable de ma poche. J'ai juste reçu un SMS, de Savannah, et j'appuie rapidement sur l'icone de l'enveloppe.

On dîne ensemble ?

Je tapote rapidement un « oui », sentant mon humeur s'alléger.

Une soirée avec Savannah, c'est exactement ce dont j'ai besoin, d'autant plus qu'on n'a pas pu finir notre « discussion » et que j'ai vraiment besoin d'oublier cette horrible journée.

La veille, j'ai sauvé Savannah de son passé, à son tour de me faire oublier le mien.

8

Cash

Les rencards, c'est vraiment pas mon truc, j'ai même horreur de ça, mais pour Savannah je suis prêt à faire un effort.

Parker a fait jouer ses relations new-yorkaises et a réussi à m'obtenir une table dans un nouveau restaurant japonais super à la mode : décor monochrome et potions minimalistes présentées sur des feuilles d'algue Nori. Je ne suis pas super fan de sushis, surtout depuis l'intoxication alimentaire que j'ai eue il y a quelques années, et, d'ailleurs, je me demande si Parker n'a pas choisi ce resto exprès, pour me faire chier.

J'oublie rapidement mes doutes lorsqu'on nous escorte jusqu'à notre table, dans un box tranquille, au fond du restaurant.

— J'arrive pas à croire que t'aies réussi à avoir une table aussi vite, murmure Savannah, une fois installée, admirant l'endroit. Je rêvais de venir manger ici.

Je souris en me laissant aller contre le dossier de ma banquette. C'est fou comme j'arrive à me détendre en sa présence, elle a le don de produire cet effet apaisant sur moi.

Un serveur vient rapidement prendre notre commande puis disparaît avant de revenir avec notre bouteille de vin. On trinque à notre soirée, puis Savannah porte son verre à ses lèvres recouvertes d'un rouge couleur cerise qui sublime davantage son teint clair et qui me donne envie de cueillir sa bouche.

— C'est ici que tu emmènes tes rencards ? demande-t-elle en remarquant mon regard rivé sur ses lèvres.

— Tu es la première, dis-je en lui faisant un clin d'œil.

— Waouh, quel honneur que d'être la première de Cash Gardner en quelque chose ! plaisante-t-elle.

— Tu me connais, toujours prêt pour de nouvelles expériences.

C'est plus fort que moi, je baisse de nouveau les yeux sur sa bouche, qui me tente tel un fruit défendu, puis laisse errer mon regard plus bas, sur le décolleté de sa petite robe noire que je rêve de lui enlever depuis l'instant où je l'ai vue.

Notre baiser d'hier a affolé mes sens, et j'ignore si j'arriverai à attendre encore longtemps avant de passer aux choses sérieuses.

— Tu les emmènes où, tes conquêtes, d'habitude ?

— Je leur fais prendre le couloir derrière le bar puis l'escalier qui mène à mon appart. Si tu es sage, je t'y emmènerai aussi.

— Donc, Cash Gardner n'est pas du genre à avoir une relation sérieuse, commente Savannah en même temps que le serveur dépose nos entrées devant nous.

— Ma vie amoureuse t'intéresse vachement à ce que je vois.

— Oui, d'autant plus que la mienne n'a plus aucun secret pour toi, dit-elle en prenant une fève edamame pour en séparer la gousse en deux et libérer les graines.

Voilà pourquoi je refuse de m'embarquer dans une histoire sérieuse : tôt ou tard, une nana comme Savannah commencera à me poser des questions auxquelles je n'ai pas vraiment envie de répondre.

— Alors, tu penses que je n'ai aucun principe, c'est ça ? demandé-je d'un ton détaché.

— Principe ou… projet.

Elle m'a déjà lancé pas mal de piques sur ma vie de célibataire, mais celui-là, je ne peux pas le laisser passer.

— Tout doit être bien défini avec toi, hein ? Dans ce cas, donne-moi ta définition de ce dîner. C'est quoi ? Un repas entre amis ? Plus que ça ? Un rencard ?

Ma réplique la surprend parce qu'elle demeure silencieuse quelques instants. Elle est peut-être une avocate légèrement maniaque qui a réponse à tout, mais je suis persuadé que dans son for intérieur elle rêve de faire lâcher prise à ses principes.

— Tu voudrais que ce soit quoi, toi ? rétorque-t-elle.

— Ce n'est pas à moi d'en décider, on est deux dans cette histoire.

Je plonge le regard dans le sien, la forçant à me regarder au fond des yeux.

— Arrive un moment où tu dois te débarrasser de tout ce qui t'empêche d'avancer, ajouté-je.

— Et qu'est-ce qui m'empêche d'avancer, selon toi ? marmonne-t-elle en posant un regard méfiant sur moi.

Elle s'attend à ce que je dise « Tanner », mais, pour le moment, ce n'est pas lui, le problème.

— Ton cerveau. Tu réfléchis beaucoup trop.

Elle éclate de rire.

— Tu préfères les femmes qui ne savent pas s'en servir ?

— Non, je dis juste que toi, tu t'en sers beaucoup trop. Tu es avocate, c'est ton boulot de réfléchir afin de parer à toute éventualité et d'être logique. Mais tout dans la vie n'est pas question de logique. Il y a aussi l'instinct, l'alchimie, l'attirance.

Je glisse une main sous la table et la pose sur son genou avant de caresser la peau douce du bout des doigts. Savannah pousse aussitôt un soupir de surprise que je trouve hyper sexy et qui met à mal mon sang-froid.

— Tu as eu le cœur brisé et tu préfères la jouer sûre. C'est pour ça que tu es bloquée sur l'idée de trouver l'homme parfait pour vivre une histoire stable avec lui. (Je marque un temps d'arrêt sans pour autant arrêter mes caresses circulaires sur son genou.) Mais si c'était plutôt la dernière chose dont tu aies besoin en ce moment ? Pourquoi ne fais-tu pas ce que tu veux pour changer un peu ? Elles te disent quoi, tes tripes ?

Je fais légèrement remonter ma main sur sa cuisse, et ses yeux se voilent un instant. Elle écarte ensuite légèrement les jambes en une invitation silencieuse qu'il m'est impossible de refuser. Sa respiration se fait aussitôt plus irrégulière, et je souris.

— Et si ce que je veux m'est interdit ? chuchote-t-elle.

— Interdit ? Par qui ?

Putain, je ne fais que la caresser, mais la peau soyeuse de l'intérieur de sa cuisse me rend fou, et ma queue est déjà dure comme une barre d'acier.

— Cassie, Ryder… Toi.

Moi ?

— Tu n'arrêtes pas de me dire que tu ne cherches rien de sérieux. Tu fais ta petite affaire et tu te casses.

Je serre la mâchoire avant de répondre :

— Crois-moi, Savannah : si je te baise bien comme il faut, comme tu le mérites, personne n'ira nulle part après, tellement on sera KO tous les deux.

Elle écarquille les yeux en se mordant la lèvre inférieure.

Elle a envie de ça au moins autant que moi, et je décide quand même de délivrer un dernier petit argument pour l'en convaincre. Après tout, c'est pour son bien.

J'atteins lentement la jointure de sa cuisse avant de glisser un doigt sur la dentelle – humide – de sa petite culotte, et Savannah sursaute sur sa banquette, un gémissement presque inaudible s'échappant de ses lèvres.

Putain, j'ai besoin de m'enfouir en elle ! Rapidement !

Je sors mon portefeuille de la poche intérieure de ma veste et dépose plusieurs billets sur la table. On n'a même pas fini de manger nos entrées, mais tant pis, ma patience a atteint ses limites.

— Viens, on s'en va, lui intimé-je en me levant et en tendant la main vers elle.

Je la tire brusquement de sa banquette et l'entraîne vers la sortie. Savannah n'oppose aucune résistance, et j'accélère le pas.

On sort du resto, ignorant totalement le regard confus de l'hôte à l'accueil.

Désolé, mec, mais si tu savais à quel point cette ravissante demoiselle est excitée, tu comprendrais mon empressement.

Je suis garé au coin de la rue, mais, après quelques pas à peine, Savannah s'arrête et – à ma vive surprise et pour mon plus grand bonheur – m'attire dans une petite ruelle derrière le resto.

Je n'ai même pas le temps d'assimiler ce qui se passe qu'elle me saute dessus en nouant les bras autour de mon cou et m'embrasse ardemment.

Putain !

Répondant à son baiser, je la plaque contre le mur, et elle gémit dans ma bouche en s'arquant contre moi, ses seins s'écrasant contre mon torse. J'explore chaque parcelle de son corps de mes mains avant de lui empoigner les fesses en plaquant ma queue douloureusement tendue contre son ventre.

Savannah me mord la lèvre inférieure, et mon sexe tressaille dans mon boxer.

Tu veux jouer à ça ? Pas de problème…

Je la soulève, et elle noue les jambes autour de ma taille pendant que je lui remonte sa robe sur les hanches. Je me frotte contre son entrejambe, accaparé par la vive réaction de son corps, mais ça ne me suffit toujours pas. Je veux la voir, et l'avoir, nue. Elle s'arque de nouveau contre moi, puis je romps notre baiser, et Savannah exhale un soupir de frustration.

L'allée dans laquelle nous sommes est sombre, mais j'arrive à distinguer la flamme qui danse dans ses yeux. Elle aussi a envie de ça, elle a envie de moi.

Sans perdre de temps, je fais glisser la dentelle humide de sa petite culotte sur le côté et plonge deux doigts en elle tout en capturant ses lèvres en un autre baiser fougueux.

J'avale chacun de ses petits gémissements de plaisir en pressant la paume de ma main contre son clitoris et en imprimant un mouvement de va-et-vient à mes doigts.

— Putain !… Cash…

L'entendre souffler mon prénom ne fait qu'accroître mon excitation.

Elle est si sauvage, si naturelle, exactement comme je l'imaginais, une vraie petite chatte en chaleur. Elle bouge sur ma main sans relâche, ignorant le rythme que j'impose, et je savoure la sensation de sa chair étroite et humide autour de mes doigts. Je vais la baiser sans relâche toute la nuit, je vais lui faire découvrir un plaisir inouï dont elle ignore encore l'existence.

Je me penche en avant et j'aspire un téton, puis l'autre à travers le tissu de sa robe, et Savannah noue ses deux mains derrière ma tête, voulant sûrement que j'enfouisse le visage dans son décolleté.

Doucement, ma belle, ce n'est que le début.

Lorsque je sens qu'elle est proche, j'accélère davantage le mouvement de ma main. Quelques secondes après, elle jouit avec force, renversant la tête en arrière, et j'absorbe les spasmes de son corps avec le mien, plus déterminé que jamais à passer à la suite.

Je descends la fermeture Éclair de ma braguette quand, soudain, Savannah se raidit contre le mur.

— C'est quoi, ce bruit ? demande-t-elle.

— Hein, quoi ?

Pour le moment, le seul bruit qui m'intéresse est le cri qu'elle poussera quand j'entrerai en elle d'un coup de reins.

— Ton téléphone, halète-t-elle. On t'appelle.

— On s'en fout. Je suis très occupé en ce moment.

— Non, Cash... Attends, marmonne-t-elle en se libérant de mon étreinte.

Elle remet sa robe en place en regardant autour de nous avant de reporter son attention sur moi.

— Qu'est-ce qu'on fait, là ?

— Si je ne me trompe pas, je viens de te faire jouir et je compte recommencer tout de suite, répliqué-je, légèrement impatient.

Je bande comme jamais et j'ai vraiment, vraiment envie de lui montrer de quoi je suis encore capable.

— Ici ? s'indigne-t-elle en se redressant. On pourrait se faire coffrer par les flics ! Déjà, réponds à ton téléphone, et puis je préfère qu'on aille dans un autre endroit.

Je suis sur le point de hurler lorsqu'elle m'adresse un sourire ravageur avant d'ajouter :

— Un endroit qui dispose d'un lit, si possible. Et d'une porte qui ferme à clé. Et d'un stock de boissons énergisantes.

Je me détends aussitôt. Voilà qui est mieux.

— OK, c'est parti, dis-je en remontant ma braguette avant de sortir mon téléphone de ma poche.

J'ai trois appels en absence, et tous sont de…

Tasha.

Savannah quitte la petite allée pour rejoindre la voiture, et je lui emboîte le pas en rappelant ma petite sœur.

— Salut, Tasha. J'ai vu que tu m'as appelé, déclaré-je quand elle décroche.

— Cash, tu peux venir me chercher, s'il te plaît ?

Le désespoir dans sa voix ainsi que la musique que j'entends à l'autre bout du fil me font m'arrêter net.

Merde !

J'ignore où elle est, mais je sens que ce n'est pas un endroit pour elle. Plus jamais de la vie je ne me moquerai de Jackson et de son côté trop protecteur envers Shelby. Jamais.

Ma soirée est terminée, je pense.

— T'es où ? Envoie-moi l'adresse par SMS, j'arrive tout de suite.

— OK, mais dépêche-toi, s'il te plaît.

On raccroche, et quelques instants après je reçois le message avec l'adresse. Le nom de la rue me dit quelque chose.

Putain, elle est dans le quartier des fraternités étudiantes !

— Qu'est-ce qui se passe ? m'interroge Savannah quand je la rattrape.

Je prends quelques secondes pour la détailler du regard, la lumière du lampadaire traçant les contours de sa silhouette parfaite. Je me maudis pour ce qui va suivre, mais je n'ai pas le choix.

— Je dois y aller, il y a une urgence au bar.

— Oh ! fait-elle en essayant de ne pas laisser paraître sa déception. OK, pas de souci.

— Savannah, je…

— Cash, c'est pas grave, vraiment, déclare-t-elle en m'embrassant sur la joue. Le boulot passe avant tout. Tu peux me déposer chez moi ?

Mon téléphone sonne de nouveau, et je réprime un juron.

C'est bien parce que tu es ma petite sœur, Tasha…

— En fait, je suis un peu pressé, et t'es pas exactement sur mon chemin.

Je suis le roi des enfoirés, je sais, et, à en croire l'expression de Savannah, elle pense exactement la même chose.

— Tu peux prendre un taxi ? demandé-je hâtivement.

— Ouais.

— Tiens, regarde, il y en a un qui arrive.

Tout en parlant, je m'avance vers la chaussée pour faire signe au chauffeur. La voiture s'arrête devant moi, et j'ouvre la portière avant d'aider Savannah à se glisser sur la banquette arrière.

— Je t'appelle demain, OK ? lancé-je avant de refermer la portière.

— OK.

Le taxi démarre aussitôt, et je me précipite vers ma voiture.

Tasha, tu m'es redevable à vie pour ça.

Je me gare devant une maison de fraternité, où une fête semble battre son plein. Plusieurs étudiants, visiblement bourrés, sont devant la demeure en train de faire un peu n'importe quoi, et j'entends la musique depuis le trottoir. L'air est pratiquement chargé d'alcool, et mon estomac se tord à l'idée de savoir ma petite sœur ici.

D'un pas rapide, je remonte l'allée et pénètre dans la maison en évitant de trop inspirer les odeurs qui saturent l'atmosphère suffocante. Une fois à l'intérieur, je relis le dernier message de Tasha.

Je suis dans le salon au premier.

Elle m'a promis de ne pas bouger, et j'espère vraiment qu'elle a tenu parole. J'aurais nettement préféré qu'elle m'attende dans un endroit plus calme, une chambre où elle aurait pu s'enfermer à clé, mais elle m'a dit que toutes les chambres étaient occupées et que la salle de bains, c'était même pas la peine d'y penser.

— T'es mignon, toi, minaude une étudiante en me tombant pratiquement dans les bras.

Même pas en rêve ! S'il y a bien une règle à laquelle je ne déroge jamais, c'est de ne pas coucher avec une nana bourrée. C'est pas cool quand, le lendemain, ta conquête n'arrive même pas à se souvenir de son propre nom et encore moins de la nuit folle que vous avez passée.

Elle se colle à moi, et je manque de tourner de l'œil en sentant le souffle tiède de son haleine alcoolisée. Elle aussi, comme Tasha, ferait mieux d'appeler son grand frère pour qu'il passe la chercher.

— Tu es soûle, dis-je en lui prenant le verre de la main.

La jeune fille incurve les lèvres en une moue boudeuse et recule d'un pas.

— Ne me touche pas ! hurle quelqu'un.

Aussitôt, je tourne la tête, reconnaissant la voix de ma petite sœur, et fonce au premier. Je me fraie un chemin dans la foule d'étudiants éméchés et lorsque j'atteins enfin le salon j'aperçois Tasha, assise sur un canapé, vêtue de ce que je qualifierais de « minuscule » bout de tissu. Ses mouvements sont lents, mais je pense qu'elle est juste un peu pompette, pas plus. Quand je m'aperçois que le garçon installé à côté d'elle glisse une main sous sa petite robe, je vois rouge et fonce tout droit sur lui.

— Hé ! tonné-je en l'attrapant par le col de son tee-shirt pour le pousser à l'autre bout du canapé. Elle t'a dit d'arrêter.

— Tu te prends pour qui, mec ? s'enquiert cet abruti.

Je serre le poing, prêt à l'envoyer en plein dans la tronche de cake de ce minable, mais Tasha m'attrape par le bras en bafouillant :

— Je veux m'en aller ; s'il te plaît, Cash, je veux juste sortir d'ici.

Je relâche le plouc à contrecœur. Il a vraiment du bol, il a frôlé une nuit à l'hôpital.

Tasha se dirige vers la sortie, et je la suis de près. On arrive à ma voiture, et elle s'installe sur le siège avant en se recroquevillant sur elle-même.

— Il t'a fait mal ? lui demandé-je en démarrant.

— Non, je vais bien.

— Tu n'as pas l'air bien, pourtant.

— Lâche l'affaire, OK ?

Je tente de me calmer en m'engageant sur la chaussée.

Je l'ai retrouvée, elle est ici, avec moi, en sécurité, et je ne pense pas que l'autre connard lui ait fait mal. En revanche, il est hors de question qu'elle rentre à la maison dans cet état, maman péterait un câble et papa lui ferait la morale pendant des jours. D'ailleurs, je suis surpris qu'ils l'aient laissée aller à ce genre de fête. À moins qu'ils ne soient pas au courant ou qu'ils ignorent délibérément les frasques de leur fille cadette, tout comme ils ignorent le mal qu'ils ont causé autour d'eux.

— Burgers ou tacos ? dis-je, rompant le silence qui s'est installé entre nous.

On va manger un bout, comme ça elle pourra se détendre un peu et se remettre les idées en place avant de devoir affronter les darons.

— Ramène-moi chez moi.

À ces mots, elle resserre les bras autour de ses genoux repliés avant d'y poser le front. Non, elle a besoin d'avoir les idées claires pour gérer les parents. Enfin, s'ils savent qu'elle est sortie ce soir…

— Hé, allez, la taquiné-je en lui ébouriffant les cheveux, comme je le faisais souvent lorsqu'on était petits.

Elle repousse aussitôt ma main en relevant la tête, mais je remarque qu'un léger sourire passe sur ses lèvres. Rien n'est encore perdu, peut-être qu'on finira par retrouver notre complicité d'avant.

— T'es sûr d'avoir du temps à me consacrer ? marmonne-t-elle.

Mon cœur se serre dans ma poitrine. Maman et papa n'avaient jamais de temps à nous accorder quand on était enfants, et on peut même dire qu'on était plus proches de nos nounous et de nos différents tuteurs. On devait limite prendre rendez-vous pour voir nos parents, et encore, la plupart du temps ils annulaient nos activités en famille au profit d'une partie de golf ou d'un repas au country club.

— Quelle question ! Allez, choisis ton poison.

— Tacos.

On s'arrête dans un drive, et je nous commande des tacos ainsi que plusieurs bouteilles d'eau parce qu'elle en a grandement besoin avec tout l'alcool qu'elle a dû ingurgiter. Et, une fois qu'elle aura avalé quelque chose, je compte bien avoir une discussion sérieuse avec elle pour lui remettre les pendules à l'heure étant donné que personne d'autre ne le fera. Putain, si je n'étais pas arrivé à temps, qui sait ce qui aurait pu se passer…

On s'installe sur le capot de ma caisse et on mange nos tacos en silence en regardant les gens aller et venir dans la rue. Certains nous adressent des regards étonnés en se demandant probablement quel genre de personnes bouffe des tacos sur le capot d'une BMW. Ma sœur et moi, apparemment.

Regardez-nous autant que vous voulez, on s'en fiche.

J'enfourne une autre bouchée de mon taco en observant Tasha plus attentivement.

Ça fait des années que je ne l'ai pas vue, et je dois reconnaître qu'elle a bien changé : elle est devenue un vrai petit bout de femme. Elle est vraiment très belle, ce qui peut rapidement mener au désastre, surtout si on ajoute de l'alcool et un tas d'étudiants excités dans l'histoire. Si elle est comme notre mère, elle sait parfaitement exploiter sa beauté à son avantage. En la regardant de plus près, je remarque un air de tristesse sur ses beaux traits, ce qui ne fait que renforcer mon sentiment de culpabilité.

Tasha était encore jeune quand le scandale lié à notre père et à ses magouilles a éclaté au grand jour. Elle était en pleine crise d'ado et ne comprenait pas trop ce qui se passait. Tout ce qui l'intéressait, c'était de savoir si elle pourrait toujours aller faire du shopping et partir en vacances. Elle était très centrée sur elle-même, et je pense qu'elle aurait préféré crever plutôt que de m'appeler en cas de problème vu la manière dont je suis parti.

Cela dit, la jeune femme qui se trouve en face de moi n'a plus rien de la gamine capricieuse que j'ai connue, et je regrette de ne pas avoir été là pour la voir grandir et devenir celle qu'elle est aujourd'hui.

Je revois alors la main de l'autre enfoiré sous sa robe et déglutis péniblement en pensant à un tas de trucs pour le moins déconcertants. Franchement, je comprends mieux certaines réactions qu'a Jackson par rapport à Shelby. Les petites sœurs, c'est sacré et ça peut facilement vous rendre fou.

Elle est en train de manger son deuxième taco quand je décide de me glisser dans le rôle du grand frère protecteur. C'est peut-être un peu gonflé de ma part, mais c'est plus fort que moi, on doit aborder le sujet de la fête.

— Je peux te poser une question ? commencé-je.

— T'inquiète, je te rembourserai pour les tacos.

Elle froisse sa serviette et en prend une autre du sac posé entre nous.

— C'est bon, je suis pas aussi désespéré que ça pour le fric.

— Tu m'étonnes, avec ton fonds fiduciaire…

Je ne relève pas sa remarque : déjà, parce que ce que je fais avec mon argent ne la regarde pas, et puis je doute qu'elle comprenne mes raisons d'agir comme je le fais.

— Pourquoi est-ce que tu es allée à cette fête, Tasha ?

J'essaie de parler d'une voix calme, mais je sens la colère me gagner. Je ne suis pas fâché contre elle, je veux juste savoir ce qui l'a poussée à se foutre dans une pareille situation.

Tasha ne répond pas et mord dans son taco avant de mâcher lentement. Elle avale sa bouchée puis boit quelques gorgées d'eau, ignorant toujours ma question. Le pire, c'est que, même si je la ramène tout de suite à la maison, personne ne lui passera un savon pour son imprudence. Je suis même prêt à parier qu'il n'y a personne à la maison.

J'ignore comment m'y prendre pour lui faire comprendre certaines choses, mais je sais que Jackson, lui, pousse Shelby à bout avant de passer à l'attaque et de lui faire la leçon. Peut-être que si j'utilise sa technique…

— Je veux dire, je sais que les soirées qu'organisent les fraternités sont un passage obligatoire pour tous les étudiants, mais, bon, c'est pas une raison pour t'y rendre seule. Il se serait passé quoi si tu ne m'avais pas appelé ?

Elle ne dit toujours rien ; néanmoins, elle roule des yeux. C'est déjà ça.

— Jamais je ne me serais pardonné s'il t'était arrivé quelque chose, enchaîné-je. Quand j'ai vu ce type… Tu es ma frangine, j'étais prêt à le buter. Tu n'imagines même pas à quel point ça m'a vénère.

Elle prend une autre bouchée de son taco.

— Et alors ? bafouille-t-elle en mâchant.

« Et alors » ? C'est tout ce qu'elle trouve à me répondre ?

— Je sais que nos parents sont loin d'être des parents modèles, mais tu dois réfléchir avant de faire des choix. Tu es bien plus intelligente que tu n'en as l'air, je le sais.

— Non, mais t'es sérieux ? Ça y est, tu viens me chercher et tu me paies à bouffer, et tu penses que ça te donne le droit de me faire la morale ? Au cas où tu l'ignorerais, tu as perdu ta position de grand frère y a longtemps, et c'est pas parce qu'on a discuté vite fait à l'hôpital et que j'ai sauvegardé ton numéro que tout va bien entre nous. Putain, j'hallucine !

— Tasha, je m'inquiète pour toi, c'est tout. Je ne m'entends peut-être plus avec maman et papa, mais je serai toujours de ton côté, toujours.

— Tu croyais quoi exactement, le jour où tu t'es barré ? Oui, oui, je sais que le grand Cassius Ryan Gardner ne supporte pas d'être en présence de personnes moralement corrompues, mais j'ai une nouvelle pour toi : il arrive que les gens merdent, mais tu ne peux pas leur en vouloir éternellement, surtout si tu es le premier à jeter l'éponge.

Ses paroles me touchent plus que je ne le voudrais.

— De quoi est-ce que tu parles exactement ?

— En tournant le dos aux parents, tu m'as aussi tourné le dos, à moi, Cash. Tu t'es barré, et depuis j'ai plus eu de nouvelles, pas un seul coup de fil, un SMS, un mail, rien. Tu crois vraiment que tu es la première personne que j'ai appelée ce soir ? Eh bien, figure-toi que non, frangin, tu étais la dernière. Tous mes potes étaient occupés ou trop bourrés pour venir me chercher, et comme hier tu m'as dit de te téléphoner si jamais j'avais besoin de quoi que ce soit, je me suis dit : bon, il ne me reste plus qu'à appeler grand frère à la rescousse.

— Tasha…

Elle avale le dernier morceau de son taco puis jette l'emballage dans le sac avant de se laisser glisser du capot et de faire le tour de la voiture, jusqu'à la portière du côté passager.

Au moins, je pense qu'elle a bien dessoûlé.

— Ramène-moi à la maison.

J'attrape le sac à emporter et je descends du capot à mon tour.

— Je suis désolé, Tasha. Je… je devais faire quelque chose pour moi, pour me sauver de cet enfer, marmonné-je en mettant le contact.

— J'espère au moins que ça en a valu la peine.

— Hé, j'essaie quand même de m'excuser.

— Ouais, si tu le dis.

— Écoute, oui, tu as raison, je suis parti comme un voleur et je m'en veux terriblement de t'avoir fait du mal. Mais je me suis barré pour échapper à une situation qui, pour moi, était sans issue, et, c'est vrai que, sur le coup, je n'ai pas pensé à toi. En tout cas, sache que, en dépit de tes goûts douteux en matière de fête, tu restes ma petite sœur préférée.

— Je suis ton unique sœur, Cash, déclare-t-elle en me jetant un regard dédaigneux.

— Oui, forcément, tu as dû tuer ou, plutôt, écarter la compétition dans l'œuf. Ou dans l'utérus… Enfin, tu me comprends, quoi !

Elle éclate de rire, ce qui me redonne l'espoir d'être sur le bon chemin pour regagner sa confiance.

Il n'y a rien de plus important que la famille et Tasha, c'est ma famille, mon sang, et je veux l'aider, je veux être là pour elle. Quand je suis parti de la maison, j'ai dû me démerder tout seul, mais Tasha, elle, peut compter sur mon soutien.

— Non, mais vraiment je suis là si tu as besoin, tu peux m'appeler de jour comme de nuit pour n'importe quoi, que ce soit pour te sortir de la merde ou juste pour passer un aprèm ensemble, je répondrai toujours présent.

— Tu me promets d'être un vrai grand frère à partir de maintenant ?

— Oui, promis juré, dis-je en passant un bras autour de ses épaules.

Elle se penche légèrement vers moi, et voilà… : juste comme ça, on est redevenus complices, comme avant.

— Je peux venir faire la fête dans ton club un de ces quatre ? s'enquiert-elle en se redressant.

— Le jour où tu auras vingt et un ans, tu seras sur la liste VIP tous les soirs si tu veux.

— Pfff, t'es trop nul, souffle-t-elle, un sourire aux lèvres.

— Je suis un grand frère responsable, que veux-tu ! Allez, je te ramène à la maison.

Ça me fait bizarre de revenir dans le quartier de West Paces d'autant plus que je l'évite à tout prix depuis que j'ai décidé de changer de vie. Atlanta a pas mal changé ces dernières années, mais ce quartier est resté identique, j'ai même l'impression de faire un saut dans le passé. Les mêmes rues, les mêmes maisons, les mêmes jardins, les mêmes habitants obnubilés par leur petite personne – et qui, pour la plupart, ont plus de silicone que de chair sur les os –, et c'est limite un peu glauque.

— Tourne ici, marmonne Tasha en pointant du doigt une petite allée privée.

Je souris en lui ébouriffant les cheveux. Ça fait peut-être longtemps que je ne suis pas venu, mais je sais où je dois tourner.

— Hé, touche pas mes cheveux ! s'exclame-t-elle.

Je lui chatouille alors rapidement les côtes, et elle s'agite sur son siège.

Alors, comme ça, elle est toujours chatouilleuse. Certaines choses ne changent jamais, et c'est pas plus mal.

J'arrête la voiture sous le pacanier à côté de la grille en fer forgé derrière laquelle une allée mène à l'arrière de l'imposante demeure qui se dresse devant nous : mon ancienne maison. Cet accès est réservé aux domestiques, afin qu'ils puissent aller et venir sans êtres vus, mais ce qu'Emmett et Martha Gardner n'avaient pas prévu, c'est que leurs enfants aussi allaient s'en servir pour sortir en douce. Je pense d'ailleurs que c'est la seule fois où leur stupidité a joué en notre faveur. C'est un peu cette allée qui m'a permis de rester sain d'esprit dans cet asile de fous où le maître mot était la « perfection ».

L'été où je suis rentré du pensionnat pendant les vacances, je sortais pratiquement tous les soirs pour aller explorer la ville. Avec l'argent de poche qu'on me donnait, je pouvais aller n'importe où et faire n'importe quoi, mais je préférais partir à l'aventure, dans des quartiers plus populaires, bien moins reluisants que le mien. Et c'est grâce à ces expéditions que j'ai compris l'impact que la magouille de mon père a eu sur des gens qui travaillaient dur pour gagner de l'argent. Tout le monde n'a pas la chance des Gardner, qui vivent dans une belle et grande demeure isolée, entourés de voisins aussi « parfaits » et « irréprochables » qu'eux.

— Depuis quand est-ce que tu connais cette entrée du « Palace Gardner » ? demandé-je en me tournant vers Tasha.

Je n'en ai jamais parlé à personne, encore moins à ma sœur, d'autant plus qu'elle était un peu le clone de notre mère : tout ce qui comptait pour elle, à l'époque, c'était l'argent, les vacances et le luxe. Et c'est vrai que je ne me suis pas posé la question de savoir si c'était vraiment son choix ou si c'était plus une forme de résistance à la pression des parents. En tout cas, jamais je n'aurais pensé qu'elle aussi s'échappait en douce de la tour d'ivoire Gardner.

— Depuis que tu as commencé à l'utiliser. J'étais peut-être jeune mais j'étais pas aveugle, tu sais.

— Je vois. Tu arriveras à rentrer seule ou t'as…

— Va falloir qu'on ait une conversation sérieuse sur tes tendances parentales, m'interrompt-elle.

— C'est bon, je dis plus rien, marmonné-je en levant les mains en signe de reddition. Allez, dors bien.

— Merci, Cash.

— De rien, c'est normal. Appelle-moi quand tu veux. La prochaine fois, je t'expliquerai comment sortir en passant par…

— … le terrain de tennis, je sais. Mais je préfère passer par la vieille grange, tu risques moins de te faire griller.

— Quoi ?! Tu peux sortir par là-bas aussi ?

— Ah, tu as encore tellement de choses à apprendre, grand frère, tellement de choses !

Elle tend le poing vers moi, et je tape dedans avec le mien.

— Fais attention et, vraiment, appelle quand tu veux, Tasha ; je serai toujours là pour toi.

— Merci, murmure-t-elle en me décochant un sourire.

Furtif, mais un sourire quand même.

Elle descend de la voiture, et je la regarde passer par l'ouverture dans le grillage avant de remonter l'allée menant à la maison.

9

Savannah

En fait, c'est mieux que le rencard ait fini aussi tôt, du moins j'essaie de m'en convaincre en regardant la ville défiler sous mes yeux.

Si, si, c'est mieux parce que sinon on aurait fini par baiser comme des lapins dans la petite allée derrière le resto et on aurait pu se faire gauler à n'importe quel moment. En plus, je n'y ai même pas pensé sur le coup, mais avoir une relation sexuelle dans un endroit public n'est pas juste puni par la loi, j'aurais pu être également radiée du barreau.

Pourtant, même si ça me tue de le dire, ça en aurait largement valu la peine.

Si Cash est parvenu à me faire ressentir tant de plaisir avec juste deux doigts, je me demande quel effet auraient eu sur moi ses deux mains. Ou sa queue, surtout sa queue.

En fait, j'aurais bien aimé qu'on finisse la soirée, ou la nuit plutôt, dans un lit. Mais je comprends qu'il ait dû filer, son travail est important, et puis, même, j'aurais fait comme lui si un client m'avait appelée, en espérant que Cash ne m'en veuille pas de le lâcher au dernier moment. Cette idée me console grandement, mais elle ne change rien au fait que, ce soir encore, je me couche seule.

Le taxi s'arrête devant ma maison, je paie le chauffeur et rentre chez moi. Sans perdre de temps, j'enlève ma robe et enfile mon pyjama, puis je me dirige vers la cuisine pour me servir un verre de vin. Je bois une longue gorgée et, sentant mon désir sexuel se dissiper peu à peu, je me rends compte que j'ai frôlé la catastrophe.

Ce sont justement mes tripes et ma spontanéité qui m'ont poussée à sortir avec Tanner même si j'étais vraiment amoureuse de lui et que je pensais que, lui et moi, c'était pour la vie. Avec Cash, je sais exactement à quoi m'attendre, les règles sont fixées dès le début. Comme il l'a dit lui-même, c'est une question d'alchimie, d'instinct. Certes, c'est son langage codé pour « un petit coup vite fait », même si je suis persuadée qu'avec lui rien n'est vite fait au pieu. Je parie qu'il me ferait hurler de plaisir touuute la nuit.

Je vide mon verre d'un trait et m'en ressers un autre.

La dernière fois que j'ai joui comme ça, c'était avec Tanner…

Réprimant un soupir, je prends mon verre et m'installe confortablement dans le canapé en attrapant la télécommande. J'allume la télé et zappe d'une chaîne à l'autre en essayant de ne plus penser à Tanner.

Je me suis fiée à mon instinct pour Tanner, je devrais peut-être faire la même chose pour Cash, lui laisser une chance ? Ils sont radicalement différents, et, au moins, je sais que Cash n'a rien à cacher, il assume tout ce qu'il fait et tout ce qu'il dit.

Sauf si…

Sauf si ce n'est pas le cas.

Je porte mon regard sur mon ordi potable, posé sur la table basse devant moi. Ça y est, l'avocate en moi prend le dessus. Je pourrais faire une recherche rapide sur Google, histoire d'en apprendre un peu plus sur lui, voir s'il a des photos d'ex sur ses réseaux sociaux, s'il a des enfants, une ex-femme… Est-ce que ça me ferait chier si la réponse à l'une de ces questions était « oui » ?

Ne sois pas ridicule, tous les mecs ne sont pas comme Tanner.

Je secoue la tête en chassant toutes ces questions stupides de mon esprit.

Si ma meilleure copine a trouvé l'Amour, avec un grand A, auprès d'un ancien boxeur clandestin, moi aussi, je trouverai tôt ou tard l'homme parfait pour moi.

Je laisse donc tomber la recherche sur Internet et me concentre sur l'épisode des *Real Housewives* sur lequel je viens de tomber, en sirotant une gorgée de vin.

J'ai sillonné les routes pendant très longtemps, ces vieilles routes désertes et interminables, en pensant à cette femme que j'ai laissée derrière moi…

Je suis devenue folle ou… ?

Je baisse le son de la télé et tends l'oreille en me disant qu'il s'agit de la radio d'une voiture qui passe par ma rue, sauf que la musique ne s'estompe pas, elle devient même de plus en plus forte.

C'est quoi, ce délire ?

Je me lève du canapé et me dirige vers la fenêtre donnant sur la rue. J'écarte les rideaux et je manque de faire une syncope.

Tanner Jakes est là, dans ma rue, devant ma maison. Vêtu d'une chemise de cow-boy, d'un jean, de bottes et coiffé de son Stetson, il est en train de chanter en grattant les cordes de sa guitare.

Tanner Jakes, mon cow-boy, celui que je voudrais voir rôtir en enfer.

— Savannah ! hurle-t-il dès qu'il m'aperçoit. Je ne partirai pas tant qu'on n'aura pas parlé ! Je vais chanter toute la nuit s'il le faut !

Il se remet à entonner sa chanson à tue-tête, et, maintenant que j'y pense, Cash a raison : il chante vraiment comme une casserole.

Je recule d'un pas comme si je venais de me brûler.

Il n'est pas sérieux. Il a une femme, une maison, un beau jardin et même une jolie clôture blanche tout autour. Tout ce qui lui manque pour compléter ce parfait tableau, ce sont des enfants. Il a sa vie, et rien ne lui donne le droit de venir ici pour bousiller la mienne.

Soudainement, plusieurs coups frappés à ma porte me font sursauter.

Tanner est encore en bas, et personne ne va le laisser entrer ; ça, c'est sûr. Donc, ça ne peut pas être lui.

Je mets la série sur « Pause » et me dirige vers la porte avant de l'ouvrir lentement.

Ouf, c'est Mme Carson, ma voisine de palier. Elle est en robe de chambre et avec des bigoudis dans les cheveux qui sont recouverts par un foulard rose clair. C'est une charmante petite vieille qui habite dans l'immeuble depuis le décès de « l'amour de sa vie », dont elle me parle chaque fois qu'on se croise. Elle est du genre à vous préparer de bons cookies maison, juste pour le plaisir, et à observer les allées et venues de tout le monde par le judas de sa porte, comme chaque commère qui se respecte.

— Ma petite, pourriez-vous ouvrir la porte au jeune homme, en bas ? s'enquiert-elle en resserrant les pans de sa robe de chambre autour d'elle. J'ai vraiment besoin de mon sommeil réparateur, vous savez.

— Je suis vraiment, vraiment désolée, madame Carson.

— Oui, oui, bien sûr, marmonne-t-elle en me tapotant le bras. En revanche, si j'étais vous, je me changerais avant…

J'ignore sa remarque parce qu'il est hors de question que je me change pour Tanner Jakes, plutôt mourir.

Je descends l'escalier qui mène à l'entrée de l'immeuble et m'arrête devant la grille, sans l'ouvrir.

— Rentre chez toi, Tanner, sinon j'appelle les flics.

Il ne montera pas chez moi, il ne refera pas irruption dans ma vie, je ne vais pas lui donner ce plaisir. Fini de jouer, je suis prête à sortir mes griffes s'il le faut.

— Je suis sérieux, Savannah ; je ne partirai pas tant que tu ne m'auras pas ouvert. Ne me dis pas que ton « mec » est là-haut ? Vas-y, qu'il descende, on va régler ça entre hommes. Quoi qu'il en soit, je vais rester ici… « en pensant à cette femme que j'ai laissée derrière moi… »

Il plaque un accord théâtral sur sa guitare avant d'ajouter :

— Tu es mon oasis, Savannah.

Derrière moi, j'entends des portes s'ouvrir une par une et, quand je me retourne, je remarque plusieurs voisins agglutinés sur le palier. Mon Dieu, je vais finir par devenir l'attraction du quartier si ça continue ! Et je risque aussi d'avoir de sérieux problèmes avec le proprio de mon appartement.

— Tanner, arrête ! soufflé-je entre les dents.

Il joue encore quelques accords sur sa fichue guitare avant d'annoncer :

— Pas tant que tu ne m'auras pas laissé entrer.

Arrgggh !

— OK, mais tu me promets d'arrêter de chanter.

— Parole de musicien.

Si ta parole de musicien vaut la même chose que ta parole d'homme marié…

De toute façon, je n'ai pas d'autre choix que de lui faire confiance.

— Bon, allez, monte, marmonné-je en m'effaçant pour le laisser passer.

Il s'arrête juste devant moi, empiétant sur mon espace personnel, et je me retiens de lui coller une gifle. Il effleure le bord de son Stetson, et je me contente de plisser les yeux, la mâchoire contractée. S'il pense qu'il lui suffit de jouer de son charme de lover pour s'attirer mes bonnes grâces, il délire complètement.

Je m'engage dans l'escalier menant à mon appartement, et il m'emboîte le pas. Notre public s'est déjà retiré, Dieu soit loué, mais je suis sûre que Mme Carson ne manquera pas de parler de sa folle de voisine et de son visiteur nocturne à ses amies.

On entre dans mon appartement, et je ferme la porte avant de me tourner vers Tanner. J'ai l'impression que sa présence remplit toute la pièce, et je déglutis péniblement.

Cet homme aurait dû faire partie intégrante de ma vie. Combien de fois nous ai-je imaginés, ici, ensemble ? En train de faire l'amour, de cuisiner, d'écrire des chansons… Je m'étais fait tout un film qui ne verra jamais le jour à cause de ses mensonges.

— Qu'est-ce que tu veux, Tanner ? Je suis un peu occupée, là, annoncé-je en croisant les bras et en relevant la tête.

Il s'approche de moi et plaque une main contre la porte, juste à côté de ma tête.

— C'est toi que je veux, murmure-t-il avant de se pencher pour m'embrasser.

Mais je bouge légèrement sur le côté, et il tape la bise à ma porte.

— Je pense que ta femme ne serait pas trop d'accord avec ça, fais-je remarquer en le repoussant.

Tu appartiens à mon passé, Tanner.

— Ne sois pas comme ça, Savannah, rétorque-t-il en prenant mon visage entre ses mains pour me forcer à le regarder. Tu es parfaite pour moi, parfaite. Tu es la femme que je veux.

— Lâche-moi, Tanner.

Je le repousse, brusquement cette fois, et me dirige vers ma cuisine. Je sais qu'il y a trop d'objets tranchants, et donc potentiellement dangereux, dans cette pièce, mais je préfère mettre toutes les chances de mon côté.

— Je voulais aussi te parler de mon contrat, déclare Tanner en me suivant.

— Dans ce cas, tu aurais pu passer un coup de fil à mon bureau pendant les horaires d'ouverture, m'esclaffé-je. Je vais te donner ma carte, si tu veux.

— Non, je veux en discuter maintenant. Je sais que tu as besoin de moi en tant que client, Savy.

Je réprime un frisson. De quel droit ose-t-il m'appeler comme ça ?

— Toi et moi, on pourrait faire un tandem de choc, poursuit-il. Comme au bon vieux temps.

— J'ai plein d'autres clients, Tanner.

— Peut-être, mais aucun n'a une chanson en tête des charts. Écoute, Savannah, je veux juste t'aider.

J'étais au fond du gouffre après ce qui s'est passé dans le Tennessee. Je ne voulais vraiment pas te faire de mal.

— Pourquoi avoir menti dans ce cas ?

— Je sais pas, je ne l'ai pas fait exprès. Tu es entrée dans ma vie sans prévenir, je ne m'attendais pas du tout à ça, je me suis senti renaître avec toi, et ça m'a pris au dépourvu.

À ces mots, il contourne le bar de ma cuisine et vient se placer devant moi, puis il me saisit la main en la serrant avant de déclarer :

— Je l'ai quittée, c'est terminé avec elle.

Je croise son regard, choquée.

Il a quitté sa femme ?

Il porte alors ma main à ses lèvres et y dépose un baiser.

— Ma belle, si je suis venu à Atlanta, c'est pour t'annoncer que je ne suis plus un homme marié et pour te demander pardon, parce que c'est toi que j'ai choisie. C'est toi que je veux.

Il a quitté sa femme parce que c'est moi qu'il veut. Moi.

Je devrais être contente, sauter de joie et hurler mon bonheur parce que c'est ce que j'attendais, tout au fond de moi. Non ? Pourtant, sa nouvelle ne me réjouit pas du tout. Tanner m'attire contre lui, et j'ai l'impression d'avoir replongé dans le passé, tête la première.

J'ai rêvé de cet instant depuis la minute où j'ai tourné les talons pour redescendre l'allée de sa maison dans le Tennessee. Il m'a brisé le cœur, mais une partie de moi espérait quand même qu'un jour il sonne à ma porte en me disant que c'était moi qu'il voulait, moi et personne d'autre. Et c'est exactement ce qui est en train de se passer. Néanmoins, il arrive trop tard, six mois trop tard. Je suis passée à autre chose depuis, et ça n'a pas été facile, mais j'y suis quand même arrivée. Si les choses avaient été différentes, ce moment aurait été parfait.

Il est de nouveau célibataire et il m'a choisie, mais c'est aussi un baratineur de première qui a trompé sa femme et s'est joué de moi.

Une fois encore, Cash avait raison : je mérite beaucoup mieux.

— T'es sérieux, Tanner ?

Il a dû percevoir l'incrédulité dans ma voix, mais, le connaissant, il va choisir de l'ignorer. Il pense avoir une chance avec moi après tout ce qui s'est passé, tout ce qu'il m'a fait vivre ? Il m'a choisie ; du coup, je le choisis aussi, et hop, on reprend là où on s'était arrêtés ? Il est grave, quand même !

— Tu me manques, Savannah. Après ce qui s'est passé, rien n'a plus jamais été pareil pour moi. Tu es ma muse, on peut accomplir de grandes choses, toi et moi. Avec toi à mes côtés, je suis sûr d'écrire la chanson du siècle, et, quand elle deviendra, elle aussi, numéro un des ventes, tu seras là, avec moi.

Je me raidis sur place.

La musique par-ci, la musique par-là… Toujours la musique.

— Ta muse… Je suis ta muse ?

La. Blague.

— Oui, chaque musicien digne de ce nom a une muse, une personne qui les inspire. Depuis qu'on n'est plus ensemble, je n'ai plus aucune inspiration. Je ne peux pas composer sans toi, Savannah. J'ai vraiment besoin de toi. Les mecs de Triton, ils sont cools, mais ils veulent que j'écrive un nouvel album, ils veulent des chansons du même style que celle que j'ai composée avec toi, et ensemble on peut le faire. J'ai besoin de toi, ma belle.

« J'ai besoin de toi » et non pas « je t'aime, Savannah » ou « je veux passer le reste de ma vie avec toi et je suis vraiment désolé pour tous mes mensonges » ou encore, tiens, pourquoi pas un : « Que dois-je faire pour rattraper mes erreurs et me faire pardonner, dis-moi, s'il te plaît ? »

Non, lui, il a juste « besoin » de moi. Je suis très à cheval sur les mots, déformation professionnelle sans doute, parce qu'il suffit de remplacer une simple parole par une autre pour modifier du tout au tout l'objet d'un contrat.

Avoir besoin de quelqu'un, ça ne veut pas dire et ça ne voudra jamais dire l'aimer. Et puis il est évident que Tanner Jakes n'aime qu'une seule personne : lui-même. D'ailleurs, on va voir jusqu'où il est prêt à aller...

— C'est pour ça que tu as quitté ta femme ? Parce qu'elle n'est pas ta muse ?

— Non, je l'ai quittée parce que j'ai besoin de toi, pas d'elle.

Et voilà, c'était prévisible. Quand on a besoin de quelque chose, on peut toujours trouver quelque chose pour le remplacer, mais quand on aime quelqu'un on se bat pour cette personne, parce qu'elle est unique et irremplaçable.

Il essaie de m'embrasser de nouveau, et je le repousse une troisième fois.

J'en ai vraiment ma claque, là.

Comment a-t-il pu croire ne serait-ce qu'une seconde que j'allais retomber dans ses bras, surtout avec un discours pareil ? Il n'en a rien à foutre de moi, je suis juste son ticket d'entrée pour les Grammy Awards.

— Je pense qu'on devrait poursuivre cette conversation un autre jour, dans mon bureau.

Il semble vraiment surpris par ma réaction.

— Savannah, je…

— Je suis ravie de pouvoir représenter tes intérêts juridiques, mais ça s'arrête là, Tanner. C'est fini entre toi et moi.

— Savannah… ou tu préfères peut-être Savy ?

— Sors de chez moi.

— Tu penses vraiment que l'autre abruti de barman pourra te rendre heureuse ? Il est même pas là ! Moi, jamais je ne te laisserai seule, jamais.

— Il a eu une urgence au travail, parce que, contrairement à certaines personnes, il n'a pas besoin d'aide pour gagner sa vie.

— Oh, allez, Savannah, ne sois pas comme ça, m'implore-t-il. Laisse-moi une chance pour me faire pardonner.

— C'est trop tard, Tanner. Va-t'en et ne reviens plus ici.

J'appuie mes propos par un regard noir, et, petit à petit, mes mots se fraient un chemin jusqu'à sa cervelle de moineau parce que je vois qu'il commence enfin à comprendre que je ne plaisante pas.

— OK, je m'en vais, déclare-t-il. Et je trouverai aussi un autre avocat. Tu es sûre de ton choix ?

Je m'attendais à cette réaction de gamin. Dès qu'on ne va pas dans son sens, il se braque et intimide les gens avec des menaces. Le plus souvent, c'est du bluff, mais je m'en fous parce que ma décision est définitive et que je ne reviendrai pas dessus.

— Si tu veux, répliqué-je simplement.

Je peux dire au revoir à ma promotion, mais, tant pis, elle n'en vaut pas la peine. Je mérite mieux.

— Sav…

— Dégage, Tanner, ou j'appelle les flics avant de requérir une ordonnance restrictive contre toi. Je me demande comment tu vas expliquer ça à la presse, tiens.

— Je…

— Bon, tu l'auras voulu, marmonné-je en attrapant mon téléphone portable. Je vais probablement devoir leur expliquer toute notre histoire et je pense que je ne vais pas lésiner sur les détails.

Je compose le numéro et porte le combiné à mon oreille.

— OK, OK, j'arrête, annonce-t-il en levant les mains devant lui.

Il avance vers la porte avant de se retourner :

— T'es vraiment si accro que ça à ton barman ? m'interroge-t-il.

— Oui, bonsoir, pouvez-vous envoyer une patrouille chez moi, dis-je dans le combiné en ignorant la question de Tanner.

Aussitôt, Tanner disparaît de mon appartement, et j'écoute la messagerie que j'ai jointe.

« Salut, c'est Cash, mais je ne peux pas répondre pour le moment… »

Je raccroche, mais le fait d'avoir entendu sa voix provoque en moi comme un déclic.

Je veux d'autres rencards avec lui, je veux qu'il me fasse de nouveau ressentir les mêmes choses que dans l'allée, et plus encore.

Je veux Cash Gardner et ça tombe bien, parce que j'obtiens toujours ce que je veux.

10

Cash

À la base, le *Hangar* était censé être un de nos clubs, mais comme Ryder a fait de son organisation de combats clandestins un véritable petit empire l'entrepôt où se déroulaient les combats est rapidement devenu trop petit, et il a donc fallu aviser. On s'est tout de suite mis d'accord sur le fait que le *Hangar* était l'endroit parfait pour accueillir le ring ainsi que les spectateurs qui se pressent autour : l'espace aux allures abandonnées est immense, et l'ambiance qui s'en dégage est parfaite pour ce genre d'activité.

Ici, c'est Ryder le boss, il est dans son élément et connaît parfaitement toutes les ficelles du métier, ce qui nous arrange. Il est sur tous les fronts, toujours prêt à parer à d'éventuels problèmes, toujours à fond, comme pendant qu'il combattait encore. Moi, je m'occupe du bar et veille à ce que les spectateurs ne manquent pas de boissons.

Je dirais qu'on fait du très bon boulot, parce que la clientèle grandit de mois en mois et nos bénéfices aussi, du coup. Ce soir, l'endroit est blindé de chez blindé, et c'est vraiment la cohue autour du bar. Comme en pilotage automatique, je jongle entre bouteilles, verres et shakers, lorsque, du coin de l'œil, j'aperçois un savant désordre de boucles blondes à l'autre bout du comptoir et je souris.

Savannah.

Soudainement, ma soirée prend une tournure encore plus plaisante.

— Un whisky sur glace, annoncé-je en faisant glisser le verre.

— Bonsoir à toi aussi. Et merci, réplique-t-elle, un sourire suggestif aux lèvres. Je me demandais quand on allait se revoir.

— Que dirais-tu de tout à l'heure, en tête à tête ?

— Je ne sais pas trop, murmure-t-elle en poussant un soupir théâtral. J'ai peut-être un rencard avec un type qui… comment dire… m'a laissée légèrement tendue la dernière fois qu'on s'est vus.

— Ah bon ? Je pensais pourtant t'avoir détendue comme il faut. C'est moi qui suis resté bien tendu, si tu vois ce que je veux dire.

— On est deux alors. Il me manquait… (Elle baisse les yeux sur mon entrejambe avant de terminer sa phrase.) la touche finale.

Putain !

— Cash ! s'exclame un des serveurs à l'autre bout du bar. On a besoin de toi par ici.

— Ne bouge surtout pas, soufflé-je à Savannah avant de retourner à mon poste pour préparer les commandes qui s'enchaînent.

Quand, enfin, je retourne vers elle, je remarque qu'un mec passe un bras autour de sa taille en lui murmurant quelque chose. Je suis à deux doigts de me précipiter sur cette vermine et de le traîner jusqu'au ring pour lui flanquer une bonne correction devant tout le monde lorsque je vois Shelby surgir à côté de lui.

— Excusez-moi, minaude-t-elle en attirant l'attention de l'homme sur elle avant de poser une main sur son torse. J'adore votre chemise, elle est toute douce. C'est de la soie ?

Shelby se dirige ensuite vers le ring en entraînant l'homme avec elle et se retourne vers nous pour nous faire un clin d'œil.

Cette fille est une vraie pote : non seulement elle a empêché l'autre con de me casser mon coup, mais elle m'a également évité de lui casser la gueule.

— Tu penses qu'on devrait lui filer un pourboire pour le service qu'elle vient de nous rendre ? demande Savannah quand j'arrive à sa hauteur.

On suit Shelby du regard et on la voit subtilement abandonner l'homme juste à côté d'un groupe de femmes.

— Vaut mieux pas, on mettrait rapidement la clé sous la porte sinon, dis-je.

— Ouais, pas faux, murmure-t-elle en sirotant une gorgée de whisky.

— Tu veux quelque chose de plus fort ?

Et je ne parle pas que de la boisson.

— Oui, fait-elle en souriant.

La cloche du ring retentit, annonçant le début d'un autre combat.

Shelby revient vers nous et passe le bras sous celui de Savannah.

— Allez, viens, je ne veux pas en louper une miette.

— Notre petite Shelby, toujours assoiffée de sang, s'esclaffe Savannah en prenant son verre.

— Je m'en fous du sang ; ce qui m'intéresse, c'est surtout la marchandise dans son intégralité, rétorque-t-elle avec un clin d'œil. Tu viens aussi, Cash ?

J'aimerais bien venir, mais pas du tout comme tu le penses.

— Ouais, allez-y, je vous rejoins, répliqué-je.

Comme hypnotisé, je regarde l'ondulation des hanches de Savannah pendant qu'elles se dirigent vers le ring et laisse échapper un soupir de contentement. Le personnel est parfaitement capable de gérer le bar sans moi parce qu'un autre devoir m'appelle.

Je rejoins les autres sur le côté du ring et me place à côté de Savannah en passant un bras autour de sa taille, ce qui me vaut plusieurs regards perplexes.

Je les emmerde tous, on n'est plus des gamins, et, comme Savannah l'a si bien fait remarquer l'autre jour, elle couche avec qui elle veut.

Avec moi, j'espère.

— Tout se passe bien au bar ? m'interroge Ryder en me dévisageant, les yeux plissés.

— Nickel, comme d'hab, rétorqué-je sèchement.

— Cash était en train de m'expliquer que les combats sont souvent simulés, en fait, annonce Savannah.

— Ouais, à la télé, peut-être, mais pas ici, l'informe Ryder en souriant.

— Alors, il était bon le resto japonais ? s'enquiert Parker. Pas mal l'endroit, hein ?

Tu ne perds rien pour attendre, mon salaud, crois-moi.

— Oui, top, répond Savannah. Dommage que Cash ait dû partir pour gérer une urgence au bar.

— Quelle urgence ? s'étonne Ryder en me coulant un regard étonné.

Je m'éclaircis la gorge avant de me tourner vers Savannah.

— Et ton nouveau client, alors ? Le chanteur country à deux balles, comment va-t-il ? Il est toujours aussi jaloux de ton nouveau mec, beau comme un dieu ?

— Quel nouveau client ? intervient Cassie. Un chanteur country ?

— Ouais, Tanner Jakes, marmonne Savannah avant de boire une grosse gorgée de whisky.

— Arrête !! s'écrie Cassie. Tanner Jakes est ton nouveau client ?! Oh, mon Dieu, il est trop cool ! Les radios passent sa dernière chanson en boucle. Tu pourrais lui proposer de venir à *Altitude*, un soir ; je suis…

— Ouais, je crois pas, non, l'interrompt Savannah en vidant son verre. Ah, j'ai plus rien, quelqu'un veut autre chose ? Personne ? OK, je reviens.

Elle se retourne rapidement pour se diriger vers le bar, et je la regarde s'éloigner quelques secondes avant de m'élancer à sa poursuite. Cette enflure de Tanner Jakes a déjà fait assez de dégâts comme ça, Savannah ne mérite vraiment pas ça.

— Si tu lui brises le cœur, je te pète les roubignoles, me prévient Cassie en me retenant par le bras.

Je regarde brièvement Ryder qui préfère clairement rester en dehors de tout ça et reporte mon attention sur Cassie.

— Je suis sérieuse, Cash, ajoute-t-elle.

— Oui, chef, lancé-je par-dessus mon épaule en me frayant un chemin dans la foule pour rattraper Savannah.

Quand je l'aperçois, je remarque qu'elle ne se dirige pas vers le bar, mais vers la sortie.

Pas si vite, Savy…

— Attends-moi ! m'exclamé-je.

— J'ai juste besoin de prendre un peu l'air, rétorque-t-elle.

— Fallait le dire tout de suite.

Je l'attrape par la main et l'attire vers moi pour la guider dans la foule vers l'escalier contre le mur, de l'autre côté de la salle.

On se faufile entre les gens, qui ne manquent pas de manifester leur mécontentement étant donné qu'on leur bloque la vue sur le ring, puis on monte les marches, et j'ouvre la porte en haut avant de m'effacer pour laisser passer Savannah. Je referme la porte derrière moi et prends quelques secondes pour admirer les lumières d'Atlanta qui scintillent sous l'immensité du ciel étoilé de la Géorgie.

J'adore cette ville, et le toit du *Hangar* nous offre une vue parfaite sur les quartiers qui la composent. De tous nos bars et clubs, c'est sans aucun doute mon endroit préféré. À un moment, on voulait même ouvrir un bar-terrasse sur ce toit, mais, à présent, je suis content qu'on ait renoncé à cette idée parce que j'ai vraiment besoin de me retrouver seul à seul avec Savannah et que je ne pouvais plus attendre davantage.

Elle se dirige vers les chaises longues qu'on a dépliées un peu plus loin puis s'installe sur l'une d'elles. Je vois bien que quelque chose ne va pas et renonce donc à l'idée de me jeter sur elle comme un primate tant que je ne connaîtrai pas la source de son trouble.

Savannah regarde autour d'elle et pousse un soupir qui comprime ses seins contre le tissu du buste de sa robe.

— Tanner est venu chez moi hier soir, déclare-t-elle.

Je serre aussitôt les poings, saisi par une irrésistible envie de refaire le portrait de ce plouc.

— Il t'a fait mal ? demandé-je en allant m'asseoir à côté d'elle et en posant une main sur son bras.

Peu importent ses gardes du corps, sa notoriété et les millions que lui rapportent ses chansons, s'il a touché ne serait-ce qu'un cheveu de la tête de Savannah je l'enverrai personnellement six pieds sous terre.

Elle secoue la tête, et ça me rassure.

— Non, je vais bien. C'est fini et c'est pas plus mal en un sens.

Le pincement de jalousie qui me serre le cœur disparaît.

— J'avais besoin de clore ce chapitre de ma vie, de l'entendre dire tout ce que je voulais qu'il dise avant de le dégager de chez moi.

Je souris, grandement rassuré par sa réaction. Je pense qu'elle est vraiment prête à passer à autre chose.

— Tu aurais quand même dû m'appeler. Je lui aurais pété la gueule.

Et je suis sérieux, vraiment.

— T'inquiète, j'ai géré toute seule, dit-elle en croisant mon regard, un sourire malicieux aux lèvres.

On se regarde quelques instants, puis elle baisse les yeux sur la bosse évidente qui tend mon jean.

— Après tout, je suis une pro quand il s'agit de gérer ce genre de choses.

— Quel genre de choses exactement ? demandé-je en promenant un doigt le long de son bras dénudé.

Elle frissonne sous mon toucher, et je remarque que ses tétons saillent sous le tissu fin de sa robe. Elle pose alors une main sur ma cuisse et la fait remonter vers mon entrejambe d'une lenteur délibérée.

— Ça, déclare-t-elle en s'arrêtant juste à côté de ma queue. Je pense que je peux facilement gérer ça.

Oui, je le pense aussi.

Mais c'est trop facile, et quelque chose, j'ignore quoi, m'empêche de retrousser sa robe sur ses hanches et de la prendre sauvagement. J'ai envie de la toucher, de la goûter et de prendre tout mon temps, même si mon sang-froid est déjà presque épuisé.

Sans trop savoir ce que je fais, j'agrippe Savannah par la taille et l'attire contre moi pour l'embrasser passionnément. Un gémissement de surprise, ou peut-être de plaisir, s'échappe de ses lèvres, et j'approfondis le baiser sans perdre de temps, caressant avidement sa langue de la mienne. On veut aller plus loin tous les deux, mais aucun de nous ne veut se soumettre à l'autre et s'avouer ainsi vaincu.

J'ai envie d'entrer en elle tout entier et de ne jamais plus en ressortir, chose qui ne m'était jamais arrivée avec aucune autre femme. D'ailleurs, j'ai beau avoir un tableau de chasse impressionnant, je sens quand même mon assurance légendaire vaciller avec Savannah, on dirait presque un puceau qui est sur le point de conclure à l'arrière de sa caisse.

Troublé par cette réflexion, je me redresse en grognant et regarde Savannah droit dans les yeux.

Sa silhouette est faiblement éclairée par les lumières de la rue, mais j'arrive quand même à lire le désir brûlant dans son regard. Cette nana est vraiment magnifique, elle est…

Elle est Savannah et mérite beaucoup mieux qu'un coup rapide sur le toit d'un putain d'entrepôt.

Merde !

— Pourquoi t'es-tu arrêté ? bafouille-t-elle.

Ses lèvres sont gonflées par notre baiser, mais semblent quand même en redemander encore. Et pas que des baisers.

Je serre les poings pour m'empêcher de la toucher.

— Si tu veux arrêter, c'est maintenant ou jamais, Savy. Il n'y aura plus de retour possible sinon.

— Je ne veux pas arrêter, susurre-t-elle, visiblement à cran. J'ai envie de ça, Cash, j'ai envie de toi.

Comme je suis, malgré tout, un gentleman bien élevé, je ne peux pas laisser une demoiselle en détresse. Je passe alors une main derrière son cou pour défaire le nœud de sa robe avant de saisir le bustier et de le tirer vers le bas pour exposer sa poitrine nue.

Putain, les seins de Savannah sont tout simplement parfaits, leurs pointes bien roses et dressées par l'air rafraîchi de la nuit.

Elle agrippe mon tee-shirt pour m'attirer contre elle, mais je ne bouge pas et pose une main sur la sienne pour lui faire comprendre que c'est moi qui mène la danse et qui impose le rythme.

— Sois patiente, chuchoté-je en prenant ses seins en coupe avant de titiller ses mamelons de mes pouces.

Savannah s'arque aussitôt vers moi, son corps en réclamant davantage, et je décide d'accéder à sa demande silencieuse en me penchant pour saisir un de ses tétons dans ma bouche et de le lécher. Elle pousse un petit gémissement, et j'aspire avidement le petit bouton de chair durci.

— Mmmh…

— Non, je pense que le mot que tu cherches est « s'il te plaît », susurré-je contre la peau sensible de son sein.

— Putaaain, Cash ! S'il te plaît…

Bon, c'est déjà mieux que rien. En plus, son caractère bien trempé n'est pas du tout pour me déplaire, bien au contraire.

Je fais légèrement remonter le bas de sa robe avant de glisser une main entre ses cuisses pour…

Quoi ?

Rapidement, je retrousse davantage sa robe pour confirmer mes soupçons. En effet, Savannah ne porte pas de petite culotte.

De mieux en mieux…

Elle soulève les hanches vers moi, comme si j'avais besoin d'indications. Je sais exactement où je dois aller et ce que je dois faire, et rien, absolument rien, ne pourra m'arrêter.

J'écarte davantage ses cuisses tout en attirant son bassin vers moi avant de croiser son regard. La majorité des nanas seraient plus ou moins mal à l'aise d'être ainsi exposées à ma vue, mais pas Savannah. Pas du tout.

— Voyons voir si tu arrives à tenir toutes tes belles promesses, me taquine-t-elle avec un sourire malicieux. Allez, épate-moi, barman.

— Avec plaisir.

Je caresse l'intérieur de sa cuisse avant d'effleurer son clitoris et glisse lentement deux doigts en elle. Savannah soulève les hanches et gémit en renversant la tête en arrière avant de se redresser. Puis, prenant une expression à la fois frustrée et amusée, elle me saisit le visage entre ses deux mains avant de dire :

— Cesse donc de tourner autour du pot et fais-moi jouir, bordel, ou alors on baise tout de suite.

Sa proposition est plus que tentante, mais…

D'un geste doux et ferme à la fois, je la repousse, la forçant ainsi à s'allonger sur la chaise longue, et me positionne entre ses jambes écartées, qui sont actuellement mon endroit préféré de la terre entière.

— Je ne veux rien entendre, Savy, pas un cri, pas un gémissement, rien. Et, oui, je sais que ça va être très difficile pour toi.

À ces mots, je me penche vers elle et passe la langue le long de son sexe chaud et humide tout en faisant aller et venir mes doigts en elle.

Savannah étant Savannah, elle tente de se redresser, mais je l'en empêche en posant mon autre main entre ses seins. Rapidement, son corps est saisi de plusieurs petits spasmes, et je ne relâche pas la cadence, me délectant de sa moiteur légèrement sucrée jusqu'à ce qu'elle n'arrive plus à se contenir.

Savannah jouit en criant et en me suppliant de ne pas arrêter, et je me redresse, mes deux doigts toujours enfouis en elle, pour profiter du petit spectacle privé qu'elle m'offre. Elle est toujours ravissante, mais elle l'est encore plus quand elle s'abandonne à son orgasme.

Au bout de quelques secondes, elle se redresse sur la chaise longue, et je retire les doigts de sa chatte moite et brûlante. Elle est complètement décoiffée, ses joues sont rouges de plaisir, et ce n'est que le début. Elle aura vraiment l'air convenablement baisée quand j'en aurai fini avec elle, et je ne m'arrêterai pas tant que je ne me serai pas acquitté de cette mission.

— Je dois reconnaître que ta réputation est parfaitement méritée, annonce-t-elle, un sourire détendu dansant sur ses lèvres.

— Et tu n'as encore rien vu, commenté-je en me relevant pour défaire la braguette de mon jean et libérer ma queue dure et tendue à l'extrême.

— Ah, dans ce cas…

Laissant sa phrase en suspens, elle se redresse sur les genoux et pousse ma main pour finir de faire descendre la fermeture Éclair de mon jean avant de le faire glisser, avec mon boxer, le long de mes cuisses. Elle me prend ensuite dans sa main, et je rejette la tête en arrière, bouleversé par l'onde de choc provoquée par ce contact qui se répercute dans tout mon corps. Je risque vraiment de ne pas durer longtemps si elle continue de me caresser comme elle le fait.

Savannah s'approche davantage de moi, appuyant sa poitrine nue contre mon torse, avant de me murmurer à l'oreille :

— Que dois-je dire ou faire pour que tu me baises bien comme il faut et que tu entérines ta réputation de chaud lapin ?

Ses paroles ont un tel effet sur moi que je suis persuadé que mes couilles vont exploser.

— Je pense qu'on a assez parlé, marmonné-je en sortant un préservatif de la poche arrière de mon jean avant que celui-ci se retrouve sur mes chevilles.

— Je vois qu'on s'est bien préparé, monsieur Gardner.

— Je ne veux rien laisser au hasard quand il est question de vous, mademoiselle Sunday.

Sans arrêter de me caresser, elle me prend le préservatif des mains et ouvre l'emballage avec les dents avant de le dérouler le long de mon sexe. Elle le fait si sensuellement que j'ai vraiment l'impression que je vais partir avant même d'être en elle.

Lentement, je me penche sur elle, et elle s'allonge de nouveau sur la chaise longue. J'emprisonne son corps sous le mien en lui bloquant les mains au-dessus de la tête, et elle laisse échapper un petit halètement. À cet instant, plus rien n'existe autour de nous, on est comme projetés dans un monde parallèle, sensuel et faiblement éclairé.

— Putain, j'ai vraiment besoin de ta queue !

Et moi, j'ai besoin de m'enfouir en toi. Il faut croire que chacun aura ce qu'il veut cette fois.

Lui tenant les poignets d'une main, je l'attrape par la taille de l'autre et la pénètre d'un coup de reins brusque.

Qu'est-ce que c'est bon, la vache !

Lorsque je suis entièrement en elle, Savannah se cambre en poussant un gémissement qui m'électrifie.

Aaaarggh, ouais…

C'est bon, je peux mourir heureux à présent.

Je me retire avant de replonger en elle et sens les parois de son vagin se contracter autour de moi.

C'est ça, ma belle, continue exactement comme ça…

À chacune de mes poussées, Savannah va à ma rencontre, et, rapidement, je lui libère les mains, désireux de caresser sa peau douce et satinée.

Mais, avant que j'aie le temps de comprendre ce qui se passe, Savannah se redresse et s'installe à califourchon sur moi, ondulant des hanches pendant que ses seins frottent contre mon torse. Renversant la tête en arrière, elle impose son propre rythme, auquel je m'accorde rapidement, le regard rivé sur son cou tendu et sa poitrine généreuse et ferme.

Je sens mon orgasme monter à vive allure, et, même si j'adore cette position, il est hors de question que je lui cède le contrôle de la situation. J'attends ce moment depuis bien trop longtemps et je veux que tout soit exactement comme je l'avais imaginé.

Serrant les bras autour de sa taille, je me penche vers elle pour qu'elle s'allonge de nouveau avant de glisser les mains vers l'intérieur de ses cuisses pour écarter et remonter davantage ses jambes, jusqu'à ce que ses genoux soient au niveau de ses épaules. Je bouge en elle dans un rythme de plus en plus soutenu et, quand elle ferme les yeux en rejetant la tête en arrière, je sais que je touche son point G à chaque coup de reins.

— Oh, Cash, ouiiii… Oui, là, comme ça, encore… Ne t'arrête pas… Oui, ouiiiii…

Tes désirs sont mes ordres, ma beauté.

Je vais et viens en elle comme une bête, toujours plus loin, toujours plus profondément, nos plaisirs confondus s'ajoutant l'un à l'autre.

Mes coups de boutoir arrachent à Savannah des petits cris de plus en plus rapprochés, puis, brusquement, elle ouvre grands les yeux et plonge le regard dans le mien, ses pupilles dilatées et sa respiration saccadée. Plusieurs convulsions soulèvent alors son corps brûlant sous le mien, mais son orgasme ne suffit pas à déclencher le mien, et un besoin primitif m'envahit soudain.

Elle est à moi, Savannah est à moi, et j'ai besoin de marquer mon territoire.

Brusquement, je me retire d'elle, j'enlève la capote et je referme une main autour de ma queue pour me caresser en la regardant.

La tête tournée sur le côté, le visage masqué par ses boucles blondes, Savannah est doucement en train de se remettre de sa jouissance, et le fait de la voir comme ça, nue et comblée sous moi, suffit à me faire perdre mes moyens. J'éjacule sur elle, recouvrant son ventre et ses seins de plusieurs jets de sperme avant de pousser un soupir de soulagement.

C'est bon, j'ai marqué mon territoire. Elle est à moi. À moi et à personne d'autre.

II

Savannah

Inviter Cash chez moi est sans aucun doute l'une des choses les plus effrayantes que j'aie jamais faites. Mon appartement a toujours été mon refuge, mon havre de paix, un endroit que je ne partage avec personne, encore moins avec un homme.

D'une main tremblante, je cherche la bonne clé sur mon trousseau et l'enfonce dans la serrure. Cash est derrière moi, et sa proximité me perturbe malgré moi.

En tout cas, j'espère que Mme Carson n'est pas en train de m'espionner par son judas, elle aurait probablement une crise cardiaque en voyant deux hommes différents venir chez moi en deux soirs.

J'ouvre la porte, et Cash pose une main sur le bas de mon dos en me guidant dans mon appartement. Aussitôt, l'épisode *hot* sur le toit du *Hangar* me revient à l'esprit, soulevant d'innombrables questions. Qu'est-ce que j'ai fait ? Et, surtout, pourquoi ai-je envie de recommencer ?

— Bon, bah, nous y voilà, marmonné-je en jetant les clés sur la petite table à l'entrée.

Mais le trousseau glisse par terre.

Tant pis. Je viens d'avoir le meilleur orgasme de ma vie, et, pour le moment, tout ce que je veux, c'est un autre, tout aussi bon.

Je me tourne vers Cash qui me caresse le front du pouce et je sens tout de suite mes traits se détendre. J'ignorais que j'avais l'air inquiète.

— Tu as ce regard, on dirait que tu es en train de passer en revue tes options de fuite. Sache cependant que, quand j'attrape, je mords. Fort.

Il m'embrasse, et, au moment où ses lèvres se posent sur les miennes, mon cerveau arrête de ressasser toutes les questions qui me travaillent. Il dessine le contour de ma bouche du bout de sa langue, et je le laisse approfondir le baiser parce que j'en ai envie. Ses lèvres ont un léger goût de whisky et de menthe, un mélange que je n'oublierai probablement jamais à présent.

Lorsqu'il se redresse et rompt le baiser, un vide étrange s'ouvre en moi, et je me penche vers lui, en redemandant encore.

— Tu te tortures toujours les méninges, hein ? s'enquiert-il.

— Un petit peu…

Et s'il m'embrasse encore comme il vient de le faire, ça ne risque pas d'arranger les choses parce que, ce qu'il ignore, c'est que je ne pense qu'à lui et ne respire que lui. Je le veux nu et allongé quelque part sans plus attendre.

Il se penche vers moi et sème une traînée de baisers sur ma joue avant de me murmurer à l'oreille :

— Arrête de tout planifier.

Il dépose ensuite un baiser furtif sur mes lèvres avant d'ajouter à mon autre oreille :

— Arrête de t'inquiéter.

Il pose ses lèvres entrouvertes sur mon cou, à l'endroit où bat mon pouls, et aspire ma peau sensible entre ses dents. Doux Jésus, l'effet qu'il me fait !

— Viens avec moi, susurre-t-il.

— C'est déjà fait, le taquiné-je.

Son petit rire grave et sensuel ne fait qu'accélérer les battements de mon cœur, et je jette les bras autour de lui avant d'enfouir les doigts dans les muscles de son dos. Mais ça ne me suffit toujours pas. J'ai envie de lui retirer son fichu tee-shirt pour pouvoir l'explorer avec mes yeux aussi, et pas seulement avec mes mains.

J'ai presque atteint ses fesses quand je sens ses doigts se resserrer autour de mes poignets.

— Je suis tout à toi.

À ces mots, il suit de sa langue la courbe de ma lèvre inférieure avant de l'introduire dans ma bouche pour m'embrasser avec une ardeur que je sens se répercuter jusque dans mes orteils. S'il y a bien une chose que je sais sur Cash, c'est que c'est un homme de parole.

Je lui mordille la lèvre, et il relâche mes mains, qui se posent aussitôt sur ses fesses, comme attirées par un aimant.

Mmmm… Je dois aussi lui retirer son pantalon. Rapidement.

J'ai envie de lui comme je n'ai jamais eu envie d'un homme, mais il ne doit pas le savoir, je ne veux pas lui donner ce plaisir.

— Ce qui m'intéresse, surtout, c'est de savoir si tu es capable de répéter ta performance de tout à l'heure, l'informé-je entre deux baisers.

— Oh, je pense que je peux faire encore mieux ! déclare-t-il avec un sourire malicieux.

Mouais… Il devra travailler dur pour m'impressionner plus que sur le toit.

Je lui prends les mains et fais quelques pas à reculons dans le couloir, en direction de ma chambre. Il me suit puis m'attire vers lui en me retournant afin que je sois dos contre son torse, puis, lentement, il me soulève les cheveux de la nuque et effleure ma peau de petits baisers en descendant le long de mon dos, jusqu'à la zone entre mes omoplates.

Pourquoi ai-je encore ma robe sur moi ?

Fiévreusement, je défais le nœud dans mon cou, et Cash fait tomber le vêtement à mes pieds avant même que j'aie le temps de me déhancher pour le faire moi-même. Il prend alors mes seins en coupe puis les malaxe habilement, et, le fait que je porte encore les traces de sa jouissance sur ma poitrine et mon ventre ne fait qu'intensifier mon excitation.

Je laisse échapper un soupir de satisfaction et me retourne vers lui, sentant une vague de chaleur humide inonder mon entrejambe. Cash se penche pour capturer un de mes tétons entre ses lèvres, et j'enfouis les mains dans ses cheveux en rejetant la tête en arrière. J'ai connu pas mal de mecs, mais lui n'est pas du tout comme les autres, ce n'est pas un amant égoïste. Il cherche à satisfaire ses propres besoins sans pour autant oublier les miens.

Il laisse promener une de ses mains sur mon ventre, jusqu'à ma chatte, et, lorsqu'il trace la fente de l'index, je me cambre contre lui en gémissant.

C'est kiffant et j'adore, mais ce n'est pas ce que je veux.

Pour lui faire comprendre ce que j'attends de lui, j'attrape sa ceinture, effleurant au passage la bosse saillante de son jean. Il immobilise aussitôt ma main et glisse deux doigts en moi, me coupant pratiquement le souffle. Tout en allant et venant en moi, il passe la langue sur mon autre mamelon avant de le mordiller, et je tends la poitrine vers lui en suffoquant de plaisir.

Mon Dieu, sa bouche est vraiment divine !

Cash se met alors à presser mon clitoris du pouce en traçant des cercles avec le bout de sa langue autour de mon téton durci, et je me sens sur le point de défaillir.

— Je pense que tu pourrais un peu améliorer ta technique, balbutié-je.

J'espère m'être montrée assez convaincante, même si je n'ai rien à redire sur sa technique, elle est parfaite. Il donne un coup de langue à mon téton avant de souffler dessus, et je m'arque davantage vers son visage, mais il se redresse en retirant ses doigts.

Je le regarde porter son majeur et son index à sa bouche avant de les lécher avec gourmandise, puis il m'embrasse ardemment et je sens mon propre plaisir, mélangé au goût du whisky, sur sa langue qui caresse frénétiquement la mienne.

— Alors comme ça je devrais améliorer ma technique ? Sais-tu que ce n'est pas bien de mentir, Savannah Sunday ? Vilaine !

Je me frotte contre son érection, bien décidée à lui montrer que ce n'est pas du tout mon intention d'être gentille avec lui.

— C'est toi qui fais ressortir mon côté vilain.

Cash ne dit rien et me fait reculer vers le lit avant de me pousser sur le matelas. Il me saisit ensuite les chevilles pour me soulever les jambes et les passer sur ses épaules tout en s'agenouillant au pied du lit. La barbe naissante qui assombrit sa mâchoire effleure la peau sensible de mes cuisses, et je réprime un délicieux frisson.

— Surtout, laisse tes jambes où elles sont, m'intime-t-il.

— Sinon quoi ? ne puis-je m'empêcher de demander.

— Oh, Savy, tu ne veux pas le savoir ! Si tu penses avoir tout vu sur le toit du *Hangar*, tu te trompes sur toute la ligne, et je compte bien te le prouver.

— OK, Cash, je vais suivre tes règles du jeu. Pour l'instant.

Putain, j'ai tellement envie de toi !

— Pince-toi les tétons.

Il fait remonter ses mains jusqu'à ma poitrine, et je pose les miennes sur les siennes avant qu'il les retire.

Je fais ce qu'il me demande et, lorsqu'il enfouit la langue en moi, je me mords la lèvre inférieure pour ne pas crier. Je titille mes mamelons au rythme de ses caresses et, quand il presse la langue contre la pointe de mon clitoris, j'enfonce la tête dans le matelas et je ferme les yeux, des myriades d'étoiles explosant derrière mes paupières.

Mes bras retombent le long de mon corps, et, au bout de quelques instants, j'ouvre les yeux en luttant pour recouvrer une respiration normale. Je me rends alors compte que Cash n'est plus en train de me lécher et me redresse pour croiser son regard. Il hausse un sourcil interrogateur, et je me laisse retomber sur le matelas en saisissant mes tétons entre le pouce et l'index.

La langue de Cash se remet aussitôt à me caresser sans merci et à explorer mes replis, et, quand je laisse échapper un long gémissement, il s'arrête l'espace d'une fraction de seconde avant de reprendre de plus belle.

Intéressant… La sexe-machine Cash Gardner a donc une faille.

Je sens les prémices de mon deuxième orgasme monter en moi et je suis sur le point de jouir quand il s'arrête.

Cet homme va vraiment finir par me rendre folle s'il continue comme ça.

D'un geste preste, il se relève en plongeant la main dans la poche de son jean avant de l'enlever en hâte. Il déchire le sachet du préservatif qu'il vient de sortir et l'enfile sur toute sa longueur avant de me rejoindre sur le lit. Il passe un bras autour de ma taille et me plaque contre lui de sorte que je sente son sexe dressé entre mes fesses.

Doucement, il laisse promener une main le long de mon bras et de ma cuisse, puis m'attrape sous le genou avant de ramener brusquement ma jambe vers moi. Je pousse un halètement d'anticipation tandis que Cash se positionne contre moi. J'essaie de relever les hanches vers lui pour le forcer à me pénétrer, mais ma marge de manœuvre est quasi nulle dans cette position. C'est lui qui mène la danse, et je ne peux que me laisser guider.

Enfin, au bout de ce qui me semble une éternité, il plonge en moi d'un coup de reins puissant, et je sens les muscles de mon vagin – des muscles dont j'ignorais l'existence jusqu'à maintenant – se contracter autour de sa queue.

Je tourne la tête pour l'embrasser, et il se penche vers moi pour combler l'espace entre nos bouches.

On s'embrasse et on s'embrasse encore, puis il se retire en me mordant la lèvre inférieure avant de lancer un autre assaut, plus brusque cette fois. Il imprime à ses hanches un mouvement régulier, d'abord lent avant d'atteindre une vitesse frénétique, et, lorsque je tente d'onduler le bassin, il me donne une tape sur les fesses en augmentant encore la cadence.

Je gémis avec extase et laisse le corps de Cash guider le mien sans opposer la moindre résistance parce que j'ai bien retenu la leçon. Pour le moment.

— Je devrais t'attacher la prochaine fois, me susurre-t-il à l'oreille avant de la mordre. Ça te plairait ?

Inconsciemment, je resserre de nouveau les muscles de mon vagin autour de lui. Ce serait bête de passer à côté d'une telle proposition.

Je lève un bras en arrière et le passe autour du cou de Cash pour me plaquer davantage contre lui. Ses coups de reins se font alors plus violents, sauvages presque, et il me retourne sur le ventre en me plaquant contre le matelas de tout son corps.

Sans arrêter ses assauts, il glisse une main entre mes cuisses, et, dès qu'il effleure mon clitoris, je suis emportée par un orgasme d'une puissance inouïe qui provoque aussitôt celui de Cash. On jouit ensemble, en même temps, en une parfaite union.

— Savy…

Hors d'haleine, Cash se soulève sur les bras et roule sur le côté pendant que j'essaie de reprendre mes esprits.

J'ignore comment il s'y est pris, mais je pense qu'il m'a fait vivre une expérience de hors-corps, une expérience que je suis d'ailleurs encore en train de vivre. Je n'ai jamais été aussi relaxée et détendue.

Une fois n'est pas coutume, Cash avait raison : j'avais vraiment besoin de lâcher du lest, mais, jamais, jamais, je ne lui dirai ça parce qu'il ne manquerait sans doute pas une seule occasion de s'en servir contre moi.

Lorsque je me retourne vers lui, je constate qu'il est sur le point de s'endormir et je pose une main sur son torse. Sous mes doigts, je sens le battement fort et régulier de son cœur et me rapproche de lui en pressant le front contre son épaule.

Ce qu'il y a entre nous est purement sexuel, je le sais bien, mais je me surprends à espérer, à vouloir plus.

À cet instant, Cash couvre ma main de la sienne et m'attire contre lui. Ce geste me bouleverse, et c'est comme une révélation pour moi : je suis en train de tomber sous le charme de Cash Gardner.

12

Savannah

— Putain de merde ! m'exclamé-je avant de débiter tout un chapelet de jurons juste pour faire bonne mesure.

Je pense que même Cash n'a pas un vocabulaire aussi fleuri.

J'appuie une main contre le mur en me penchant maladroitement en avant pour enfiler mes escarpins en hâte parce qu'il est déjà 8 h 15 et que je suis en retard. D'habitude, je suis déjà partie depuis longtemps à cette heure, mais, d'habitude, je ne tourne pas au ralenti à cause d'une nuit torride de sexe. Il y a une première fois à tout, comme on dit.

J'ose un regard par-dessus mon épaule vers Cash, qui est toujours dans mon lit, en train de consulter son téléphone portable, une mèche de cheveux cachant ses yeux. Je me redresse et m'avance jusqu'au seuil de la porte de la chambre, ne pouvant m'empêcher de reluquer ses bras musclés, son torse, ses abdominaux et, bien évidemment, ma partie préférée de son anatomie, légèrement plus en bas. Ce mec a conscience qu'il est un dieu du sexe et en joue parfaitement.

Il lève la tête vers moi et me décoche un sourire satisfait, tel un chat attendant que la souris s'approche davantage. Je suis sur le point de tomber docilement dans son piège lorsque j'entends mon portable sonner.

Merde, putain de téléphone et putain de boulot!

J'attrape mon téléphone et lis rapidement le message.

Exceptionnellement, ce matin, je devrais troquer mon thé *latte* contre un *latte* triple expresso pour me donner un bon coup de fouet, mais, d'un autre côté, j'aime bien cette douce lassitude qui s'est déversée dans mes muscles et le fait que, pour une fois, mon cerveau semble fonctionner au ralenti.

Cash avait vu juste – une fois de plus –, j'avais besoin d'une bonne partie de jambes en l'air pour me détendre.

Rectification : j'avais besoin d'une bonne partie de jambes en l'air avec Cash pour me détendre.

Je n'ai pas encore fini de m'habiller et, au rythme où vont les choses, je ne serai pas prête avant une bonne demi-heure. Au moins, j'ai déjà envoyé un SMS à Rob concernant le contrat de Tanner. Il va vraiment falloir trouver une solution pour gérer ce merdier, et ça ne m'enchante pas du tout.

Machinalement, je passe une main dans mes boucles, qui demeurent déjà à la merci de l'humidité dans l'air. Je vais devoir utiliser un paquet d'épingles pour arranger ma tignasse en une coiffure normale.

Posant mon téléphone sur la commode, je me dirige vers le dressing quand Cash déclare derrière moi :

— J'adore la vue que j'ai en ce moment.

— Oui, mes fesses font souvent cet effet, m'esclaffé-je en remuant légèrement mon derrière.

— Elles auraient un plus grand effet si tu ne portais pas de petite culotte.

Je souris et j'entends le bruissement des draps, puis, l'instant d'après, je sens la chaleur du corps de Cash m'envelopper comme il vient se placer derrière moi.

Il est tout nu, et j'ai vraiment, vraiment envie de me laisser attirer dans le lit et d'oublier le travail, mais j'ai aussi très, très envie de décrocher la promotion que je convoite depuis des mois et je doute que jouer à touche-pipi avec Cash me sera utile sur le plan professionnel.

Il referme les bras autour de moi puis commence à déboutonner un par un les boutons de mon chemisier, et un besoin urgent enfle aussitôt entre mes cuisses.

Boulot ? Quelqu'un a parlé de boulot ?

Non, mais, franchement, qu'est-ce que le droit en réalité ? Maintenant que le corps nu de Cash est pressé contre mon dos et mes jambes, il s'agit simplement de cinq lettres formant un mot comme un autre.

— T'es vraiment obligée de partir ? me murmure-t-il à l'oreille en jouant avec le petit nœud sur le devant de ma culotte.

— Tu demandes ça à toutes tes conquêtes ?

— Non, je suis en train de mettre au point une nouvelle technique de séduction pour voir ce que ça donne. Comment je me débrouille pour l'instant ? Sache que je n'ai jamais demandé à une fille de rester avec moi le matin d'après, je m'aventure donc en territoire inconnu.

Sur ces mots, il m'embrasse le cou, et mon cœur manque un battement.

Brusquement, je me retourne vers lui et passe les mains dans ses cheveux ébouriffés en lui mordillant la lèvre inférieure. On se regarde droit dans les yeux, et je devine, sans surprise, ce à quoi il est en train de penser. Je partage chacune de ses pensées, mais, malheureusement, le devoir m'appelle.

Je l'embrasse furtivement sur la bouche et me libère de son étreinte.

— Ta nouvelle technique me semble intéressante, mais je vais devoir en voir un peu plus avant de me prononcer, déclaré-je.

— Reviens au lit, alors.

— Voyons, Cash, trouve une réplique un peu plus originale que ça, tu m'as habituée à bien mieux que ça.

Je sors une jupe de mon dressing et j'évite de justesse la tentative de Cash de m'attirer de nouveau contre lui.

Pas si vite, mon coco. Je ne suis pas une de tes conquêtes habituelles que tu ramasses au bar.

Je me dirige vers la salle de bains en enlevant la jupe de son cintre, et Cash m'emboîte le pas avant de s'arrêter sur le pas de la porte, les deux mains posées sur l'embrasure et un sourire aux lèvres.

Parfait.

La jupe dans les mains, je me tourne vers le grand miroir et y croise le regard de Cash, mon sourcil levé en un défi silencieux.

À ton tour de ramer un peu, on va voir jusqu'où tu es prêt à aller pour obtenir ce que tu veux.

Les filles se jettent pratiquement à ses pieds n'importe où qu'il aille, mais, cette fois, il va devoir faire un peu d'efforts pour parvenir à ses fins.

Histoire de corser un peu le jeu, je pose la jupe à côté du lavabo et j'attrape mon bâton de rouge pour en appliquer une couche sur mes lèvres avant de me pencher vers la glace en relevant exprès les fesses. Aussitôt, les yeux de Cash prennent une teinte bleu métallisé.

Allez, qu'est-ce que tu attends ?

Réflexion faite, je peux bien m'accorder encore quelques heures de détente avant d'aller au bureau, je les mérite amplement. Et faire poireauter Cash avant de succomber à la tentation est un bonus supplémentaire, disons.

— Passe la journée avec moi, dit-il.

Le bâton de rouge à lèvres glisse entre mes doigts et tombe dans le lavabo avec un bruit métallique.

Ce n'est pas du tout la réponse que j'attendais. J'aurais préféré une petite réplique salace ou une tentative pour me ramener au lit. Mais ça…

Je me tourne lentement vers lui en plaquant une hanche contre le lavabo.

— Donne-moi une seule bonne raison d'accepter.

En toute honnêteté, il n'a même pas besoin de le faire, parce que moi, j'en ai déjà une dizaine dans ma tête. C'est quand même de Cash Gardner qu'il s'agit.

— Parce que je te le demande, tout simplement, rétorque-t-il en avançant lentement vers moi, tel un prédateur vers sa proie.

Le dos droit et le menton levé, je ne bouge pas d'un iota, on ne m'intimide pas aussi facilement, moi.

Cash fait un pas, puis un autre, jusqu'à n'être plus qu'à quelques centimètres de moi. Dès que son odeur masculine flatte mes narines, tous mes sens surchauffent, mais je résiste à l'envie de lui sauter dessus, parce que je dois le faire.

Il me prend une main et la porte à ses lèvres pour embrasser l'intérieur de mon poignet, et mon corps implore mon cerveau d'accéder à sa demande.

Non, pas encore, je n'ai toujours pas abattu toutes mes cartes. Enfin, je pense.

— Parce qu'il y a un tas de trucs que je rêve de te faire et aussi parce que je te l'ai demandé gentiment, ajoute-t-il.

— Gentiment, mon œil, gloussé-je.

Cash se compose alors une expression innocente qui, sur son visage, est plus malicieuse qu'autre chose, et qui me complique grandement la tâche de lui résister.

— S'il te plaît, Savy ?

— Si j'accepte, on passerait la journée ici où dehors ?

— Dehors. Oui, dehors, s'empresse-t-il de répliquer.

Je suis un peu déçue par sa réponse. Mais bon, pourquoi pas ?!

— OK, mais je dois passer un coup de fil avant.

Rob va me faire une crise, sans parler de Briggs…

Je regarde Cash, et cela ne fait que renforcer ma résolution. Quelque chose me dit que je ne le regretterai pas.

Après avoir prétexté une maladie à Rob, au téléphone, puis avoir chevauché sauvagement Cash sur mon canapé, ce dernier s'est isolé quelques instants pour passer quelques coups de fil avant de revenir dans la chambre en m'intimant de m'habiller de façon décontractée.

Une fois prêts, on grimpe dans sa voiture, et, pendant tout le trajet, je me demande ce qu'il a prévu. Lorsqu'il se gare sur le parking de l'*Atlanta Motor Speedway*, le circuit des courses automobiles de stock-car, je pense – j'espère – qu'il s'agit d'une plaisanterie. Pas exactement le rencard – enfin, la journée – que j'avais imaginé.

— Qu'est-ce qu'on fait là ? demandé-je en me tournant vers Cash.

C'est une blague, hein ?

— Tu verras bien, répond-il, un sourire malicieux aux lèvres.

Je déteste ce genre de réponses évasives surtout quand elles me sont adressées.

Il coupe le contact et descend de la voiture avant de la contourner pour venir m'ouvrir la portière. On se dirige vers l'une des entrées du circuit, et il me prend la main.

OK, on peut faire semblant d'être ensemble aujourd'hui aussi, si tu veux.

— Pourrais-je au moins avoir un indice ? marmonné-je pendant qu'on traverse le parking.

— Pièce à conviction A : quatre roues, moteur puissant, doit être conduit par une personne qui sait se débrouiller au volant.

— Objection : la pièce à conviction est irrecevable.

— C'est pourtant tout ce que j'ai. Je vous invite donc à faire appel.

— Tu ferais un terrible avocat, tu le sais, ça ?

— Oui, je sais.

On fait quelques pas en silence, puis il me murmure à l'oreille :

— Heureusement que tu es là, maître Sunday.

On pénètre dans l'enceinte, et je suis surprise de constater que le circuit est désert, tous les sièges dans les tribunes sont vides. Je remarque alors deux voitures en pole position sur la piste, un mec appuyé contre l'une d'elles et plusieurs gars sur le côté, probablement des mécaniciens.

— Cash, ça va, mon pote ? s'exclame l'homme en avançant vers nous dès qu'il nous voit descendre les marches.

— Salut, Luke, ça fait un bail. Merci d'être venu plus tôt, mec. J'apprécie vraiment.

— C'est normal, voyons. Et puis je voulais surtout rencontrer la femme qui a réussi à dompter le cœur du grand play-boy que tu es. Ou étais, plutôt, commente Luke en tournant le regard vers moi.

— Laissez-moi vous dire que ça n'a pas été facile, plaisanté-je.

— Pourquoi ne pas tout me raconter dans les moindres détails autour d'un dîner en tête à tête ?

— Fais gaffe, mec, déclare Cash en lui donnant un solide coup de poing dans l'épaule.

Super, Cash, comme si la situation n'était pas déjà assez chelou comme ça !

— Je m'en souviendrai la prochaine fois que t'auras besoin d'un service, enchaîne Cash sur le ton de la taquinerie. Luke travaillait comme barman pendant qu'il essayait de se faire un nom dans le monde des courses automobiles, m'explique-t-il. C'est comme ça qu'on s'est connus.

Je détaille rapidement Luke.

Une mèche rebelle de ses cheveux bruns retombe sur son front, et ses yeux d'un gris singulier lui donnent un petit air coquin. Cash est un play-boy notoire, mais je pense qu'il n'arrive pas à la cheville de Luke. Je suis même presque étonnée de ne voir aucune groupie hurler son nom en agitant sa petite culotte sur le bord du circuit.

— Et, visiblement, j'ai atteint mon but. Donc, si un jour tu as envie de changer de bolide je serais ravi d'être ton copilote. Je me présente : Luke Stein, pilote de course professionnel, millionnaire et célibataire.

Il me fait un clin d'œil en me tendant la main, et je ne peux m'empêcher de lui sourire.

Oui, ce mec est nettement plus dangereux que Cash, j'ignore si j'arriverais à en venir à bout. Et mon petit doigt me dit que ces deux-là ont vécu un tas d'aventures ensemble qui feraient passer la majorité des queutards de cette terre pour des enfants de chœur.

— Putain, mec, je suis juste là ! s'esclaffe Cash avec une nuance d'avertissement dans la voix.

— Savannah. Ravie de faire ta connaissance, le salué-je en serrant sa main tendue.

— Savannah…, insiste Luke.

— Savannah, dis-je.

Luke presse sa main sur son cœur comme si je venais de le blesser mortellement parce que je n'ai pas voulu lui dire mon nom de famille.

Ouais, genre, comme si ça pouvait arriver avec ce genre de mecs. Bien essayé, en tout cas.

— Bon, alors, on est venus ici pour discuter ou pour faire une course ? annoncé-je en regardant tour à tour les deux hommes.

— J'aime bien quand une femme ne perd pas de temps et va droit au but, commente Luke. Cela dit, es-tu sûre de pouvoir conduire ce genre de caisse ? Je peux monter avec toi, si tu veux.

— Dans tes rêves, Stein, marmonne Cash.

— Je ne serai le copilote de personne, et personne ne montera avec moi, parce que je compte bien conduire une de ces deux beautés seule, dis-je en espérant avoir été assez convaincante.

Sans attendre de réponse, je descends les dernières marches menant vers la piste avant de me retourner et de constater que Cash et Luke m'observent, l'air étonné.

— Bah, alors, vous venez ou vous comptez passer la journée à parler de la pluie et du beau temps ?

On se dirige vers les deux voitures, puis les membres de l'équipe de Luke m'expliquent en détail les consignes de sécurité avant de m'aider à enfiler une combinaison ignifugée, des gants et un casque intégral pendant que Cash et Luke font un tour du circuit.

Ils se garent devant moi, et Luke me cède la place. Je m'installe au volant pendant que l'un des mécaniciens inspecte le véhicule. Je tourne la tête vers Cash installé derrière le volant de l'autre voiture et souris.

— Prépare-toi à mordre la poussière, Gardner, déclaré-je après avoir baissé la vitre.

— C'est pas près d'arriver, et puis, quitte à mordre quelque chose, je préfère nettement ton derrière. Tiens, en plus ça rime avec poussière.

Il me fait un clin d'œil avant de baisser sa visière, et j'éclate de rire.

Ce mec est vraiment le meilleur remède qui soit pour oublier une rupture difficile.

Luke vient se placer devant nous, entre les deux voitures, et demande :

— Alors, quel est l'enjeu de la course ?

Comme aucun de nous ne répond, Luke poursuit :

— Attendez, il faut bien qu'il y ait un enjeu pour pimenter un peu les choses. Bon, puisque vous ne trouvez toujours rien à dire, voilà ce que je vous propose : Cash, si tu perds, j'ai le droit d'embrasser ta copine.

— Quoi ?! répliquons-nous en chœur, Cash et moi.

— Fallait vous réveiller plus tôt, les amis, observe Luke.

— Non, non, objecte Cash avant de reporter son attention sur moi. Si je gagne tu rentres avec moi ce soir et si je perds tu rentres chez toi toute seule.

— Mais attends, c'est quoi, cet enjeu pourri ? gloussé-je.

— T'inquiète, étant donné que je vais gagner, on sera tous les deux gagnants, en réalité. Cool, non ?

À peine a-t-il fini sa phrase qu'il démarre au quart de tour, un nuage de fumée sortant de son pot d'échappement. Rapidement, je mets ma visière en place et me lance à sa poursuite en jetant un rapide coup d'œil dans le rétroviseur pour voir Luke rire à gorge déployée sur la ligne d'arrivée.

Je négocie le premier virage sans problème, réduisant davantage l'écart entre nos deux voitures. Sans grande surprise, Cash reste collé au bord intérieur de la piste, ce qui ne me gêne pas du tout vu que ça va me permettre, au prochain virage, d'enclencher la vitesse supérieure pour le doubler en passant du côté extérieur.

À l'approche du virage, je me décale davantage et, avantagée par la gravité, change de vitesse pile au bon moment. J'arrive à la hauteur de Cash et lui fais un petit signe de la main avant de le dépasser et de me repositionner au milieu de la piste. Bien sûr, Cash n'est pas bête et au virage suivant il essaie de me piquer ma technique, mais je parviens tout de même à garder l'avantage.

Lorsque j'entame la dernière ligne droite, je me demande s'il ne serait pas mieux de laisser Cash me passer devant parce que je n'ai vraiment pas envie de rentrer seule ce soir, mais mon esprit de compétition reprend aussitôt le dessus. Si je joue, c'est pour gagner. Toujours.

J'appuie sur l'accélérateur et atteins la vitesse maximale pour passer à côté de Luke qui lève le drapeau à damier avant de l'agiter, puis je ralentis avant d'arrêter la voiture un peu plus loin.

— Tu as déjà conduit avant, commente Luke quand je descends de la voiture.

— Mon père était fan de courses automobiles et m'a appris quelques manœuvres sur les routes désertes pas loin de chez nous. Il voulait même devenir pilote professionnel, mais ça ne s'est jamais fait.

À cet instant Cash s'arrête à notre hauteur et enlève brusquement son casque en se tournant vers moi. Si son regard pouvait tuer, je serais déjà allongée par terre, criblée de balles.

Je m'avance vers les mécaniciens et j'enlève mon casque, les gants ainsi que la combinaison étouffante, puis je retourne rejoindre Cash qui est toujours dans la voiture.

— J'exige une revanche, dit-il en s'extirpant de sa voiture.

— Oh, le mauvais perdant ! le taquiné-je.

Il m'attire vers lui et me plaque contre la voiture en posant les mains sur le toit, de chaque côté de mes épaules, et mon corps s'enflamme instantanément.

— Je le serais un peu moins si tu m'embrassais.

— Vraiment ? Et où veux-tu que je t'embrasse ?

Cash tapote ses lèvres de l'index, et je me hisse sur la pointe des pieds pour atteindre sa bouche et lui donner un long baiser de consolation sous les applaudissements et les sifflements de Luke et de son équipe.

Lorsque je détache mes lèvres des siennes, j'entends Luke annoncer :

— Moi aussi, je suis un très mauvais perdant.

Je me sens rougir comme une tomate tandis que le sourire de Cash s'élargit, et il gratifie tous les mecs d'un doigt d'honneur.

— Ne fais pas attention à eux, dit-il.

Je lui souris et l'embrasse de nouveau. Après tout, il faut bien que j'en profite tant que j'en ai la possibilité. Les garçons derrière nous nous taquinent de plus belle, et, cette fois, c'est moi qui leur fais un doigt d'honneur.

Plus tard dans l'après-midi, Cash et moi sommes dans les loges des gradins en train d'observer la cohue autour des voitures sur la piste.

— Je n'arrive pas à croire que c'est la première course à laquelle tu assistes, s'étonne Cash.

Étant donné mes prouesses sur la piste, il était persuadé que j'étais une fan de la Nascar.

— Ouais, disons que ça ne comptait pas trop parmi mes passe-temps. Mes parents, ils...

Comment dire, on n'était pas pauvres, mais on ne roulait pas non plus sur l'or. Les places pour assister à une course Nascar ne sont pas données ; du coup, ça ne faisait pas partie de nos activités en famille.

— Laisse-moi deviner : toi, tu as pratiquement grandi ici, enchaîné-je en essayant d'amener le sujet de la discussion sur lui.

— Non, ça faisait pas non plus partie de mes passe-temps, comme tu dis.

Mon téléphone se met à sonner avant que j'aie le temps de lui demander de développer sa réponse, et je regarde l'écran.

C'est Rob. Le travail appelle...

— Excuse-moi, je dois répondre, fais-je savoir à Cash avant de m'éloigner et de décrocher en me bouchant l'autre oreille pour mieux entendre.

— On a un problème, m'annonce Rob.

Mon estomac se noue. Il suffit que je prenne une journée, une seule journée pour que toute ma carrière s'écroule.

— Laisse-moi deviner...

— Non, pas le temps, m'interrompt-il. Trouduc a prévu de passer à l'action aujourd'hui, ce qui signifie que c'est bien plus qu'un gros poisson dont tu as besoin. Là c'est plus une baleine qu'il te faut si tu veux le battre.

Je porte une main à mon front et soupire.

J'ai pas mal de clients et je n'ai vraiment pas à me plaindre à ce niveau-là, mais, maintenant que je ne peux plus compter sur Tanner, je vais vraiment devoir dégotter un gros client qui pèse lourd et qui sera l'arme redoutable dont j'ai besoin pour exterminer Trouduc.

— De toute façon, on peut oublier Jakes, il ne signera pas avec nous, déclaré-je.

Même la promotion dont je rêve depuis des mois ne me motive pas assez pour essayer de rattraper le coup avec ce fils de pute. Hors de question que je l'aide à s'enrichir davantage, j'ai déjà assez donné comme ça. Je dois trouver quelqu'un d'encore plus célèbre que lui…

Allez, réfléchis, réfléchis…

— Selon ma source, Trouduc prévoit de frapper fort, m'informe Rob. Donc, pour parer son attaque, on doit trouver un client pour lequel on devra tout gérer, de A à Z, afin de facturer un max d'heures.

— OK. Quels sont nos choix pour l'instant ?

J'ai un tas de connaissances dans le monde du showbiz, qui veulent à tout prix que mon cabinet représente leurs poulains et autres artistes qu'ils ont dégottés. Trouver un nouveau client ne devrait pas être une mission impossible quand même.

— J'ai planché sur la question toute la matinée et j'ai plusieurs idées, je t'envoie tout ça par mail. Tu verras, il y a aussi plusieurs maquettes de chanteurs.

— Nickel. Et t'inquiète, Rob, on gère, on trouvera une solution. Essaie juste de gagner un max de temps au bureau.

En parlant, je tourne la tête vers Cash qui est accoudé au garde-corps, le soleil jouant dans ses cheveux blonds, et je salive presque en le reluquant, tellement il est beau. J'ai envie de profiter à fond de chaque instant que je passe avec lui, il est devenu un besoin vital pour ma survie.

S'il te plaît, Rob, si tu pouvais juste gagner encore quelques jours, le temps que j'évacue la drogue Cash Gardner de mon système.

— Pas de souci, boss, j'y travaille déjà.

Ce garçon mérite amplement chaque cent de son salaire parce que je serais vraiment perdue sans lui.

On raccroche, et je parcours ma liste de contacts, espérant y trouver un signe, une inspiration ou, encore mieux, la réponse à mes prières. C'est ça aussi, être spécialisée dans le droit des médias, je dois également consacrer une grande partie de mon temps à la recherche de nouveaux talents afin de développer un portefeuille de clients en béton pour gravir les échelons.

Je reçois plusieurs mails à la suite de Rob avec, en pièces jointes, des maquettes de jeunes artistes qui cherchent à percer dans la musique. Si ça se trouve, il y a une vraie pépite parmi eux. Une chose est sûre : Trouduc n'aura pas ma promotion, hors de question.

Je commence à écouter quelques maquettes et je suis tellement absorbée par les différentes chansons que je ne remarque même pas Cash qui arrive à côté de moi.

— On cherche un moyen de dominer le monde ? s'enquiert-il.

— Non, je travaille dessus uniquement les week-ends. Là, il s'agit d'un truc encore plus grand, dis-je en consultant de nouveau ma boîte mail tout en essayant de mettre un peu d'ordre dans mes idées et de dresser mon plan de bataille.

— Et c'est top secret, j'imagine, observe Cash en jetant un coup d'œil sur l'écran de mon iPhone.

D'instinct, j'incline davantage le portable vers moi.

Si j'ai bien appris quelque chose, c'est de ne partager aucune info d'ordre professionnel avec qui que ce soit. On ne sait jamais, Trouduc a peut-être des yeux et des oreilles un peu partout, et il pourrait me piquer mes clients.

— Désolée, murmuré-je en glissant le téléphone dans la poche arrière de mon jean.

Si j'ai pris ma journée, c'est pas pour bosser. D'ailleurs, Tanner me disait souvent que je travaillais trop et surtout quand ce n'était pas le bon moment. Et, là, c'est clairement pas le bon moment. Je veux profiter de Cash avant qu'on reparte chacun de notre côté.

Bon, plus de téléphone portable quand t'es avec Cash.

J'aurais dû m'instaurer cette règle dès qu'on a commencé… ce qu'on a commencé. En plus, j'étais sûre que ça finirait par arriver. Quand j'ai décroché le boulot chez Briggs, Meyers et Associés, je bossais comme une dingue les premiers mois, si bien que ma mère a fini par me confisquer mon téléphone quand je retournais chez moi pour voir ma famille.

Cash hausse simplement les épaules en s'appuyant contre la rambarde à côté de moi. Nos bras se touchent, et j'ai envie de me lover contre lui, de sentir ses bras musclés se refermer autour de moi.

— Tu aimes ton boulot ? m'interroge-t-il.

— Oui, beaucoup.

Pour m'empêcher de poser les mains sur lui, de caresser son torse et ses bras, je réajuste ma casquette en l'enfonçant davantage sur ma tête.

J'adore ce que je fais, et c'est une chose que Tanner n'a jamais comprise. Bien sûr, lui, il pouvait écrire des chansons à n'importe quel moment de la journée – ou de la nuit –, et prévoir nos rencards en fonction de l'endroit où il se produisait, mais moi, si j'avais le malheur de regarder mes mails ou de répondre à un coup de fil pendant qu'on était ensemble, il m'en voulait à mort.

— Hé ! fait Cash en m'attirant contre lui.

Je niche la tête au creux de son cou. Je pense qu'il a dû sentir que je ressassais de vieux souvenirs douloureux, parce que, maintenant que je suis dans son étreinte, je me sens bien. Je me sens en sécurité et je veux profiter du moment présent, avec lui. Je me remémore la nuit de dingue qu'on a passée et, des nuits comme ça, j'en veux encore, je veux faire plein d'autres choses avec Cash.

Pressant le nez contre son torse, j'inspire l'odeur de son tee-shirt, la senteur intense de son après-rasage.

Brusquement, il repousse la visière de ma casquette, et je lève les yeux vers lui pour croiser son regard.

— Tu n'as pas à avoir honte d'aimer ce que tu fais. D'ailleurs, si tu veux tout savoir, je trouve ça ultra sexy.

— Dans ce cas, attends de voir mes compétences en matière de négociation.

Il part d'un rire franc puis se penche vers moi pour m'embrasser furtivement.

J'aurais voulu que le baiser dure plus longtemps, d'autant plus que chaque terminaison nerveuse de mon corps semble branchée à lui, et je me surprends à me demander s'il ressent la même chose.

— Et je vous préviens, cher confrère, je ne me laisse pas faire, ajouté-je sur le ton de la plaisanterie.

— Ah oui ? Vous avez tout pour vous, alors, maître Sunday.

— Vous le pensez vraiment ?

— Absolument.

— Merci, Cash.

— Pour ?

— Pour ne pas m'en vouloir d'avoir répondu au téléphone et de m'être laissé absorber par mon boulot alors que je ne suis pas censée bosser aujourd'hui.

— De rien. Cela dit, tu vas quand même devoir te rattraper.

— Ah bon ? Et comment ?

— Tu vas passer la soirée avec moi. Je vais t'emmener quelque part.

Connaissant Cash, je pense qu'on va aussi passer la nuit ensemble. Je ne pouvais demander mieux.

— Un endroit particulier ? demandé-je.

— Un endroit que j'apprécie particulièrement et que tu connais déjà en plus.

— OK.

— Et puis, pour info, je pense que ça aurait été abusé de ma part de te faire une remarque concernant ton taf alors que je t'ai plantée la dernière fois à cause du mien.

— Oui, mais le bar, c'est un peu ton bébé, et toi aussi, tu aimes ce que tu fais.

Cash esquisse une moue étrange en reportant son regard sur la piste de course.

— Hé, ça va ? Dis-moi à quoi tu penses.

Je dépasse peut-être les limites – des limites dont j'ignore l'étendue exacte soit dit en passant –, mais on est amis, et les amis, ils se parlent entre eux, ils se confient les uns aux autres. Il peut donc tout me dire et il le sait.

— Non, c'est rien, des conneries concernant l'ouverture de la *Librairie*.

— Des conneries, c'est-à-dire ?

Comme il ne répond pas, je lui donne un léger coup d'épaule, et il sourit. Je me libère alors de son étreinte et j'appuie une hanche contre la rambarde.

— Allez, Cash, dis-moi, quel genre de conneries ?

— Rien de particulier. Ryder, Jackson et les autres, ils… ils méditent un peu trop sur le futur et celui de la *Librairie*.

— Et toi, tu l'imagines comment, ton futur ?

Bravo, Savannah, tu sais vraiment y faire. Il va croire que tu fais allusion à ce qui se passe entre vous.

Cash hausse de nouveau les épaules, mais ça y est, ma curiosité est piquée, je veux savoir maintenant.

Il n'est pas obligé de me parler des disputes qu'il a avec ses potes, mais il doit me donner quelque chose, n'importe quoi. Moi, j'ai bien pris ma journée pour lui alors que c'est la guerre au bureau. Le fait qu'il s'ouvre à moi voudrait peut-être dire qu'on est un peu plus que des amis qui baisent ensemble quand ça lui chante.

— Qu'est-ce que le grand Cash Gardner veut faire de sa vie ? demandé-je en essayant une autre approche.

— Préparer des cocktails, me faire un paquet de fric et kiffer ma *life*, réplique-t-il avec tellement de conviction que je suis obligée de le croire, même si j'ai envie de lui donner une petite tape derrière la tête parce qu'il a réussi à éluder la question.

Il se penche de nouveau vers moi et m'embrasse avec fougue avant de susurrer contre mes lèvres :

— Être heureux, quoi.

Il m'embrasse encore, et je pose la main sur sa nuque pour l'empêcher de se redresser. Je veux lui faire croire qu'il a toutes les cartes en main en lui procurant un sentiment de sécurité illusoire pour revenir à la charge quand il s'y attend le moins.

— Je ne pensais pas à ça, chuchoté-je en plaquant le front contre le sien. Tous tes potes savent exactement où ils vont. Jackson est le Michel-Ange des temps modernes, Ryder dirige son organisation de combats clandestins tel Jules César et Parker a pratiquement mis Wall Street à ses pieds.

— Pas de référence historique pour Parker ? Il sera vexé en l'apprenant.

— Donc…

— Donc…, répète-t-il en imitant mon intonation et en se redressant avant de croiser les bras.

OK, il ne voit toujours pas où je veux en venir. Tactique numéro trois…

— Où est-ce que tu te vois dans cinq ans ?

C'était la question fétiche de ma mère quand j'étais enfant. C'est grâce à elle que j'ai élaboré un projet de vie bien défini et que je me suis, entre autres, inscrite à l'université du Texas pour pouvoir demander un transfert à Harvard.

« Monte un projet et vis-le » : voilà ce que me disait ma mère.

— C'est quoi, cette question ? Ça ne m'a jamais traversé l'esprit, réplique Cash.

— Eh bien, moi, si. J'ai même un projet.

— Vraiment ? Et tout se passe comme tu l'avais prévu ?

Il achève sa question en arquant un sourcil perplexe, et je sais très bien qu'il doit me prendre pour une débile d'avoir établi un projet de vie.

J'ai envie de lui répondre que oui, tout se passe comme je l'ai imaginé, mais ce n'est pas de moi dont il est question. J'inspire profondément avant de me lancer dans mon explication.

— Hormis ma vie personnelle, je suis exactement là où je voulais : je bosse dans un cabinet d'avocats réputé et suis sur le point de décrocher une promotion pour devenir responsable de tout mon service.

— Attends, attends, attends… Ne me dis pas que tu t'es aussi fait une sorte de plan pour ta vie perso.

— Bah, si.

— Mais c'est ridicule ! Tu ne peux pas prévoir et organiser ta vie comme s'il s'agissait d'une liste sur laquelle tu dois cocher chaque étape que tu te fixes. Du coup, c'est quoi, ton projet ? Te marier d'ici à deux ans max et pondre un gamin un an après ?

— Qu'est-ce qu'il y a de mal à ça ?

Qu'on se comprenne : tout comme Cash, j'adore fricoter avec le sexe opposé et changer régulièrement de partenaire – je ne m'en cache pas –, mais je ne me vois pas vivre comme ça éternellement. Pour le moment, ça me convient, mais d'ici à quelques années… Qui sait ?

Je sens qu'une dispute est inévitable, Cash aussi le sait, mais, bien sûr, il décide de contourner le problème en se plaçant devant moi, me pressant le dos contre la rambarde. Il est tellement proche de moi que je suis obligée de me pencher légèrement en arrière pour soutenir son regard.

Mon corps, ce traître, est en train de me lâcher pour se ranger du côté de Cash, mais je n'ai toujours pas dit mon dernier mot. Cette discussion est loin d'être terminée.

— Ce qu'il y a de mal à ça, marmonne-t-il, c'est que c'est comme ça que tu finis par ne sortir qu'avec des losers. L'amour, ça ne se prévoit pas, c'est lui qui te trouve, pas l'inverse.

Il dépose des petits baisers sur ma joue avant de me mordiller le lobe de l'oreille en glissant une main sous mon haut, et je retiens mon souffle.

— Concentre-toi sur le moment présent et oublie tes projets. C'est clair ? me susurre-t-il d'une voix sensuelle qui fait battre mon cœur plus fort.

Je déglutis péniblement en opinant lentement, intensément troublée par sa proximité.

Clair comme de l'eau de roche.

13

Cash

Je me gare devant la maison – ou, plutôt, le chef-d'œuvre – de Jackson, une baraque à la fois classique et moderne qui reflète parfaitement la personnalité de son propriétaire.

Il y a plusieurs autres voitures dans l'allée, et j'en conclus que tout le groupe est déjà arrivé. Après notre dernière soirée, tous ensemble, à *Altitude*, je me demande à quoi va ressembler cette journée. J'espère juste que ça ne va pas partir en vrille.

— Tout le monde est là, marmonne Savannah en observant la maison, les sourcils froncés en une expression dubitative.

Elle doit se dire la même chose que moi. S'enquiller des shots au club en tout bien tout honneur est une chose, mais coucher ensemble en est une autre.

Poussant un petit soupir, elle reporte son attention sur son portable, qu'elle n'a pratiquement pas lâché des mains depuis l'appel qu'elle a reçu pendant qu'on était au circuit. En arrivant ici, on a fait un crochet par chez elle afin qu'elle puisse prendre son maillot de bain, un Bikini rouge qui me fait de l'œil depuis, sous sa robe blanche presque transparente.

— Ouais, tout le monde, répété-je d'un air pensif.

— Oh ! lâche-t-elle en s'adressant plus à son téléphone qu'à moi.

Elle jette un autre regard vers la maison en se pinçant les lèvres avant d'afficher un visage serein. Elle, la redoutable Savannah Sunday, est nerveuse et s'efforce de ne pas le montrer.

Si je m'écoutais, je ne sortirais même pas de la caisse et renverserais le siège de Savannah en arrière pour lui faire un cunni qui lui ferait oublier la fête chez Jackson, et son téléphone portable surtout. J'ai envie de goûter de nouveau sa saveur intime enivrante afin de la graver pour toujours dans mon esprit.

— Tu es sûre que ça va ?

On traîne souvent tous ensemble, et Savannah est déjà venue plusieurs fois chez Jackson, mais c'était avant qu'on décide d'être plus que de simples amis.

— Tu sais, on n'est pas obligés de leur dire quoi que ce soit, ajouté-je en essayant de garder un ton neutre.

— Oui, je sais, réplique-t-elle, l'air mal à l'aise avant de reprendre aussitôt une expression décontractée. Les sermons et mises en garde de la dernière fois m'ont amplement suffi.

— Et puis on est juste des amis qui s'éclatent ensemble au pieu, y a pas de quoi en faire un fromage, déclaré-je en hochant la tête.

Je me suis formellement interdit de m'investir dans une relation – hormis celles d'ordre purement sexuel –, et je ne veux vraiment pas gâcher ce qu'il y a entre nous en tirant des plans sur la comète. Pour moi, le futur se limite à retirer le Bikini de Savannah et à la faire jouir au moins deux fois. Point.

— Bon, allons-y avant qu'ils nous voient, décrété-je en retirant les clés du contact.

Elle rit, et je laisse glisser le regard sur les moindres détails de son visage : la lueur malicieuse qui brille dans ses yeux, les boucles qui s'échappent de son chignon improvisé et lui frôlent les joues…

Je meurs d'envie de lui défaire sa queue-de-cheval pour passer les doigts dans ses mèches brillantes avant de dégrafer le haut de son Bikini, mais je pense qu'elle ne serait pas aussi consentante que d'ordinaire. Après la légère tension plus tôt, sur le circuit de course, je préfère ne pas brusquer les choses et les laisser plutôt se tasser un peu pour que ça redevienne comme avant. On s'en fiche, où on sera dans cinq ans ; ce qui importe, c'est l'instant présent, et je compte bien profiter de chaque seconde avec elle.

La petite sauterie chez Jackson était une idée de Cassie qui a posé une règle élémentaire : on est ici pour se détendre et s'amuser, donc interdiction de parler boulot. Perso, ça m'arrange parce que j'ai d'autres choses, bien plus intéressantes, en tête. En revanche, Savannah, elle, n'est pas prête à lâcher son portable.

— Tu ne t'arrêtes donc jamais ? demandé-je.

Comme je sais qu'elle aura du mal à respecter la règle établie par Cassie sans un petit coup de pouce, je profite du moment où elle lève le regard vers moi pour lui arracher le téléphone des mains avant de le glisser sous la ceinture de mon short, à un endroit stratégique.

— Si tu veux quelque chose, annonce-t-elle en baissant les yeux vers mon entrejambe, il suffit de me le demander. Pas la peine de me prendre mon téléphone, merde !

Ma queue durcit instantanément. *Putain !*

— J'ignorais qu'un simple portable pourrait m'aider à conclure, déclaré-je.

Savannah se penche alors lentement vers moi, et j'essaie de soutenir son regard, mais j'échoue misérablement lorsque sa robe glisse sur ses épaules, dévoilant son décolleté. Elle pose la main sur mon genou et la fait remonter lentement le long de ma cuisse, jusqu'à atteindre son portable.

— De nos jours, tout est prétexte à conclure, murmure-t-elle avant de me mordiller la lèvre inférieure.

Elle se redresse, et je suis son mouvement, prêt à bondir sur elle et à lui arracher ses vêtements, lorsque, soudain, j'entends la portière s'ouvrir.

L'instant d'après, Savannah descend de la voiture, et je remarque alors qu'elle a récupéré son portable sans même que je m'en aperçoive. Elle a bien calculé son coup, cette petite chipie. Super, maintenant je suis frustré avec une trique de ouf, en plus !

Je réprime un soupir d'exaspération et me laisse aller contre le dossier du siège.

— Alors, tu viens ? m'interroge-t-elle en s'accoudant à la portière, son portable à la main.

Je ferme les yeux en essayant de convaincre ma queue de se mettre au repos. Je vous jure, cette femme va finir par me tuer. Oui, elle va me tuer avant de me ressusciter par son désir et ses prouesses sexuelles.

— Deux minutes, soufflé-je entre les dents.

Pense à autre chose. En plus, depuis quand une nana peut avoir autant de contrôle sur toi ? Tu la kiffes, OK, mais il n'y a rien de sérieux entre vous, bordel !

— Peut-être que, si tu es sage, tu auras une récompense plus tard, dit-elle.

À ces mots, je descends rapidement de la voiture tandis que Savannah pianote furieusement sur son fichu portable.

— Encore une urgence ?

— On peut dire ça… Tu connais Misty Singh ?

— Ouais, elle déchire.

— Vraiment, tu l'aimes bien ? s'étonne Savannah.

— Tu m'en voudras si je dis oui ?

— Non, glousse-t-elle.

— J'aime bien ses chansons ; cela dit, physiquement, je préfère les belles blondes aux cheveux bouclés, répliqué-je en enroulant une de ses mèches autour de mon index.

— Un ami agent m'a mise en relation avec elle…, révèle-t-elle pendant qu'on monte les marches du perron de la maison de Jackson.

Je pense qu'elle s'apprête à m'en dire un peu plus quand, brusquement, la porte d'entrée s'ouvre en grand sur Shelby, une bière à la main, et Jackson, qui, comme à leur habitude, sont en pleine dispute.

— Mêle-toi de ce qui te regarde, Jackson ; je suis sérieuse. Et si je t'entends dire encore un truc concernant ma vie sentimentale je me casse. T'as compris ?

Ils tournent alors simultanément la tête vers nous, et le visage de Shelby s'illumine d'un large sourire.

— Tu es ma sœur, et tes fréquentations, quelles qu'elles soient, me regardent, objecte Jackson en fronçant les sourcils.

— Savannah, ma sauveuse ! s'exclame Shelby en ouvrant les bras d'un geste théâtral pour l'attirer contre elle.

J'ai aussitôt envie de les séparer parce que je ne veux pas partager Savannah avec qui que ce soit, mais la partie rationnelle de mon esprit m'en empêche. Les filles sont rapidement devenues de super copines, et d'ailleurs gare à celui qui ose contrarier Shelby.

Jackson pousse un soupir bruyant avant de me saluer d'un signe de tête. Shelby et Savannah, bras dessus bras dessous, se dirigent vers le jardin à l'arrière de la maison.

Jackson les suit d'un regard noir et avale une longue gorgée de sa bière avant de déclarer :

— Les sœurs, les petites sœurs, c'est une vraie plaie.

— Ouais, je connais…, marmonné-je avant de comprendre ce que je viens de dire.

Je ne parle jamais de ma famille, mais, heureusement, Jackson n'est pas du genre à aller à la pêche aux infos.

— Elle a un petit copain ?

Je manque de m'étouffer à cette question.

Tasha, un petit copain ? C'est mort, elle ne sortira jamais avec un mec, quel qu'il soit, pas avant son mariage. Non, en fait elle ne se mariera jamais, c'est plus simple.

— Elle n'a que vingt ans.

Troooop jeune pour sortir avec un garçon.

— Ah, profite, c'est un bel âge, mais ça ne durera pas longtemps, c'est un peu le calme avant la tempête ! s'esclaffe Jackson.

— Peut-être, mais, au moins, ma sœur ne se mêle pas de ma vie sentimentale, fais-je remarquer.

— Tu ne lui as pas parlé de Savannah ?

— On ne…

Je laisse ma phrase en suspens.

Ouais, « on ne » quoi ?

On ne sort pas ensemble ? Pour une raison qui m'échappe, je n'arrive pas à le dire à voix haute. Notre matinée au circuit peut facilement compter comme un rencard. On s'est super bien amusés et on a passé un bon moment. Le hic, c'est que, dès qu'on « sort » avec quelqu'un, ça complique les choses, je le vois avec Ryder et Cassie. Ils s'aiment à la folie et sont faits l'un pour l'autre, c'est évident, mais il leur arrive aussi de s'engueuler méchamment, et c'est cette partie d'une relation que je veux à tout prix éviter. On dit qu'il n'y a rien de mieux que la réconciliation sur l'oreiller, mais je n'ai pas besoin de me prendre la tête avec une nana pour pouvoir prendre mon pied après.

— Toi, mon pote, je pense que t'as besoin d'un petit remontant, décrète Jackson en passant un bras autour de mes épaules.

Bien vu, l'ami, bien vu.

Je rentre dans la maison et me dirige directement vers la cuisine pour me servir à boire avant de rejoindre les autres, qui sont sans doute tous réunis dans le jardin. Mais, attention, le jardin de Jackson n'est pas qu'un simple « jardin », je dirais plutôt que c'est un paradis terrestre. Chaque fois que je vois la piscine et le bar qu'il y a fait construire, j'ai limite envie de troquer ma garçonnière au-dessus d'*Altitude* pour une maison du même style : la tanière du mâle par excellence.

La plupart des fêtes ou repas qu'on organise, on les fait chez lui et, quand on était en train de plancher sur l'ouverture d'*Altitude*, on a pratiquement emménagé chez lui le temps d'un week-end pour décompresser et combattre la chaleur d'Atlanta depuis sa piscine.

Dès que je sors de la maison, c'est Savannah que je remarque en premier. Assise au bord de la piscine, les pieds dans l'eau, elle sirote un cocktail, et cette vision renforce mon envie d'investir dans une maison. Avec une piscine, bien évidemment, parce qu'il y a un tas de choses que deux adultes consentants peuvent faire dans l'eau et que je veux faire avec elle.

Un peu plus loin, dans l'eau, Cassie est sur les épaules de Ryder, et Ruby sur celles de Parker, et les deux filles se donnent beaucoup de mal pour faire vaciller l'équipe adverse. Au moins, cette fois, comme Parker et Ruby sont dans la même équipe, cette dernière n'a pas besoin de lui montrer ses seins pour le déstabiliser. La dernière fois qu'elle l'a fait, ça nous a vraiment coûté cher – on a perdu un match de foot contre les filles –, même si on a passé une journée de dingue.

Coiffée d'un large chapeau pour protéger sa peau claire du soleil, Avery, elle, est installée sur une chaise longue et fait l'arbitre.

— Tu penses que Savannah voudrait jouer ? m'interroge Jackson en me suivant jusqu'à la piscine.

— Pas avec toi en tout cas.

Je sais qu'il va essayer de me provoquer et je sais aussi que je vais mordre à l'hameçon malgré moi.

— Je peux peut-être lui demander, réplique-t-il.

— T'as pas intérêt, marmonné-je avant de le pousser dans la piscine.

Jackson tombe dans l'eau avec un bruit sourd et arrose copieusement tout le monde au passage.

Avery pousse un cri aigu tandis que Ruby et Cassie promettent une vengeance terrible. Avant que Jackson ait le temps de m'asperger, j'enlève mon tee-shirt et plonge à mon tour dans l'eau fraîche. On chahute comme des mômes un long moment, puis Jackson finit par se lasser et sort de l'eau pour aller se resservir une bière.

Je remarque alors que je suis seul dans la piscine et nage en direction de Savannah qui n'a pas bougé depuis.

Me voyant approcher, elle pose les mains au sol derrière elle et se penche légèrement en arrière. Rapidement, je l'attrape par le poignet pour l'attirer dans l'eau.

— Non, s'il te plaît ! balbutie-t-elle en perdant l'équilibre.

Je la saisis par la taille pour la redresser.

— Tu n'as pas confiance en moi ? la taquiné-je.

— Vu ce qu'on m'a servi à boire, je n'ai plus confiance en personne, répond-elle en esquissant une petite moue de dégoût.

Je n'ai rien à voir avec la préparation des cocktails du jour, mais il est hors de question qu'une personne n'apprécie pas sa boisson en ma présence, je le prends comme une offense personnelle.

Quand Cash est dans la place, ciao les cocktails dégueulasses. Préparez-vous à être transportées, mes beautés.

— C'est pas bon ?

Savannah me tend son verre muni d'une paille, et je me redresse pour boire une gorgée, remarquant la façon dont ses yeux errent sur mon torse.

Raison de plus d'avoir une piscine.

À peine la boisson coule-t-elle dans ma gorge que je déglutis péniblement avant d'être pris d'une quinte de toux.

Beurk !

C'est même pas une boisson, ce machin, c'est de la merde chimique.

Il est temps de remédier à la situation. Heureusement que je suis là.

D'un geste souple, je me hisse sur le bord de la piscine pour sortir de l'eau et j'attrape le verre de la main de Savannah avant de déverser son contenu sur un parterre de fleurs un peu plus loin. J'ignore qui a tenté de faire une margarita, mais une chose est sûre : il a échoué d'une manière lamentable. Et encore je pèse mes mots.

— Hé, ne pollue pas l'environnement, dit Shelby.

— Où sont tes bonnes bouteilles, Jackson ? demandé-je en me retournant vers lui.

— Au même endroit que d'habitude.

— OK, je vais faire comme chez moi pour préparer de vrais cocktails.

Sur ces mots, je retourne dans la maison et me dirige tout droit vers son bureau. Il a quelques bouteilles dans la cuisine aussi – pour cuisiner, selon lui –, mais son bureau est une véritable caverne d'Ali Baba en matière de spiritueux.

J'attrape une bouteille de whisky, de tequila et de triple sec, tout ce dont j'ai besoin pour donner le ton à la fête, puis retourne dans la cuisine pour poser mes trouvailles sur le bar. J'ouvre le frigo et je découvre des cocktails tout prêts : en brique.

Mon Dieu, qui a eu l'idée d'acheter et de servir une saloperie pareille alors que Jackson a tout ce qu'il faut pour faire un pichet de délicieuse margarita ?

Je secoue la tête et sors les briques encore inachevées ainsi que plusieurs citrons verts du bac à fruits et légumes avant de refermer le frigo. Je ne vais pas en rester là, je vais trouver le coupable de ce carnage et j'espère pour lui que je serai d'humeur clémente d'ici là.

Ni une ni deux : je jette toutes les briques contenant l'affreux poison à la poubelle et commence ma préparation en coupant les citrons en deux. Je suis en train de presser une moitié de citron au-dessus d'un pichet quand Savannah arrive dans la cuisine, vêtue d'un minishort et du haut de Bikini rouge que je rêve de délacer et d'envoyer au sol depuis qu'elle est montée dans ma bagnole.

Lorsqu'elle s'accoude au bar et se penche légèrement vers moi, je m'immobilise, la moitié du citron suspendue en l'air, mon regard attiré par sa poitrine contenue par le haut de son maillot de bain. C'est fou : chaque fois que je la vois, j'ai cette envie inexplicable de la toucher, de redécouvrir chaque parcelle de son corps avec mes doigts, mes lèvres, ma langue…

Euh, j'en étais où, sinon ? Ah oui, les citrons !

— Tu as besoin d'un goûteur ? m'interroge-t-elle.

— Uniquement si c'est toi. Tiens, tu veux saler les bords des verres ? lui proposé-je en lui tendant la moitié du citron vert pressé.

Elle le prend en caressant mes doigts des siens puis s'affaire à frotter le bord de chaque verre pendant que je verse du sel dans une assiette. Savannah plonge ensuite le bord des verres dans le sel avant de les poser sur un plateau.

— Tu as remarqué que, chaque fois qu'on est ensemble, il y a toujours une bouteille d'alcool, dans les parages.

— Que veux-tu ! Rares sont ceux qui ont notre chance, répliqué-je en lui faisant un clin d'œil.

Je remplis le pichet, et Savannah prend le plateau puis on retourne dans le jardin.

— Bon, maintenant que j'ai rattrapé le coup en préparant une vraie margarita… que la fête commence ! annoncé-je solennellement. D'ailleurs, si jamais je revois des cocktails en putain de brique lors de nos prochains repas de famille, je me casserai et ne vous adresserai plus jamais la parole.

— C'est la faute de Shelby, dénonce Jackson. C'est elle qui était préposée aux boissons.

— J'étais occupée, j'avais pas le temps de m'en occuper comme il faut, rétorque-t-elle. Ça va, tu vas pas me faire un procès non plus.

— Voilà, c'est exactement pour cette raison que je ne veux pas que tu sortes…

— Savy, je pense que Shelby mérite d'être jugée pour le crime affreux qu'elle a commis en rapportant des cocktails en brique, coupé-je, voulant éviter une énième dispute entre frère et sœur concernant la vie amoureuse de cette dernière.

Ils sont vraiment comme chien et chat, et ça ne va pas en s'arrangeant !

Je m'installe à la grande table de jardin et remplis un premier verre de margarita, puis je le tends à Savannah au moment même où Shelby lance un ballon de volley-ball dans ma direction, que j'esquive de justesse. Mes réflexes sont toujours aussi rapides, et je peux dire merci à Tasha pour ça. D'ailleurs, je pense que ma petite sœur s'entendrait à merveille avec Shelby, mais les présenter l'une à l'autre serait un peu comme signer mon arrêt de mort, et celui de Jackson au passage.

Savannah avale une gorgée de sa margarita et passe la langue sur ses lèvres avant de dire :

— Je ne suis pas spécialisée dans le pénal, mais pourquoi pas ?

En parlant, elle s'assoit sur le banc à côté de moi et pose les pieds sur mes cuisses.

— Oh, pitié, non ! brame Shelby. Bientôt vous serez comme ces deux-là.

Elle désigne de la main Cassie qui est installée sur les genoux de Ryder, sur une des chaises longues, mais ils n'ont pas dû l'entendre vu qu'ils sont trop occupés à se galocher.

— Ça veut dire quoi, ça, exactement ?

Savannah et moi ne sommes pas et ne deviendrons jamais comme nos deux amis qui sont tout le temps collés l'un à l'autre.

— Non, mais sérieux, regarde-les, ajouté-je. On dirait un mutant à deux têtes et huit pattes. Nous, c'est pas notre genre.

— Le mutant, il t'emmerde ! s'exclame Ryder, décollant les lèvres de celles de Cassie pour se joindre au débat. Et puis vous nous prenez vraiment pour des jambons, on sait que vous êtes arrivés ensemble.

— On n'a pas fait qu'arriver ensemble, si tu veux tout savoir, annoncé-je. On est aussi venus ensemble, ce matin.

Savannah éclate de rire alors que le reste du groupe nous dévisage tour à tour.

— Bon, et si on passait à table ? propose Jackson.

— OK, du moment que tu figures au menu, chuchoté-je à Savannah.

— Tout dépend dans l'assiette de qui je vais atterrir.

Le dîner se déroule dans une atmosphère joyeuse et détendue, et il règne une effervescence bruyante à table, comme toujours lorsqu'on est tous ensemble. Il y a de quoi nourrir un régiment, l'alcool – le vrai, le bon – coule à flots, et on profite de l'instant présent. Voilà tout ce à quoi se résume ma philosophie de vie. C'est juste parfait.

Une fois le repas terminé, Ryder et moi sommes désignés de corvée pour débarrasser la table et faire la vaisselle. Ça ne nous dérange pas dans la mesure où dans notre groupe Parker et Jackson sont toujours ceux qui préparent le terrain tandis que Ryder et moi entrons en scène après les festivités, quelles qu'elles soient. On a toujours fonctionné comme ça, et pour le moment ça marche comme sur des roulettes. Enfin, presque.

On a presque fini de ranger la cuisine, et je sens qu'il y a comme un malaise entre Ryder et moi, depuis l'appel paniqué de ma mère. C'est entièrement ma faute parce que je n'ai pas été un très bon pote ces derniers temps, mais Emmett et Martha ont vraiment mis mes nerfs à rude épreuve. Quoi qu'il en soit, je dois briser la glace, et plus vite ce sera fait, mieux ce sera.

— Ça va, mec ? lancé-je à Ryder.

Un torchon dans la main, il se redresse et croise les bras.

Ça fait un moment qu'il ne combat plus, mais il a encore des muscles impressionnants, et je sais qu'il pourrait me mettre KO rapidement, même si je me défends pas mal. Bref...

— Tu n'as donc pas perdu ta langue, me taquine-t-il.

— J'en conclus que tu ne vas pas me faciliter la tâche, n'est-ce pas ?

— Bingo. Mais, juste pour info, tu es mon pote et, quoi qu'il arrive, je serai toujours là pour toi, mec. Je sais pas ce que tu as dernièrement, mais t'es plus tendu qu'un string dans un clip de rap. Qu'est-ce qui se passe ?

— Rien, tout va bien maintenant. On peut juste oublier... tout ça ? J'ai eu un petit souci de famille... Mon père, disons qu'il a fait une grosse connerie et...

— Cash, m'interrompt-il, tu es comme un frère pour moi et tu n'as pas à te justifier ou à me confier des trucs que tu préfères ne pas partager. Je veux juste savoir une chose : est-ce que tu as besoin de quelque chose ?

— Non, ça va, vraiment.

— OK, mais si un jour…

— Tu seras la première personne au courant.

Il hoche la tête en m'offrant une poignée de main ferme, et je me sens déjà beaucoup, beaucoup mieux.

— Bon, et la carte des cocktails pour la *Librairie*, ça avance ? s'enquiert-il.

J'ouvre la bouche pour répondre quand j'entends la voix de Cassie derrière moi :

— Vous parlez de la *Librairie* ?

Elle a vraiment un sixième sens quand ça commence à parler boulot surtout lorsque le sujet est tabou, comme c'est le cas aujourd'hui.

— Non, s'empresse de répondre Ryder en me lançant un regard qui dit clairement : « Ne vends pas la mèche, sinon je suis mort ! »

T'inquiète, mon pote, j'assure tes arrières.

Je souris et lance :

— Non, non, du tout, on ne se le permettrait pas, on sait que c'est interdit aujourd'hui.

— Vraiment ? lâche-t-elle. Parce que ça serait vraiment dommage que quelqu'un transgresse la règle sacrée et ne profite pas de certains privilèges que je compte lui accorder plus tard.

Ah, là, en revanche, t'es dans la merde, Ryder !

— Oui, vraiment, réplique-t-il. On était en train de parler de…

Il me regarde, paniqué, et je dis la première chose qui me vient à l'esprit.

— De Knox. On parlait de Knox.

Cassie plisse les yeux et agite le doigt dans notre direction d'un air réprobateur. Bien sûr, elle ne nous croit pas, on ment super mal.

— Bon, pour cette fois, je vais faire comme si je n'avais rien entendu, marmonne-t-elle en prenant le dessert posé sur le comptoir. Mais si vous prononcez encore le nom de ce fichu bar...

Elle finit sa pensée en passant le pouce sur sa gorge puis nous lance un dernier regard courroucé avant de retourner dans le jardin suivi de Ryder, et je leur emboîte le pas. Cassie pose le dessert sur la table, puis elle et Ryder s'isolent dans un coin plus tranquille du jardin, à l'écart du groupe, tandis que je m'arrête sur le seuil de la baie coulissante, toute mon attention portée sur Savannah qui discute avec les filles au bord de la piscine.

Shelby est assise sur une des chaises longues, les pieds posés sur les genoux de Ruby. Avery est installée par terre, les jambes croisées, et Savannah, elle, est allongée sur le ventre sur la deuxième chaise longue, appuyée sur les coudes, m'offrant une vue imprenable sur ses fesses parfaites, mises en valeur par le bas de son Bikini. Des bribes de leur conversation flottent dans l'air tiède de la nuit, et je me redresse en tendant l'oreille, ma curiosité piquée au vif.

— Tu vas nous garder en haleine encore longtemps ? geint Shelby.

— Vous n'avez jamais couché avec Cash, aucune de vous ? J'ai du mal à y croire, rétorque Savannah.

— Beurk, je le considère plus comme un frère qu'autre chose, déclare Ruby en grimaçant. En plus, c'est un séducteur compulsif. Mais bon, chaque bar branché doit avoir un queutard dans son équipe. C'est bon pour le business.

— Hmmm… *Aux Queutards*… Ça pourrait être un nom sympa pour leur nouveau bar, commente Avery d'un air pensif.

— Des détails, on veut des détails, s'impatiente Shelby, ignorant les commentaires de ses amies. Pour une fois qu'on peut vivre le sexe par procuration grâce à une de nos copines… Et puis je veux savoir si Cash mérite vraiment sa réputation de bon coup.

— Désolée, les filles ! Nous avons toutes notre jardin secret, non ? Et chacun est libre d'en dévoiler une partie… Ou pas.

Elles éclatent de rire en chœur, et je souris en voyant qu'elle semble bien plus détendue que quand on est arrivés.

À cet instant, comme si elle avait senti ma présence, Savannah tourne la tête dans ma direction, et un petit sourire apparaît au coin de ses lèvres. Je pense qu'elle a enfin compris qu'elle fait partie intégrante de notre petit groupe, de notre famille.

Elle se lève de sa chaise longue et se dirige vers moi.

— Salut, toi, murmure-t-elle, une fois à ma hauteur.

Elle pose les mains sur mes bras puis se penche vers moi pour me chuchoter à l'oreille :

— Je vais me changer.

Avant que j'aie le temps de l'enlacer par la taille, elle disparaît dans la maison en me jetant un regard suggestif par-dessus l'épaule.

J'attends quelques secondes avant de la suivre et, lorsque j'arrive devant la porte de la salle de bains, je décide de frapper en bon gentleman que je suis. Ou que j'essaie d'être du moins.

— Une minute, annonce Savannah de l'autre côté de la porte.

Ah non, il n'y a pas de minute qui tienne !

Je tourne la poignée et m'aperçois que la porte n'est pas fermée à clé. *Parfait !* J'ai été patient toute la journée, mais, là, je ne peux plus attendre. J'ouvre brusquement la porte et la referme rapidement derrière moi.

— Enfin, je commençais à m'inquiéter, dit Savannah.

— Petite maligne, tu penses que tu vas t'en tirer aussi facilement ?

Je constate qu'elle a déjà retiré le haut de son Bikini, mais le bas, lui, attend que je m'en occupe personnellement. Elle balance légèrement le tee-shirt accroché par le col à son doigt avant de le laisser tomber sur le sol.

— Peut-être, fait-elle d'une petite voix.

— Intéressant…

Je viens me placer derrière elle et pose les mains sur ses hanches avant de les remonter pour prendre ses seins en coupe. Aussitôt, j'ai l'impression que tout mon sang afflue à un endroit bien particulier de mon anatomie.

— Il y a des gens en bas, me rappelle-t-elle quand je dépose plusieurs baisers au creux de son cou.

Vraiment, Savy, on joue les prudes maintenant ?

— Oui, et il y avait la moitié d'Atlanta au *Hangar* le soir où on a fini sur le toit ; pourtant, tu t'en fichais pas mal.

Elle essaie de se retourner, mais je l'en empêche en l'emprisonnant entre mon corps et le comptoir du lavabo.

Comme ça, non seulement elle ne peut pas me toucher dans le but de me distraire, mais elle n'a pas d'autre choix que de nous regarder dans la glace.

Une fois encore, elle tente de résister, et je presse davantage mon corps contre le sien.

— Tu dois vraiment apprendre à écouter ce qu'on te dit, marmonné-je en me redressant pour lui assener une petite fessée.

Aussitôt, Savannah se cambre contre moi, sans doute sous l'effet de l'excitation, mais également pour tenter de m'amadouer avec son corps. Gémissante, elle se frotte contre moi, et je la laisse faire en taquinant les pointes de ses seins de mes pouces. S'agrippant au bord du lavabo, elle rejette alors la tête en arrière, sur mon épaule, et parvient à me mordre rapidement l'oreille.

— Je pensais que tu aimais bien que je te touche, souffle-t-elle.

Chaque chose en son temps.

Je laisse mes mains glisser sur sa taille, puis ses hanches et tire simultanément sur les deux nœuds qui maintiennent le bas de son maillot en place. Écarquillant les yeux, elle tente de rattraper le morceau de tissu, et je lui saisis les poignets avant de les lui attacher dans le dos en me servant du vêtement.

— Mais qu'est-ce que tu fais ? lance-t-elle, faussement indignée, faisant mine de se débattre.

J'ai fait exprès de ne pas trop serrer le nœud, et elle peut donc se libérer à tout moment si elle le souhaite. Apparemment, mon idée a l'air de lui plaire, et ça m'arrange parce que je suis vraiment, vraiment excité en la voyant ainsi, à ma merci.

— Ah, Savy, tu dois sérieusement soigner tes manières ! Il suffit juste de demander les choses gentiment…

Je remonte les mains sur son ventre plat puis en laisse dériver une plus bas avant d'insinuer mes doigts entre ses cuisses. Elle est mouillée comme jamais.

— Ça t'excite ? demandé-je.

Je caresse son clitoris avec mon pouce, et ses gémissements reprennent de plus belle, si bien qu'elle se mord la lèvre inférieure pour ne pas crier.

— O… oui, halète-t-elle au bout d'un moment en fermant les yeux.

— Non, garde-les ouverts, lui intimé-je en glissant les doigts au plus profond de sa chatte.

Elle relève les paupières et croise mon regard dans le miroir, ses yeux bleu clair pétillant d'excitation.

— Baise-moi, Cash, s'il te plaît…

Voilà la Savannah que je connais.

— Je ne sais pas trop si tu le mérites, je devrais plutôt te punir pour ton insolence.

Sur ces mots, je penche la tête et mords la chair tendre de son cou, sentant son pouls battre contre ma langue. J'aspire sa peau entre mes lèvres et mes dents avec un léger bruit de succion, et sens sa chatte se contracter autour de mes doigts.

Sans arrêter de la travailler, j'ajuste la tête de manière à rencontrer son regard puis retire la main d'entre ses jambes pour lui montrer à quel point elle est excitée. Voyant mes doigts luisants de sa mouille, ses yeux prennent une teinte plus sombre, et elle se penche davantage en avant en essayant de garder son équilibre, tant bien que mal étant donné qu'elle a les mains toujours attachées dans le dos.

Lui passant un bras autour de la taille, je plonge le regard dans le sien et trace sa colonne vertébrale du bout du doigt avant de m'arrêter au-dessus de la raie de ses fesses. Je remonte ensuite l'autre main vers sa poitrine pour titiller en même temps ses tétons du pouce et de l'auriculaire tout en glissant l'autre index entre ses fesses, au niveau de son anus.

Savannah retient son souffle, et j'effleure sa chatte de mon index pour le lubrifier davantage avant de caresser l'anneau serré de son anus et d'y introduire doucement un doigt. Elle plisse la bouche en une petite moue, et je ressors tout aussi lentement.

— Non… C'est bon…, maugrée-t-elle.

Ne t'inquiète pas, ma belle ; on y reviendra très vite.

Je la saisis de nouveau par la taille et fais remonter les mains jusqu'à ses seins, que je couvre et caresse jusqu'à aguicher ses mamelons durcis du bout des doigts. Sa respiration se fait de plus en plus saccadée, et elle se tortille contre moi en essayant d'atteindre, avec ses mains liées, mon entrejambe, mais, malheureusement pour elle, chacune de ses tentatives se solde par un échec cuisant. Tant mieux pour moi : je peux prendre tout le temps que je veux…

— S'il te plaît…, chuchote-t-elle d'une voix à peine audible.

— S'il te plaît quoi ?

— S'il te plaît, Cash, baise-moi.

Bon, comme c'est si gentiment demandé…

J'ouvre ma braguette et introduis ma main dans mon short avant d'empoigner mon sexe durci. Puis, d'un mouvement de genou, je lui écarte encore un peu les jambes et positionne ma queue à l'entrée de sa chatte. Heureusement qu'on a déjà abordé et clos le sujet des capotes. D'habitude, je sors toujours couvert, toujours, mais avec Savannah… je n'ai pas envie qu'une putain de barrière en latex me sépare de sa chaleur moite intime.

Savannah relève les fesses, et je la pénètre d'un mouvement brusque. Imprimant un rythme soutenu à mes hanches, je pose une main sur sa taille et glisse l'autre dans ses boucles sauvages avant de les enrouler autour de mes doigts en tirant légèrement dessus. Elle ne proteste pas, et ça m'excite encore plus, il y a encore tellement de choses que je rêve de lui faire…

— Putain, Savy, c'est trop bon !

Elle s'arque contre moi en haussant les épaules et en essayant de marquer le bas de mon ventre avec ses ongles à chacun de mes assauts.

Tout ce temps, on se regarde droit dans les yeux, et je mémorise chacune de ses expressions, et retiens chacun de ses petits gémissements. C'est l'extase.

Très vite, je sens les premiers tressaillements de son orgasme s'emparer d'elle et j'accélère la cadence. Savannah ne dit rien et encaisse chaque coup de boutoir que je lui donne sans jamais détourner les yeux de mon visage. Elle a fini par capituler en comprenant enfin que c'est moi et moi seul qui détiens le contrôle absolu de la situation.

J'accélère encore mes coups de reins, éprouvant un besoin irrépressible d'elle, de son plaisir, de sa jouissance. Je sens alors les parois de son vagin se contracter autour de ma queue, et elle jouit avec force, renversant la tête en arrière sans pour autant rompre le contact visuel. J'observe la myriade d'émotions qui l'envahit et la submerge, et éjacule en elle dans une série de spasmes.

Waouh, c'est probablement le meilleur orgasme de toute ma vie !

Les jambes tremblantes, je me redresse pour libérer les mains de Savannah puis plaque le torse contre son dos en nouant les bras autour d'elle avant d'enfouir la tête dans ses cheveux.

— Ça va ? marmonné-je.

— Mmmh, mmmh… Merci.

Je pourrais très vite m'habituer à elle, à ça, à sa présence, à son corps sous et sur le mien.

Elle est à moi. À moi.

Ma déclaration silencieuse me surprend, et, pour la première fois depuis longtemps, je ne sais plus trop quoi penser ni comment me positionner par rapport à toute cette histoire.

14

Cash

Dès que j'ai un instant de libre, je le passe avec Savannah, mais, à peine quelques jours après le repas chez Jackson, le destin, ou plutôt le boulot de Savannah, a décidé de l'envoyer à l'autre bout du pays pour un rendez-vous professionnel. Elle ne s'y attendait pas, moi encore moins, même si elle m'a promis de rentrer au plus vite. Apparemment, c'est très important, en lien avec sa promotion, et elle ne pouvait donc pas refuser.

Tout s'est déroulé très vite d'ailleurs. Elle a reçu un coup de fil de son bureau un matin – je le sais parce que j'étais avec elle, dans son lit –, et, malgré toutes mes manœuvres de distraction, elle s'est rapidement levée pour remplir à la hâte sa petite valise et attraper le premier vol pour Los Angeles. Je me suis proposé de l'emmener à l'aéroport et, pendant tout le trajet, j'ai tenté de me convaincre que ce voyage inopiné était une bonne chose parce que la distance m'aiderait à me remettre certaines idées en place. Je ne dis pas qu'il y a un souci entre nous ; au contraire, tout se passe super bien, notre quota d'orgasmes a déjà très largement dépassé la moyenne nationale, mais… un petit break ne nous fera pas de mal.

Oui, tout était soigneusement organisé dans ma tête, sauf que, à présent, en regardant Savannah se diriger vers l'entrée du terminal, son portable à l'oreille et tirant sa valise derrière elle, je voudrais qu'elle reste. Je voudrais qu'elle reste et je voudrais aussi qu'on soit plus que des amis qui couchent ensemble. Qui sait, elle pourrait facilement rencontrer un mec à Los Angeles, et si celui-ci s'imbrique dans son putain de projet de vie personnelle…

Je suis sur le point de descendre de la voiture pour la rattraper et faire je ne sais trop quoi lorsqu'elle se retourne et m'adresse un sourire qui atténue immédiatement ma petite crise d'angoisse. Un policier surgit alors de nulle part me pressant d'avancer, et, comme je suis déjà bien plus détendu, même l'agressivité dans sa voix me laisse indifférent.

Altitude est bondé, et je dois reconnaître que Katie se débrouille comme une pro, je ne regrette pas ma décision de lui avoir proposé de gérer le bar une fois que la *Librairie* sera ouverte.

Tout s'est arrangé entre Ryder et moi, même s'il n'y a jamais vraiment eu de problème, et je n'ai plus eu de nouvelles de mes parents. Comme on n'est qu'entre mecs ce soir, Jackson et Parker décident de passer en revue les derniers détails concernant l'ouverture de la *Librairie*: la liste définitive des fournisseurs, la date de l'inauguration des lieux, la liste des invités… Jackson est vraiment à fond, et j'ai même du mal à le suivre, si bien que j'écoute d'une oreille distraite ses idées d'aménagement. Moi qui pensais que Savannah était un bourreau de travail, Jackson est dix fois pire. Une fois que la *Librairie* sera ouverte, il a intérêt à organiser tout un week-end de farniente au bord de sa piscine.

Forcément, comme Savannah n'est pas là, on s'échange une tonne de textos chaque jour. Ça va, ce ne sont que des SMS, rien de plus ; en tout cas, je veux absolument m'en convaincre. Aujourd'hui, c'est moi qui commence.

Tu as beau temps ?

Elle répond immédiatement :

Ouais, j'adore la Californie, il y a tellement de beaux gosses qui se baladent le torse nu. Miam…

Je hausse un sourcil amusé.

Attention, Savy, je n'aime pas partager.

Presque aussitôt, un autre message s'affiche sur mon écran.

Ah ouais, et tu comptes faire quoi étant donné que plusieurs milliers de kilomètres nous séparent ?

Oh, si tu savais !

Tu verras à ton retour.

Sa réponse ne se fait pas attendre.

Promis ?

Je souris en tapotant sur le clavier du téléphone.

Promis, juré, croix de bois, croix de fer, si je mens, je vais en enfer…

Les points de suspension, signifiant qu'elle rédige un SMS, apparaissent dans la fenêtre de notre conversation.

Et si je décide de rester ici et de me caser avec un surfeur ?

Là, je ne souris plus et tape presque furieusement ma réponse.

Je viendrai te chercher et te ramènerai ici par la peau des fesses s'il le faut.

Je pose mon portable et réfléchis quelques instants, le regard dans le vide.

Elle plaisantait, je le sais très bien, mais la simple idée qu'elle puisse rencontrer un autre mec me rend fou. Et puis elle n'est pas censée travailler ? À en croire ses messages, elle passe la plupart de son temps à la plage, à mater des putain de surfeurs.

Hé, détends-toi, mec ! Ce n'était qu'une blague.

Ouais, sûrement, mais elle n'était pas drôle. Du tout.

Le jour suivant, je suis à *Altitude*, en train d'aider Katie à prendre ses marques derrière le bar quand je sens mon portable vibrer. Je le sors aussitôt de ma poche et j'appuie sur la petite enveloppe.

Un message de Savannah.

Finalement, je rentre plus tôt que prévu.

Ah !

Bah, alors, t'as pas trouvé de surfeur à ton goût ?

Elle me répond au bout de quelques secondes.

J'ai un rencard avec un dieu du sexe à mon retour. D'ailleurs, il a intérêt à assurer, parce qu'il y a quand même des mecs pas mal du tout ici...

Je ne peux m'empêcher de sourire en lisant son texto.

— Cash ! s'exclame Katie. Tu peux me faire sept margaritas, s'il te plaît ?

Je range mon téléphone et m'affaire à préparer les boissons en m'efforçant de ne pas trop penser au « rencard » qui m'attend même si je dois reconnaître que j'ai hâte de retrouver Savannah. On a été séparés assez longtemps, et j'ai un besoin urgent de la baiser.

Pendant ma pause, je remonte vite fait dans mon appartement pour ouvrir mon courrier.

Tiens, encore une carte postale de Knox. Apparemment, il est en Floride en ce moment.

On se donne des nouvelles ici et là, surtout pour le tenir informé de ce qu'on fait avec son fric même si, techniquement, ce n'est plus trop son fric. Les affaires marchent tellement bien qu'on pourrait lui racheter ses parts sans problème, mais il fait partie de notre famille, on a commencé l'aventure avec lui et on veut la continuer tous les cinq ensemble. On le voit peut-être une fois tous les deux ans et il ne reste jamais plus de douze heures à Atlanta, mais c'est mieux que rien. On ignore pourquoi il refuse de rester plus longtemps, mais s'il veut en parler un jour il sait très bien qu'il peut compter sur nous quatre.

Quoi qu'il en soit, rien n'aurait été possible sans lui, il est notre investisseur majoritaire, mais préfère rester juste un bailleur de fonds. Il doit avoir ses raisons ; après tout, on a tous nos secrets, moi le premier.

Je suis en train d'ouvrir une facture quand mon téléphone sonne et je décroche, sans même vérifier l'identifiant, pensant qu'il doit s'agir de Savannah.

Eh bien, non…

— Bonsoir, Cassius, me salue ma mère d'un ton neutre qui se veut courtois.

Super, manquait plus qu'elle et sa perception déformée de la fin du monde !

— Nous avons un repas de famille demain soir, annonce-t-elle comme si on se parlait régulièrement.

Ce n'est même pas une invitation, elle veut me forcer à venir. Elle rêve.

— Super, j'espère que vous allez bien vous amuser, répliqué-je en me demandant si j'ai le temps de prendre une douche avant de redescendre.

Si je me dépêche, je pourrai même plancher sur les cocktails pour la *Librairie* avant de reprendre la formation de Katie.

— Sois là pour 19 heures précises, m'ordonne-t-elle, imperturbable. Et, si tu pouvais mettre une cravate, ça…

— Maman, je ne pourrai pas venir, j'ai du travail.

Elle a vraiment cru que j'allais dire oui ? Les seuls repas de famille auxquels j'assiste sont ceux avec notre petit groupe d'amis.

— Cassius Ryan Gardner, c'est donc trop te demander que de nous accorder quelques heures de ton temps ? s'indigne ma mère à l'autre bout du fil. Après tout ce que notre famille vient de traverser, qui sait ce que nous réserve l'avenir.

Ça y est : la crise cardiaque de papa va devenir son nouvel argument de prédilection. C'est pas grave s'il ne s'est rien passé du tout étant donné que mon père se porte comme un charme aux dernières nouvelles.

Et c'est pas grave si on ne s'est pas parlé depuis cinq ans et, bien évidemment, on s'en fiche pas mal de savoir si j'ai des obligations. Franchement, si je ne lui raccroche pas au nez, c'est uniquement pour Tasha. Ma petite sœur doit encore se les farcir, la pauvre, et moi, je me suis juré de devenir le frère qu'elle mérite.

— Merci d'avoir pensé à moi, maman, mais j'ai vraiment du travail, des personnes comptent sur moi et je ne peux pas les lâcher au dernier moment.

Surtout pas quand on est sur le point d'ouvrir un nouveau club.

Bon, tant pis pour la douche. Je prends mes clés et redescends dans le bar, mon portable à l'oreille.

— Cassius, dit-elle en prenant le ton d'une mère qui gronde un enfant capricieux.

Oh, maman, ce ton n'a jamais marché sur moi, et c'est pas aujourd'hui que ça va changer.

En arrivant dans la salle, j'aperçois Katie derrière le bar et Jackson en train d'étudier des plans étalés sur le comptoir. Aussitôt, je tâche d'adopter une attitude décontractée afin de ne pas trahir mon angoisse grandissante.

— Je suis désolé, maman, mais je ne peux vraiment pas me libérer.

Il y a comme des bruissements dans le téléphone, puis j'entends ma sœur me dire :

— Cash, tu sais, concernant ce repas de famille, je…

— Je t'aime, je dois y aller, à plus, marmonné-je hâtivement avant de couper la communication et de glisser le portable dans ma poche.

Je me sens un peu coupable d'avoir raccroché au nez de Tasha, je sais que je lui ai promis de me rendre plus disponible pour elle, mais de là à assister à un repas de famille, c'est pousser le bouchon un peu loin. En plus, mes parents se fichent pas mal de leur entourage et de la manière dont fonctionnent les choses, ils ne comprennent pas que le monde ne tourne pas autour d'eux. Ma mère n'a pas travaillé un seul jour de sa vie ; pour elle, être responsable signifie arriver toujours à l'heure pour un repas ou alors, éventuellement, avec un retard savamment calculé.

Katie qui est en train de ranger les verres avant le rush qui ne va pas tarder et Jackson lèvent simultanément le regard vers moi, et je vois même Ryder sortir de son bureau. Génial, j'ai un public apparemment !

— Je rêve ou tu viens de dire « je t'aime » à quelqu'un ? déclare Katie en m'observant comme si j'avais des cornes sur le sommet du crâne et que je m'étais également fait tatouer la Voie lactée sur la gueule.

— Ça va peut-être te surprendre, mais il m'arrive d'assembler ces trois mots en une seule et même phrase, répliqué-je.

— Pour Savannah ? demande-t-elle.

À sa question, je manque de trébucher sur mon propre pied et j'agrippe le comptoir de justesse.

Qu'est-ce qui a bien pu lui faire croire une absurdité pareille ? J'aime bien Savannah, ce n'est un secret pour personne et, en effet, si vraiment elle rencontrait quelqu'un à Los Angeles je serais clairement dégoûté, mais ça s'arrête là. Mais je ne l'aime pas.

Non, non, non.

Aimer une nana entraîne tout un tas de problèmes et moi, j'ai déjà une sœur qui couvre ce domaine. Et puis on ne peut pas aimer son plan cul, c'est ridicule.

— Non, rétorqué-je brusquement.

Savannah est mon amie, avec laquelle je couche en ce moment, c'est tout.

Katie lève les mains en signe de capitulation moqueuse, et je me pince l'arête du nez, luttant pour conserver mon calme.

Putain, si seulement je pouvais remonter le temps de quelques minutes !

Bon, je vais tenter une autre approche, la vérité, sans faire aucune allusion à Savannah.

— C'était ma sœur.

— Tu as une frangine ? s'étonne Katie.

Je sais qu'elle ne pense pas à mal, elle est juste surprise, mais j'ai vraiment pas envie de parler de ma famille.

Mon portable sonne de nouveau, et je vérifie bien l'identifiant avant de décrocher cette fois.

Tasha.

C'était à prévoir, je lui ai quand même raccroché à la gueule. Si je ne réponds pas, elle m'en voudra et elle aura entièrement raison.

— Natasha, ça fait un bail, dis donc, lancé-je dans le combiné en ignorant les regards curieux de Katie et de Jackson.

Je couvre le récepteur de la main avant d'ajouter :

— Inutile d'être choqués, c'est ma sœur, si vous voulez bien m'excuser…

Je retourne dans mon appart en questionnant ma sœur sur ses cours.

— Tout se passe bien, mais, si je t'ai appelé, c'est parce que j'ai besoin de ton aide, et ça n'a rien à voir avec les cours, rétorque-t-elle.

— Ça a à voir avec quoi ? Pas un garçon j'espère.

C'est ma frangine et je l'aime, mais il est hors de question qu'un mec l'approche à moins de cinquante mètres. Depuis qu'on se reparle plus régulièrement, je prends mon rôle de grand frère très au sérieux.

— C'est l'hôpital qui se fout de la charité là, tu ne penses pas ? D'après mes sources, tu changes de nanas comme de chaussettes.

— Tasha, en tant que ma petite sœur, tu n'as pas le droit d'avoir de relations sexuelles, même pas après ton mariage.

— Je suis ravie de constater que tu t'inquiètes vraiment pour moi, parce que, étant donné le passé, tu m'es redevable d'un service.

— Bon, OK, donne-moi l'adresse de ta soirée et je viendrai te chercher.

— C'est le 2323 Bluebird Lane.

Je m'arrête net sur les marches menant à mon appartement.

C'est l'adresse d'Emmett et de Martha, celle de mon ancienne maison.

Je commence à comprendre où elle veut en venir. Je ferais n'importe quoi pour Tasha, mais pas ça… Je m'adosse contre le mur avant d'y cogner plusieurs fois la tête. Putain, je suis coincé entre le marteau et l'enclume !

— Cash… Cash ?

La voix de ma sœur me tire de mes réflexions.

Ressaisis-toi, bordel. T'as pas intérêt à merder avec elle cette fois.

— Écoute, j'ai déjà dit à maman que…

— Non, toi, écoute, il est hors de question que je me tape un énième repas en famille toute seule. Ça fait déjà cinq ans et je commence à saturer. Pas d'excuses, Cash. Tu me dois bien ça.

Elle a raison. *Merde !*

Je me suis barré de la maison du jour au lendemain sans penser aux conséquences qu'aurait mon départ sur Tasha. Elle a dû supporter mes parents toute seule, ce qui n'est pas une mince affaire, loin de là.

— OK, mais je ne mettrai pas de cravate, c'est mort.

— Je t'en trouverai une, moi.

— Tash…

— Cass… Tu vois, moi aussi, je peux inventer des surnoms à deux balles. Bref, rendez-vous à 18 h 45. Ne sois pas en retard, sinon…

J'ai presque envie de rire.

— Sinon quoi ? demandé-je.

— Sinon, je vais photocopier ta photo de ton album de promotion du lycée et la placarder sur les murs de ton nouveau bar.

Ah, là, j'ai plus envie de rire du tout !

Mon Dieu, mais la tête que j'ai dessus ! Cette photo pourrait sérieusement entamer, voire ruiner, ma réputation du barman beau gosse et relax.

— Tu n'es pas sérieuse, Tash.

— Oh que si !

— Bon, mais si je viens, c'est uniquement pour toi.

— Ouais, ouais…

On demeure silencieux quelques secondes puis elle ajoute :

— Merci, Cash.

C'est normal, nous sommes tous les deux dans le même bateau après tout. Tasha s'entendait bien avec nos parents quand mon père a merdé, mais, maintenant, il est évident qu'elle ne les supporte plus. On est dans la même équipe à présent et on doit se soutenir mutuellement.

— De rien, ça sert à ça, les grands frères.

On discute encore quelques minutes, puis je retourne dans la salle.

Il est évident que Katie et Jackson attendaient mon retour avec impatience. Même Ryder est encore là. Ils ne savent donc pas que la curiosité est un vilain défaut ?

— Ouiiiiiii ? lâché-je à l'adresse du duo installé au bar.

— Cash a une famille, qui l'eût cru ! commente Katie.

Ryder reste silencieux, on dirait qu'il essaie de jauger ma réaction.

Putain, je suis déjà à cran, j'ai pas besoin qu'on en rajoute une couche !

— Une sœur et une mère. Tu es plein de surprises, Cash, décidément, poursuit Katie avec un petit sourire en coin.

Je suis en train de chercher une réplique calme, mais cinglante, quand elle ajoute :

— Bientôt, tu auras même une petite copine sérieuse.

— Mais attends, il ne sort pas déjà avec Savannah ? demande Ryder.

Je réprime un soupir.

— Je peux pas venir bosser demain, annoncé-je, ignorant leurs taquineries. J'ai un empêchement.

— Un problème familial ? m'interroge Ryder d'un ton sérieux. Tu peux prendre plus de jours si tu as besoin.

— J'ai juste besoin de prendre ma soirée de demain, rétorqué-je sèchement.

— OK, je vais voir comment gérer la chose, marmonne Ryder. Tu aurais pu nous prévenir plus tôt, mais comme il est question de ta famille…

Sur ces mots, il disparaît dans son bureau tandis que Katie et Jackson retournent à leurs occupations.

Bon, j'ai calmé le jeu avec ma famille de cœur ; en revanche, j'ignore ce que me réserve ma famille biologique…

La maison est immense, elle l'a toujours été, mais, en l'observant de plus près, avec un regard neuf, elle est vraiment *too much.*

Je m'engage dans l'allée privée qui mène à l'entrée principale et me gare avant de rectifier le nœud de ma cravate dans le rétroviseur. Je n'allais quand même pas laisser Tasha choisir une cravate pour moi. La connaissant, elle m'aurait sorti une horreur qui était à la mode dans les années 1980 et encore… Et puis maman et papa seraient certainement « très déçus », et papa menacerait même de me déshériter ou, au moins, d'annuler les chèques provenant du fonds fiduciaire.

Je sonne, et une domestique m'ouvre rapidement avant de me guider vers le salon. Sentant mon agitation croître à chaque pas, je me donne un dernier petit discours de motivation silencieux en inspirant profondément.

J'ai survécu à pas mal de dîners comme celui-ci, en grandissant. Du moment qu'on n'aborde pas certains sujets, ça devrait bien se passer. Cependant, je ne peux m'empêcher de comparer ce repas à celui qui s'est déroulé chez Jackson, il y a quelques jours. Même avec mes amis, l'atmosphère était légèrement tendue à table, mais, au moins, il y avait Savannah. Elle était assise à côté de moi. Elle ne rencontrera jamais mes parents, ça, c'est sûr, mais j'aurais quand même bien aimé qu'elle soit là ce soir.

— Cassius, c'est toi ? demande mon père, avançant vers moi quand j'atteins le seuil du salon.

En le voyant, on ne dirait pas qu'il a été récemment hospitalisé.

— Cassius, mon garçon, entre, m'encourage ma mère. Ne reste pas planté là, voyons.

Mon Dieu, on pourrait croire qu'ils sont tout droit sortis d'un portrait de famille ! Mon père porte un costume, et ma mère, qui était installée sur le canapé, arborant l'air digne qui lui était coutumier, s'est levée dès qu'elle m'a vu. Tasha, fidèle à elle-même, détonne dans cet environnement pourri. Elle porte un legging et ce qui, pour elle, doit sans doute être une robe, mais qui, pour moi, ressemble plus à un tee-shirt.

— Bonsoir, papa, le salué-je.

L'instant d'après, ma mère s'approche de moi et m'attire dans son étreinte.

— Je pensais que Natasha plaisantait quand elle m'a annoncé que tu viendrais et pourtant te voilà, murmure-t-elle en se redressant et en enfonçant les doigts dans mes bras.

Elle s'est aspergée de Chanel N° 5, elle a probablement vidé un flacon entier, et je vais finir par m'étouffer en respirant tout ce parfum, aussi désagréable que dans mon souvenir. Je remarque alors qu'elle a les larmes aux yeux. Mais quelle comédienne, ma mère, elle a décidé de sortir le grand jeu !

— Ma famille réunie de nouveau, murmure-t-elle.

Réprimant un gloussement, je me tourne vers Tasha qui me salue en levant son verre dans ma direction avant de designer sa tenue vestimentaire d'un geste de la main et de lever le pouce en l'air.

Quelle teigne, celle-là ! Elle va me le payer.

Ma mère me détaille quelques instants puis glisse un bras sous le mien, et m'attire vers la salle à manger. Elle a l'air si heureuse que je sois là, c'est limite troublant. Elle est collée à moi, et j'ai l'impression qu'elle a peur que je ne décide de me casser. Si elle savait à quel point je rêve de m'échapper de cet enfer, elle me ligoterait à la table.

La salle à manger est toujours aussi froide et peu accueillante. Même le bouquet de fleurs qui fait office de centre de table n'y change rien.

On s'installe à table, et les domestiques nous servent l'apéritif.

— Alors, Cassius, j'espère que tu as enfin trouvé chaussure à ton pied et que je serais bientôt grand-mère, dit ma mère subitement.

Je recrache presque ma gorgée de whisky à son commentaire. Hors de question de leur parler de Savannah, c'est ma vie, ça ne les regarde pas.

Pendant un bref instant, je laisse une image de Savannah, un petit bébé aux boucles blondes dans les bras, se former dans mon esprit et…

Houla, calmos, mon pote. Qu'est-ce qui t'arrive ? Tu pètes vraiment un câble.

— Non, maman, désolé.

— Oh, dommage ! Tiens, en parlant de ça, j'ai déjeuné avec Janice au country club, l'autre jour. Tu te souviens de Janice ?

Non et, franchement, j'ai même pas envie de faire l'effort.

Comme je ne réponds pas, elle poursuit :

— Mais si, Janice Dockson ; sa fille, Morgan, était dans la même classe que toi. Quelle enfant charmante !… Bref, apparemment, Morgan est célibataire, elle aussi.

— Je ne sortirai pas avec elle, maman.

Déjà, je ne peux pas la blairer et puis ça ne m'intéresse pas en ce moment.

— Oui, oui, mais je pensais que vous pourriez peut-être aller boire un verre ensemble. Pourquoi ne l'inviterais-tu pas à l'ouverture de ton nouveau club ? Ça me ferait tellement plaisir que tu reprennes contact avec tes anciens camarades et amis.

Je suis sur le point de sortir de table quand Tasha me donne un coup de pied dans le mollet. Je croise son regard meurtrier et ravale la boule qui me serre la gorge.

— J'ai vu Morgan y a pas longtemps, marmonné-je. Elle est venue fêter l'enterrement de vie de jeune fille d'une de ses copines dans mon club.

— Ah oui, celui d'Aurelia Bishop ! rétorque ma mère. C'était un mariage très kitsch ; si j'étais sa mère, je n'aurais même pas assisté à la cérémonie.

— Arrête, m'man, c'était un beau mariage, fait remarquer ma sœur.

— Oui, c'était bien, mais, Cassius, promets-moi que, lorsque tu te marieras, tu me laisseras t'aider pour les préparatifs. La fête pourrait se dérouler dans l'un de tes clubs, ou même ici. On décorerait l'endroit avec de belles fleurs d'une couleur subtile, et surtout pas de paillettes sur la robe de la mariée, plutôt des perles et de la dentelle…

Ma mère poursuit sa tirade, mais je ne l'écoute plus, je suis trop concentré à imaginer Savannah dans une robe de mariée. Et sans la robe de mariée aussi, surtout sans la robe…

Mais, putain, qu'est-ce qui m'arrive ?!

Je reporte mon attention sur mes parents, essayant de chasser ces pensées absurdes qui surgissent de nulle part. Ma mère est dans son élément, elle a réussi à réunir toute sa famille autour d'un somptueux dîner comme elle doit en organiser des tonnes. Mes parents ont gâché la vie de plusieurs milliers de personnes ; pourtant, ça ne les atteint pas. Ils ont leur petit confort, et c'est tout ce qui importe.

— Il ne sort avec personne, m'man, inutile de l'imaginer au pied de l'autel juste parce que tu rêves de t'occuper des préparatifs. N'est-ce pas, Cash ? s'enquiert Tasha en me redonnant un petit coup de pied sous la table.

— Oui, Tash.

Elle lève son verre et remarque qu'il est vide.

— Cash, tu serais vraiment le meilleur des frères si tu me préparais un petit cocktail.

— Tu es devenue majeure récemment ? m'étonné-je.

— M'man…, geint-elle en se tournant vers notre mère.

— On est à la maison, Cash, observe celle-ci. Un cocktail ne lui fera rien. Allez, sois un bon garçon et prépare-le-lui.

— Oui, comme ça, on pourra voir tout son talent gâché, ajoute mon père.

C'est bon, j'ai eu ma dose. Mes parents ne changeront jamais.

Je me lève brusquement de table et fais signe à ma sœur de me suivre. Je retourne dans le salon, et Tasha m'emboîte le pas. Je sais très bien où mes parents rangent leurs bonnes bouteilles – je me suis servi pas mal de fois dans le bar pendant que j'habitais encore ici –, et j'attrape le bourbon et un shaker, espérant recouvrer rapidement mon calme.

— Je pensais qu'une petite pause serait la bienvenue, dit Tasha en se laissant tomber sur le canapé, son portable à la main.

— C'est pas une pause dont j'ai besoin, mais d'un plan d'évasion plutôt, répliqué-je.

— Commence déjà par accepter d'aller boire un verre avec Morgan, ça devrait les calmer un peu.

— Je ne peux pas sortir avec Morgan.

Merde, je n'aurais peut-être pas dû lui dire ça !

Aussitôt, ma sœur se retourne vers moi et me transperce d'un regard suspicieux.

— Tu sors avec quelqu'un, Cash ?

— Non.

— Mauvaise réponse, frangin. C'est qui ? Je la connais ?

Je finis de lui préparer son cocktail et lui tends le verre. Elle avale une grosse gorgée et manque de s'étouffer, son visage devenant écarlate. Oups, j'ai peut-être un peu exagéré avec le bourbon et lésiné sur le sucre et les feuilles de menthe.

— Tu veux me tuer ou quoi ?! s'exclame-t-elle en brandissant le verre devant elle comme s'il s'agissait d'une pièce à conviction.

— Le Mint Julep, ça se sirote, petite sœur, annoncé-je.

— T'es vraiment pas drôle.

— Allez, viens, on se tire d'ici, proposé-je en faisant un geste de la main en direction du couloir, de la liberté.

J'hésite à lui proposer d'aller manger un bon burger, mais décide de ne rien dire.

— Ah non, c'est mort ! déclare-t-elle en buvant une autre gorgée, plus petite, de sa boisson en essayant de ne pas vomir juste derrière. Rien que pour ce que tu viens de me faire, on va rester ici.

— T'es vraiment cruelle parfois, Tasha ! Tu le sais ça ?

— Oui, j'ai appris du meilleur après tout.

Je secoue la tête et glisse un bras autour de ses épaules avant qu'elle me traîne, pratiquement de force, dans la salle à manger.

Et un dîner qui pue la merde, un !

À la fin du repas, j'ai qu'une envie : m'arracher les yeux avec ma fourchette. Ma mère espère me revoir la semaine prochaine et mon père ne dit rien. Tasha, elle, se contente de sourire et elle a de quoi, je vais probablement passer tous mes samedis au charbon désormais. Mais bon, on doit rester unis dans l'adversité même si, franchement, je me dégoûte moi-même d'avoir pris part à cette mascarade.

Je m'excuse en prétextant une montagne de travail qui m'attend, salue mes parents et ma sœur, et me retiens pour ne pas courir vers ma voiture. Je m'installe au volant et démarre rapidement avant de regarder l'horloge numérique.

C'est 21 heures à peine. Si je calcule bien… il doit être 18 heures passées à Los Angeles, ce qui veut dire que Savannah a sûrement fini de travailler pour la journée.

Au premier feu rouge, je sors mon portable de ma poche et compose son numéro. Je veux juste entendre sa voix et essayer d'oublier le cauchemar que je viens de vivre.

— Salut, toi, j'allais justement t'appeler, déclare-t-elle en décrochant.

— Vraiment ? Tu penses souvent à moi, dis donc. Ton harem de surfeurs doit être déçu, non ?

— Je sais pas parce que je suis à Atlanta. On a fini les négociations plus tôt que prévu, du coup j'ai sauté dans le premier avion.

Elle me raconte vite fait son voyage, mais je ne l'écoute plus du tout.

Savannah est rentrée, elle est là.

Tout compte fait, je ne vais pas aller au club ce soir. J'ai envie, j'ai besoin de la voir et de passer la nuit avec elle. Le repas de famille m'a tué, et elle est la seule qui soit capable de ressusciter mon âme et mon énergie.

— Je serai chez toi dans dix minutes.

— Si tu arrives dans cinq, tu auras une belle récompense, me met-elle au défi d'une voix enjouée.

Je raccroche et j'appuie sur le champignon. Voilà un challenge que je ne veux surtout pas perdre.

Lorsque j'arrive chez elle, Savannah m'ouvre la porte vêtue d'une nuisette ultra sexy.

Waouh !

Elle s'efface pour me laisser entrer, mais je la prends dans mes bras en refermant sa porte d'un coup de pied. Savannah s'agrippe à moi comme à une bouée de sauvetage, et on s'embrasse jusqu'à perdre haleine. Cette nuit, j'oublie mes bonnes manières, j'ai juste besoin d'elle, de sentir son corps onduler contre le mien.

Hâtivement, je relève sa nuisette sur ses hanches et découvre qu'elle ne porte pas de petite culotte.

— Tu as quelque chose contre les sous-vêtements ? demandé-je.

— Quand tu es là, oui.

Elle enfouit alors les doigts dans mes cheveux, et je lui pince légèrement les tétons. Elle gémit, et je suis à deux doigts d'éjaculer dans mon froc. Lentement, je commence à tracer une ligne de baisers humides de son cou vers son ventre, mais elle attrape ma cravate, me forçant à me redresser.

— Elle te plaît ?

Savannah esquisse une petite moue et me l'enlève rapidement.

— C'est pas ça qui m'intéresse, marmonne-t-elle avant de m'embrasser en plongeant la main dans mon pantalon.

Bien tenté, mais…

Je lui attrape le poignet et la plaque contre le mur. Son regard est brûlant et ses lèvres sont gonflées par nos baisers. Elle est tout simplement ravissante. Voilà ce qui me manquait tant, cette alchimie, cette passion qu'il y a entre nous…

Je plaque le corps contre le sien, et elle enroule une jambe autour de ma taille pour que je passe les mains sous ses fesses afin de la soulever. Puis, d'un geste impatient, elle se débarrasse de ma chemise en faisant sauter plusieurs boutons qui tombent par terre. C'est pas grave, je détestais cette chemise de toute façon.

Quand elle se cambre contre moi, je sens ma queue durcir au point qu'elle en devient douloureuse et je lui retire rapidement sa nuisette en la faisant passer par-dessus sa tête. Elle est déjà mouillée, prête à m'accueillir.

Elle était absente moins d'une semaine, mais j'ai l'impression que ça fait bien plus longtemps que ça. Savannah me fait l'effet d'une gorgée d'eau fraîche après une longue traversée du désert.

Ses mains fiévreuses libèrent ma queue de mon pantalon et de mon boxer, et je laisse échapper un grognement lorsqu'elle me prend entre ses doigts. Elle me caresse puis se positionne avant de s'empaler sur moi d'un seul mouvement.

Je baisse la tête pour emprisonner un de ses mamelons entre mes lèvres en allant et venant inlassablement en elle. J'ignore quand et comment, mais elle est devenue mon repère, celle qui m'apaise et me fait tout oublier. D'ailleurs, elle doit sentir que quelque chose me tracasse, parce qu'elle me laisse mener la danse effrénée de nos corps. Elle s'abandonne entièrement à moi et me donne tout ce qu'elle a, son plaisir, son énergie, absolument tout.

— Cash…

Elle est déjà proche de l'orgasme. Cette fois, je ne vais pas lui faire de cadeau. J'accélère mon mouvement de hanches, et on ondule en une telle harmonie qu'on jouit en même temps.

L'esprit encore embrumé, je la porte jusqu'à sa chambre et la dépose sur le lit avant de m'allonger sur elle, entre ses jambes, la tête posée juste au-dessus de ses seins nus. On reste silencieux et immobiles quelques instants, puis je me redresse légèrement pour croiser son regard.

— Salut, toi, murmuré-je.

Elle passe une main dans mes cheveux.

— Et sinon je t'ai pas trop manqué ? s'esclaffe-t-elle.

Du bout de l'index, elle trace les contours de mes tatouages, et je lui attrape la main pour embrasser chacun de ses doigts. J'ai l'impression qu'elle m'a ramené à la vie, qu'elle m'a insufflé de sa force.

— Tu n'imagines même pas à quel point, susurré-je contre la peau chaude entre ses seins.

On est tellement bien, ici, comme ça, tous les deux. Le monde qui nous entoure et ses problèmes n'existent plus. Il n'y a qu'elle et moi. Et ma nouvelle érection.

15

Savannah

Dès que je franchis le seuil de mon bureau, Rob vient à ma rencontre et me tend le *latte* triple expresso que je lui ai demandé de me prendre en arrivant au travail.

Béni soit-il, ce cher Rob.

Heureusement pour moi, il ne me demande pas pourquoi j'ai troqué mon thé *latte* contre une bonne dose de caféine, parce que, franchement, je ne saurais pas comment expliquer à mon assistant que c'est lié à mon activité sexuelle plus que satisfaisante de ces derniers jours. Et nuits. Je peux lui dire tout lorsqu'il est question de rencards foireux ou désastreux, mais ça s'arrête là.

Je bois quelques gorgées de la boisson chaude, espérant pallier ainsi mon manque de sommeil accumulé et détendre aussi mes muscles délicieusement meurtris.

Depuis que je suis revenue de Los Angeles, Cash a pratiquement emménagé chez moi, et disons que, chaque fois qu'on est ensemble, c'est le plus souvent dans la chambre à coucher. Je n'ai pas eu autant d'orgasmes si intenses depuis… Depuis jamais, en réalité.

Nos horaires sont décalés – il finit à 2 heures du mat et ne commence pas avant midi tandis que moi, je commence tôt le matin et quitte le bureau en fin de journée généralement –, mais le spectacle qu'il m'offre quand je me lève, son corps musclé enroulé dans mes draps, en vaut largement la peine. Sans parler du sexe. Beaucoup de sexe.

Tout se passe super bien entre nous même si je sens qu'il y a quelque chose qui ne va pas de son côté. Il n'arrête pas de me répéter qu'il est juste stressé à cause de l'ouverture de la *Librairie* et de la gestion d'*Altitude*, et je sais qu'il n'y a pas que ça. J'essaie de lui en parler, de comprendre ce qui le tracasse, mais, chaque fois qu'on s'attarde sur le sujet, il se referme comme une huître, comme s'il avait un secret à cacher.

En fait, on ne parle pas beaucoup… Depuis la journée au circuit de course, je tente de respecter les règles fixées par Cash, à savoir de profiter de l'instant présent, mais je pense qu'il y a un obstacle, quelque chose, dans son présent qui l'empêche de « lâcher prise », pour reprendre ses mots exacts. Oui, il me cache un truc, un truc qui est plus ou moins en train de le détruire, mais refuse de se confier à moi.

J'entre dans mon bureau suivie de Rob qui, comme chaque matin, récite mon planning de la journée. Je pose, ou plutôt jette, mon sac sur la chaise, et Rob s'interrompt un instant, son stylo en l'air. Je n'ai pas été aussi tendue depuis l'histoire avec Tanner, sauf que je n'ai jamais laissé ma vie personnelle affecter mon boulot. Au contraire, je me réfugiais dans mon travail, sauf que là, ça ne marche pas, apparemment.

— Et, pour finir, conclut Rob, j'ai organisé l'événement de ce soir comme tu me l'as demandé. Son agent était plus qu'heureux de m'aider – tu m'étonnes, ça ne va faire qu'accroître la notoriété de sa cliente – et a même mis son assistante à ma disposition en cas de besoin. Ah, et j'ai ajouté une touche finale personnelle à la chose, disons !

Je hausse un sourcil interrogateur. Honnêtement, je ne sais même pas de quoi il parle. J'ai entièrement confiance en Rob, mais, d'habitude, il n'entreprend jamais rien sans m'en parler avant. Il doit apercevoir la confusion sur mon visage parce qu'il ajoute :

— Tout est bouclé pour le concert de Misty Singh de ce soir. Du coup, j'ai envoyé des invitations à tout le bureau, tu sais, histoire de leur en mettre plein la vue. Dans ta face, Richard Trouduc.

Je lui souris en guise de réponse.

Mon rendez-vous à Los Angeles m'a permis de rattraper le coup après le fiasco avec Tanner Jakes parce que je suis revenue avec une nouvelle cliente en poche, et pas des moindres. Je baisse le regard sur la pile de contrats devant moi : on a déjà plusieurs propositions des plus grands labels du pays. On a vraiment assuré sur ce coup.

Va te faire foutre, Tanner Jakes ! Tu vois, j'ai parfaitement réussi à me débrouiller sans toi.

— Et, concernant ma petite touche personnelle, reprend Rob, j'espère que tu ne m'en voudras pas, mais j'ai gardé deux billets pour toi et ton… ami masculin.

Je glousse devant son choix de mots, qui fait passer Cash pour un gigolo.

— « Ami masculin » ? Sérieusement ?

Non, en fait, on va en rester là, c'est plus sage, je pense.

— Je peux trouver un autre surnom.

— Merci, Rob. Ce sera tout.

— Très bien, m'dame.

Je fronce les sourcils, et il esquisse un petit sourire amusé. Je me tâte un instant, prête à lui tirer la langue, mais mon côté adulte responsable m'en dissuade.

Bon, il fallait bien que ça finisse par arriver, il fallait bien que je sorte Cash de mon lit tôt ou tard afin qu'on retrouve le monde extérieur un peu. Peut-être que cette soirée m'aidera à y voir plus clair dans notre histoire et encouragera Cash à se confier à moi.

Refoulant mes pensées confuses, je lève mon *latte* vers Rob avant de boire quelques gorgées en me laissant aller contre le dossier de mon fauteuil.

Ça y est, Misty est ma cliente et elle ne va pas tarder à devenir une star mondialement connue. Tout est prêt, je dois juste m'occuper d'une dernière chose.

— Peux-tu m'appeler Mathias, Rob, s'il te plaît, dis-je à mon assistant avant qu'il quitte mon bureau.

— Tout de suite, m'dame.

Quelques secondes après, mon téléphone sonne et je décroche le combiné.

— Salut, Mathias, désolée de ne pas t'avoir rappelé plus tôt, mais j'étais à Los Angeles la semaine dernière.

— Espèce de petite salope !

OOOOK…

Ce n'est clairement pas Mathias à l'autre bout du fil.

— Quel vocabulaire, Tanner !

— Tu crois que je ne suis pas assez bon pour toi ou pour ton cabinet ?

— Bon, vu que le ton n'est clairement pas professionnel entre nous… Oui, c'est exactement ce que je pense, espèce de fils de pute.

— Tu as gâché ma vie, mon mariage ! Je n'arrive plus à composer.

— Oh, désolée ! Vraiment. Bon, allez, sois un bon garçon et raccroche afin que je puisse appeler Mathias.

— Et pourquoi je ferais ça ?

— Parce qu'on n'a plus rien à se dire, tu n'es plus mon problème, Tanner. Tu peux même crever, je m'en fiche. Oublie que j'existe !

À ces mots, je replace furieusement le combiné sur sa base.

Cette fois, c'est vraiment fini. Tanner Jakes fait officiellement partie de mon passé, il est sorti de ma vie une bonne fois pour toutes.

Rob revient dans mon bureau et me donne une enveloppe avant de s'éclipser. Je l'ouvre et j'en sors deux billets pour le concert de ce soir.

Qu'est-ce que je fais ?

Cash passe souvent la nuit chez moi, et on est très à l'aise l'un avec l'autre, mais de là à l'inviter à une soirée où il y aura tous mes collègues et amis de boulot… Bon, il en connaît déjà une bonne partie, c'est vrai, cependant le contexte était différent. On est plus que de simples amis qui couchent ensemble, mais on est loin d'être en couple. On est un peu dans les limbes des relations amoureuses.

De toute façon, je n'ai pas trop le choix, tout est déjà organisé, et puis j'ai envie de voir où cette soirée nous mènera. Soit ça passe, soit ça casse, y a pas de troisième possibilité. C'est un risque que je dois courir.

Le soir même, je suis en train de m'examiner sous tous les angles dans le miroir en attendant l'arrivée de Cash.

J'ai passé l'après-midi à échanger des SMS avec Cassie qui m'expliquait qu'apparemment Cash vivait mal sa « séparation » avec *Altitude* et le fait de devoir laisser les rênes du bar à Katie. Oui, je me doute bien, mais quelque chose me dit que l'ouverture de leur nouveau club n'est que la partie émergée de l'iceberg concernant ses changements d'humeur.

C'est notre troisième rencard « en public », ce soir, et je suis bien décidée à ce qu'il soit bien différent des deux premiers. Comme il s'agit d'un concert dans une grande salle d'Atlanta, j'ai opté pour un jean slim et un haut à bretelles par-dessus lequel je vais enfiler ma veste en cuir.

Cette soirée est importante pour ma carrière, mais elle l'est également pour Cash et moi, pour l'avenir de notre relation. On doit définir ce qui se passe entre nous.

Soudain, on frappe à la porte, et j'attrape ma veste et mon sac avant d'aller ouvrir. Hors de question que Cash entre dans l'appart parce qu'on finirait rapidement sous la couette, et je ne veux en aucun cas manquer la soirée. Après tout, c'est un peu moi qui suis à l'origine du concert, sans parler du fait que tout se joue ce soir concernant la promotion et que Rob, qui a travaillé aussi dur que moi pour tout organiser, compte sur moi.

J'ouvre la porte et je croise le regard de Cash. Il me détaille de la tête aux pieds, et je remets une de mes boucles derrière l'oreille avant d'enfiler ma veste pour m'empêcher de lui sauter au cou.

— Tu ne veux pas qu'on offre un petit spectacle improvisé à Mme Carson ? dit-il d'un ton de défi.

Je souris et l'attire vers moi pour l'embrasser.

Il sent si bon… Un mélange de savon, d'épices et de menthe. Même ses lèvres ont toujours un léger goût de menthe.

J'ai croisé Mme Carson il y a quelques jours, et elle a détourné le regard. Je pense qu'elle s'est fait une opinion bien précise de moi. Tant pis.

— Non, je préfère assister au super spectacle que j'ai organisé ce soir.

— Vraiment ? Tu es une petite coquine…

Cash a toujours réponse à tout et, le plus souvent, c'est sous forme de blague ou de taquinerie, comme s'il essayait de rester dans une zone de confort bien délimitée. Dès qu'on aborde des sujets plus sérieux, il balance une vanne. En y réfléchissant bien, je ne sais pratiquement rien de lui. J'ai envie de lui, j'ai envie d'explorer ce qu'il y a entre nous, mais je ne le connais pas.

Je lui donne un léger coup de coude dans les côtes en répliquant :

— Décidément, tu ramènes toujours tout au cul. Eh bien, rien que pour ça, je décide de ne pas t'emmener au concert de Misty Singh.

— Ah non, les vrais amis ne se font pas de telles crasses ! marmonne-t-il l'air faussement paniqué.

Mon cœur manque un battement, mais je parviens à garder mon sourire plaqué sur mon visage, une de mes nombreuses déformations professionnelles.

« Amis ».

C'est donc comme ça qu'il nous voit ? On est juste des « amis » selon lui ?

Non, il disait ça pour rire, relax.

Oui, il plaisantait, mais sa blague ne fait qu'accentuer le nœud dans mon estomac. Je le présente comment, ce soir, à mes collègues ? Mon « ami masculin » ? Mon « amant » ?

— Un vrai ami ne pense pas que son amie va l'emmener assister à un spectacle sordide de catégorie Z. Ou X, plutôt, rétorqué-je sur un ton que j'espère détaché.

— Excuse-moi. Comment puis-je me faire pardonner ?

— En adoptant un comportement irréprochable ce soir.

— OK, parole de scout.

Je le fixe, les yeux plissés.

— Genre, tu as été scout…

Il m'embrasse ardemment puis se redresse avant que j'aie la possibilité de grimper sur lui.

— Ah, Savy ! Il y a tellement de choses que tu ignores sur moi…

Oui, je sais, ça serait bien que tu commences à les partager avec moi, espèce de tête de mule.

La salle est déjà pleine à craquer quand on arrive. Il y a beaucoup de fans de Misty, et j'aperçois aussi pas mal de têtes du boulot. Parfait, c'est exactement ce que je voulais pour lancer la carrière de Misty sur la côte Est du pays. Même Mathias a fait le déplacement pour écouter chanter ma nouvelle cliente. Il rencontre mon regard et lève son verre dans ma direction. Peut-être que tout n'est pas perdu avec Triton Entertainment, après tout.

Une chose est sûre : Rob va avoir une augmentation, il la mérite amplement. Cette soirée va en boucher un coin à l'équipe de Los Angeles de Misty, c'est obligé. Elle n'est pas encore très connue dans cette partie du pays, mais je voulais prouver à son manager qu'elle pouvait remplir une salle de concerts sans problème, et je pense que j'ai relevé mon pari haut la main.

On se fraie un chemin dans la foule, et Cash pose la main dans le bas de mon dos. Aussitôt, le nœud dans mon estomac se desserre un peu.

— Tu penses qu'on pourra voler une autre bouteille de champagne ce soir ? me murmure-t-il à l'oreille comme on avance lentement.

— Y a pas d'open bar cette fois.

— Et alors, c'est pas ça qui va nous arrêter, si ?

À cet instant, je remarque Rob dans un coin de la salle, et il me fait coucou en agitant les doigts avant de reporter son attention sur l'écran de son téléphone. Je pense que je ne l'ai jamais vu sans un appareil électronique dans les mains, il est toujours connecté d'une manière ou d'une autre.

Amusée, je tourne la tête et constate que Briggs et Meyers se dirigent vers Cash et moi.

— Les deux hommes qui arrivent sont les deux associés fondateurs du cabinet, soufflé-je rapidement à Cash.

Il glisse sa main sur ma taille en guise de réponse silencieuse.

— Mademoiselle Sunday, me salue Meyers, un verre de whisky à la main.

Franchement, c'est la dernière personne que je m'attendais à voir ici ce soir. Il porte un costume sur mesure qui est parfait pour aller au tribunal, mais pas pour assister à un concert d'une jeune chanteuse. Même Briggs porte une tenue plus décontractée pour l'occasion.

— Monsieur Meyers.

C'est étrange, j'ai comme l'impression que la présence de Cash renforce mon assurance devant ce misogyne. Briggs, quant à lui, observe Cash tel un père qui rencontre le petit ami de sa fille pour la première fois.

— Permettez-moi de vous présenter Cash Gardner, mon… *(Oui, mon quoi ?)* mon ami, terminé-je.

Du coin de l'œil, je scrute la réaction de Cash, mais n'en vois aucune sur son beau visage. OK, au moins c'est clair maintenant : on n'est que des amis.

C'est pas grave, c'est pas le moment de flancher, Savannah.

— Vous ne seriez pas le Gardner qui…

Brusquement, Cash se redresse comme s'il venait de recevoir une décharge électrique.

— … possède plusieurs bars et clubs dans la ville ? achève Meyers.

Cash reste silencieux, et je glisse une main sous son bras pour tenter de le faire réagir. Il ouvre puis referme la bouche plusieurs fois, tel un poisson hors de l'eau. Qu'est-ce qui lui arrive, bon sang ?

— Je… je…, bafouille-t-il.

— Pardonnez-le, Cash se montre souvent modeste lorsqu'il est question de son travail, informé-je mes patrons. Mais, pour répondre à votre question, monsieur Meyers, oui, Cash et ses amis sont propriétaires de plusieurs bars dans la ville, dont *Altitude.* D'ailleurs, ils vont en ouvrir un nouveau, la *Librairie*, très prochainement.

Meyers sourit comme un petit garçon face à un gros joujou, ce qui met mes sens aussitôt en alerte. Je ne l'ai jamais vu comme ça. Si on m'avait donné une pièce chaque fois qu'il m'avait souri, bah… ma tirelire serait vide.

— Ah, j'ai donc vu juste ! se félicite-t-il. J'ignorais que vous alliez ouvrir un nouveau club.

— Oui, et je pense que ça va être le meilleur de tous, rétorque enfin Cash. Vous devriez passer un jour, quand vous aurez le temps.

En parlant, il glisse la main sous mon haut, au niveau du bas de mon dos, et entame un jeu de doigts sur ma peau, juste au-dessus de la ceinture de mon jean. Instinctivement, je me presse davantage contre lui et parviens à sentir son cœur battre à cent à l'heure.

Qu'est-ce qui te met dans cet état, Cash ? Si seulement tu acceptais de me le dire…

— Savannah est une avocate des médias hors norme, mais si vous avez besoin d'un conseil juridique avisé notre cabinet est à votre entière disposition, déclare Meyers.

— Merci, j'ai beaucoup entendu parler de Briggs, Meyers et Associés. Mes amis et moi sommes actuellement à la recherche d'un cabinet d'avocats, et je ne manquerai pas de leur faire part de votre proposition lors de notre prochaine réunion.

— Parfait. N'hésitez pas à me contacter en cas de question, Savannah a tous mes numéros. Je serais vraiment ravi de…

— Je donnerai votre carte de visite à Cash, déclaré-je en saisissant subtilement le poignet de Cash avant que sa main monte plus haut.

Meyers me remercie puis s'excuse avant d'être englouti par la foule qui se presse autour de nous.

Un sourire illumine alors le visage de Briggs.

— Félicitations, votre promotion est officiellement acquise, annonce-t-il.

Une immense vague de soulagement déferle en moi.

Ça y est, j'ai réussi ! Dans tes dents, Richard Trouduc !

— Ravi de faire votre connaissance, monsieur Gardner, même si nous nous sommes déjà croisés, je pense, dit alors Briggs en se tournant vers Cash.

— Oui, désolé d'être parti si vite la dernière fois. Je… Nous…

Il tourne la tête vers moi, m'implorant du regard, mais je l'ignore ouvertement.

T'es un grand garçon, tu arriveras bien à trouver une fin plausible.

— Disons que cette semaine avait été particulièrement difficile pour tous les deux, finit-il par ajouter.

— En tout cas, j'espère que ça va mieux depuis et que vous fêterez dignement la promotion de Savannah, commente Briggs.

— Ça va être une fête mémorable, soyez-en sûr, réplique Cash.

— Gardez-en pour plus tard aussi, après tout il lui reste un échelon à gravir pour devenir associée, plaisante Briggs. Amusez-vous bien. Savannah, on se voit lundi, au bureau. On discutera plus en détail de vos projets concernant le service.

Il me prend alors dans ses bras et me murmure à l'oreille :

— Ne le lâchez pas, celui-là, vous formez un très beau couple.

Sur ces mots, il lève son verre vers nous puis s'éloigne.

Waouh ! Cette soirée est vraiment riche en émotions.

Même pas deux secondes après le départ de Briggs, Rob apparaît devant nous de nulle part. Comme je suis encore en train d'assimiler ce qui vient de se passer, Rob tend la main à Cash en se présentant, et les deux hommes échangent quelques banalités.

— Je vais nous chercher à boire, annonce Cash avant de se diriger vers le bar.

— Pas mal, commente Rob en le suivant du regard.

— Mmh mmh…, lâché-je en faisant pareil.

Je l'observe discuter et rire avec le barman quelques instants. C'est fou, cet homme semble être dans son élément n'importe où où il va. Et puis il n'est pas du tout prise de tête. C'est vraiment l'opposé de Tanner. J'adore passer du temps avec Cash, je n'ai jamais été aussi détendue que quand je suis avec lui.

— Du coup, tu veux que j'annule Monsieur Toutou ? demande Rob.

Hein ?! Monsieur Toutou ? C'est qui celui-là ?

— Quoi ?

— Le promeneur de chien que tu as rencontré il y a un petit moment déjà, vous aviez prévu… Ouais, OK, ton regard en dit long, je vais annuler le rendez-vous.

Le pire, c'est que je ne me souviens pas du tout de ce mec.

— Mon sauveur, plaisanté-je. Qu'est-ce que je ferais sans toi ?

— C'est normal, m'…

Il pince les lèvres et je souris. Je ne veux pas de ça ce soir. L'heure est à la fête, point.

Bravo, Rob, enfin tu commences à comprendre.

— Alors, on trouve un nom de code pour ton copain ?

— Oh, ce n'est pas…

… *mon copain.*

Je n'arrive pas à dire les deux derniers mots à voix haute, parce qu'en fait je veux que Cash soit mon petit copain.

Je tourne de nouveau la tête vers lui. Il est toujours au bar et discute avec plusieurs de mes collègues.

Non, on n'est pas que des amis qui couchent ensemble, mais il est trop tard pour qu'on redevienne juste des amis. Je veux être avec Cash, peu importe ce qu'il me cache – du moment que ce n'est pas une copine, une femme ou un enfant –, je m'en fiche.

— Monsieur Shaker, propose Rob.

— Non.

— Il est bien barman, non ? Attends, à moins que je ne me sois gouré… C'est pas Monsieur Toutou quand même ?

— Mon petit Rob, je te préfère largement quand tu œuvres au service du bien, le taquiné-je.

— Donc, Monsieur Shaker, c'est mort ?

— Oui !!

— Et… Monsieur Cocktail ?

Sa proposition lui vaut un regard noir de ma part. On ne va pas donner de surnom à mon… Cash.

— Ah ! J'ai trouvé : Monsieur Dirty Martini.

— Tu comptes réciter toute la liste des cocktails qui existent ? Cash reste Cash, pas de nom de code pour lui.

En plus, avec les filles, on lui a déjà trouvé un surnom. Souvent, on appelle les cinq amis, les *Sexy Bastards*. À la base, c'est Cassie – avant qu'elle soit officiellement en couple avec Ryder –, qui, une fois, avait proposé d'appeler leur nouveau bar *Sexy Bastard* étant donné leur réputation auprès de la gent féminine, et, du coup, c'est resté depuis.

— C'est donc sérieux entre vous, observe Rob.

— Oui, fais-je en croisant le regard de Cash.

Il est entouré de plusieurs assistantes juridiques du cabinet.

Grrr… Pas touche, les filles, il est à moi.

— Va le retrouver avant que l'une de ces hyènes se jette sur lui, dit Rob, comme s'il venait de lire dans mes pensées.

Je lui souris avant de rejoindre Cash pour l'attirer loin de son public. J'ai envie de passer un peu de temps avec lui ; seuls, tous les deux.

— Viens, on sera mieux là-bas, marmonné-je en l'entraînant vers un coin plus tranquille – et plus sombre – de la salle.

— Savannah Sunday, serais-tu en train d'essayer de me séduire ?

— À toi de me le dire… Ça marche ?

Je l'embrasse sur la joue avant de lui susurrer à l'oreille :

— On s'en va ? Tu n'entendras peut-être pas Misty chanter, mais tu ne le regretteras pas, parce que tu risques de m'entendre crier. Fort.

Il m'attrape la main puis m'entraîne rapidement vers la sortie, et j'ai l'impression d'être une lycéenne qui fait le mur pour aller retrouver son Jules. Adorablement pathétique.

On a presque atteint la porte lorsque je remarque une femme qui écarquille les yeux en voyant Cash. J'essaie d'ignorer son regard, elle est loin d'être la première à le détailler ainsi, et puis ce n'est pas mon petit ami, donc…

— Cash ? s'exclame-t-elle.

Elle est plutôt pas mal. Cheveux blonds, belle silhouette… Sa robe est un peu démodée, mais c'est pas grave, Cash serait surtout intéressé par ce qu'il y a en dessous.

— Morgan…, bafouille-t-il, comme s'il venait d'entrer dans un cauchemar.

Ils se connaissent.

Du calme, c'est pas la fin du monde. Ça devait arriver, tu sais que c'est un play-boy notoire.

Oui, je le sais, mais ça me fait quand même un peu mal d'assister à la scène.

— J'étais sûre que c'était toi, annonce Morgan en se levant de sa chaise.

Aussitôt, je la détaille du coin de l'œil.

Elle me semble un peu prout prout, le genre de nanas qui joue au tennis tous les dimanches dans les country clubs. Je n'aurais jamais cru que c'était le style de filles de Cash, comme quoi il avait raison : il y a vraiment plein de choses que j'ignore sur lui.

— Ça me fait plaisir de te voir après…

— On était sur le point de partir, l'interrompt Cash sèchement en me serrant plus fort la main.

Je n'ai même pas le temps de lui dire bonsoir, ni au revoir, parce qu'il se précipite vers la porte pratiquement. Bon, je pense que je n'en saurai pas plus sur cette Morgan.

Le trajet vers chez moi se fait dans un silence tendu, brisé ici et là par mes questions. Cash ne répond à aucune d'elles et finit même par allumer la radio. Quand on arrive devant mon immeuble, il ne se gare pas, mais je décide quand même de demander :

— Tu montes pas ?

Il a couché avec un tas de nanas avant moi, ce n'est un secret pour personne, mais, s'il réagit comme ça chaque fois qu'on croisera une de ses conquêtes, on est vraiment mal barrés.

Allez, dis oui…

— Non, pas ce soir, marmonne-t-il avant de passer une main sur son visage.

— OK.

Pourtant, quelque chose m'empêche de descendre de la voiture.

Ça passe ou ça casse…

— Ça va être comme ça chaque fois qu'on tombera sur une nana avec laquelle tu as couché ? Parce que, si mes calculs sont bons, on n'est pas sortis de l'auberge.

— Je ne veux pas parler de ça maintenant.

— OK. Tu veux en parler quand alors ? Écoute, je m'en fous de tes ex, moi. On avait chacun une vie avant de commencer à coucher ensemble, c'est normal.

— Savannah…

— Cash, je me fiche de savoir combien de nanas t'as mises dans ton lit parce que, en ce moment, c'est moi qui couche avec toi. Parle-moi, dis-moi ce qui te tracasse autant.

— J'ai du boulot à *Altitude*, déclare-t-il, le regard rivé sur le volant.

Tiens, même pas de blague, pour une fois. Cash Gardner me cache quelque chose, et je compte bien découvrir ce que c'est.

Ne te referme pas cette fois, s'il te plaît…

— Cash, je…

— Je t'appelle.

D'accord…

Tu veux la jouer comme ça ?

— Tu sais quoi, c'est pas la peine.

Fulminante de rage, je sors de la voiture et claque violemment la portière derrière moi.

Cash vient de me mettre un vent monumental. À la base, si on a quitté la soirée plus tôt, c'était pour rentrer chez moi et faire des galipettes. Tout se passait super bien jusqu'à ce qu'il croise cette Morgan.

Il attend que j'ouvre la porte de mon immeuble pour repartir, et je sens mon cœur se briser dans ma poitrine en entendant le bruit du moteur de sa voiture s'éloigner.

Chère Morgan, va te faire foutre. Et toi aussi, Cash.

16

Savannah

Le lendemain matin, avant même que j'ouvre les yeux, les souvenirs de la veille affluent à ma mémoire, et j'ai juste envie de rester dans mon lit, avec un bon film et une tasse de thé. D'ailleurs, comme c'est le week-end, je pense que c'est exactement ce que je vais faire.

J'ai pas mal de boulot, mais ça peut attendre, j'ai bossé comme une dingue ces derniers jours, je mérite une journée de farniente.

Je roule sur le côté avant de glisser hors du lit et me dirige vers la cuisine pour me faire un thé puis, un gros mug fumant à la main, je décide que mon canapé est un endroit plus propice à ma session d'apitoiement sur moi-même vu que le lit me rappelle trop Cash. Une fois confortablement installée, j'allume la tête et démarre mon film préféré.

Tu ne devrais pas te mettre dans un état pareil.

Au fond de moi, je savais très bien que ça n'allait pas durer. Cash ne veut pas se caser, c'est pour ça qu'il préfère « profiter de l'instant présent ». Il ne cherche rien de sérieux.

Machinalement, j'attrape mon téléphone portable sur la table basse, espérant secrètement avoir un SMS ou, au moins, un appel manqué de Cash, mais j'ai juste un texto de Cassie.

Je passe te chercher à 10 heures pour une journée entre copines. Pas d'excuses, c'est un ordre!

Elle, elle sait quelque chose que j'ignore.

Je consulte l'horloge murale du salon : 9 heures déjà.

Connaissant Cassie, si je tente d'esquiver, elle va faire irruption chez moi et me traîner de force hors de l'appartement. Autant me préparer et affronter mon bourreau de pied ferme. En fouillant dans mon dressing, je commence à me dire que ce n'est peut-être pas plus mal de sortir un peu, ça me changera les idées. Avec un peu de chance, Cassie ne me questionnera pas sur Cash, parce que c'est un sujet que je ne veux pas aborder, et même ses techniques d'interrogatoire parfaitement rodées ne me feront pas cracher le morceau.

Sauf que, quand Cassie arrive, je pense que je n'arriverai pas à m'en tenir à ma résolution. Pendant que je me préparais, j'ai minutieusement analysé ma relation avec Cash et j'en ai conclu qu'elle repose juste sur du sexe. Du très, très bon sexe et rien d'autre. C'est super, oui, sauf que pour moi ce n'est plus assez.

Ma meilleure amie me connaît bien, elle m'offre un thé *latte* – elle me prend par les sentiments –, et on discute de Ryder, de son boulot, des clubs, de tout ce qui pourrait me donner un faux sentiment de sécurité et me détendre avant de passer aux aveux. Je joue le jeu en essayant d'élaborer une stratégie pour parer son offensive, mais, malgré tout, je ne peux m'empêcher de me sentir rejetée. C'est la première nuit que Cash n'a pas dormi chez moi depuis mon retour de Los Angeles…

Une foule de pensées chaotiques en tête, je bois une gorgée de ma boisson. Cassie n'est pas au courant de grand-chose concernant ma vie sentimentale désastreuse parce qu'on n'a pas été seules, rien que toutes les deux, depuis un petit moment et, pour que ça reste ainsi, je dois faire comme si tout allait bien, comme si Cash ne me faisait pas vivre un grand 8 émotionnel. D'un autre côté, si j'avais le courage de tout lui raconter, je suis persuadée qu'elle trouverait un moyen de recoller quelques morceaux de mon cœur brisé. Mais Cassie en a déjà bien bavé, avec son connard d'ex-mari qui l'a séquestrée, elle n'a donc pas besoin d'écouter mes problèmes amoureux ridicules.

On arrive au marché aux puces de la ville et on se prend un truc à manger pendant qu'on déambule dans les allées. Il y a déjà pas mal de monde, mais on parvient quand même à circuler sans se faire marcher dessus.

— Bon, alors, qu'est-ce qu'on fait là ? demandé-je à Cassie après avoir avalé une bouchée.

C'est décidé, je vais profiter de cette belle journée en compagnie de ma meilleure amie à fond les ballons. Cash ne mérite même pas que je m'attarde sur son cas, surtout après le coup qu'il m'a fait hier soir. J'en ai marre de nos rencards qui, en réalité, n'en sont même pas, où tout se passe bien jusqu'à ce que Cash bloque sur quelque chose et refuse de me dire de quoi il s'agit. Certes, ça finit au lit, et après une partie de jambes en l'air phénoménale on retourne à notre routine habituelle, jusqu'au prochain changement d'humeur de monsieur.

— Moi, je suis là pour acheter des meubles, et toi, tu es là parce que tu sais marchander comme personne… et pour fêter ta promotion, répond Cassie.

Avec tout ce qui s'est passé hier soir, j'ai complètement oublié que j'ai enfin atteint mon but professionnel.

— Oh, c'est rien, tu sais ! marmonné-je.

— Comment ça : « C'est rien » ? Tu plaisantes ! Ça y est, tu es responsable de ton service, ma poule ! Et la rumeur court que tu as même réussi à te mettre Monsters dans ta poche.

— Meyers, la corrigé-je machinalement.

Je souris quand même parce qu'elle n'a pas tort : il y a des fois où Meyers a vraiment été un monstre avec moi.

— Comment tu sais pour ma promotion, toi ? demandé-je, étonnée.

— Ryder a eu Jackson au téléphone concernant je ne sais pas quoi pour l'ouverture du nouveau club et il le lui a dit. Apparemment, lui l'a appris de Cash et... Enfin, bref, tout ça pour te dire que je le sais et que je t'en veux de ne pas me l'avoir annoncé toi-même.

Je fais une petite grimace. J'aurais dû l'appeler dès que je l'ai su, mais, pour ma défense, je ne l'ai même pas encore dit à mes parents.

— Désolée, Cassie, vraiment.

— Je te pardonne à une condition, déclare Cassie en passant un bras autour de mes épaules.

Elle ménage le suspense quelques instants, un sourire malicieux aux lèvres.

— J'implore ta clémence, répliqué-je pendant qu'on parcourt le dédale d'allées.

— Je compte bien profiter de tes talents de négociatrice.

— Tu as bien raison ; après tout, je n'ai pas contracté un énorme prêt étudiant pour rien, plaisanté-je.

Ah, ma magnifique vie d'avocate, personne ne peut se passer de mes services !

— En revanche, tu aurais mieux fait de me payer un expresso serré au lieu de ça, ajouté-je en agitant mon gobelet presque vide.

— Depuis quand est-ce que tu bois du café serré ?

Je marmonne dans mon gobelet avant d'avaler une autre gorgée de la boisson tiède, espérant qu'elle me procure l'effet apaisant habituel. Malheureusement, ça n'arrive pas.

Merde, je n'aurais pas dû faire cette blague avec l'expresso. Cassie est sur un petit nuage depuis qu'elle est avec Ryder, mais elle est toujours ma meilleure amie et me connaît par cœur. Les carottes sont cuites pour moi, je pense.

— Savannah…, m'interpelle-t-elle d'un ton assuré.

Réfléchis, Savannah, réfléchis, tu as moins de trois secondes pour bâtir une ligne de défense solide.

— Et, donc, les meubles que tu veux acheter, c'est pour ta maison ou l'appart de Ryder ? l'interrogé-je en accélérant le pas vers le premier stand de mobilier que je vois.

Il n'y a que des pièces moches, mais, au moins, j'ai changé de sujet, même si une partie de moi espère que Cassie ne va pas lâcher l'affaire. J'en peux plus de garder tout ça pour moi, ça me pèse trop, je dois me confier à quelqu'un, à ma meilleure amie, qui saura trouver les bons mots pour me remonter le moral.

— Tu es la reine de l'esquive, mais tu ne vas pas t'en tirer aussi facilement, observe Cassie en plissant les paupières. Pour répondre à ta question, c'est pour l'appart de Ryder.

Pourquoi est-ce que je n'arrive pas à lui parler ? Je lui fais entièrement confiance et je sais qu'elle me comprendrait. Mais voilà : les mots refusent de franchir mes lèvres, et j'ai pas non plus envie de gâcher la journée.

— OK, donc, quelque chose de plus féminin ? proposé-je. Il est comment, son appart ? Plutôt moderne ou… ?

— Disons qu'on remarque immédiatement qu'il est habité par un mec, répond-elle. (Je pars d'un petit rire.) Je cherche quelque chose de classique, qui apporte une touche fraîche à l'endroit… Un truc à propos duquel tu te dirais que ça n'irait jamais avec le reste, mais…

— Mais qui s'accorde à merveille, en fait, terminé-je sa phrase.

Moi aussi, je la connais bien, ma Cassie.

On s'arrête devant plusieurs stands pour faire une première sélection, notre discussion tournant surtout autour de sujets neutres, en lien avec la décoration intérieure.

Il y a de très belles pièces, mais il y en a également certaines d'un goût plus que douteux. Cassie remarque une table basse faite avec des cageots montés sur des roulettes pivotantes, mais son enthousiasme est de courte durée lorsque le vendeur lui annonce le prix : 900 balles.

— Vous êtes sûr que vous ne pouvez pas baisser le prix à 450 ? minaude Cassie.

— C'est presque la moitié ! s'insurge le vendeur.

C'est même la moitié, tête de nœud ! Attends un peu, tu vas voir…

— Allez, viens, Cassie, ça n'en vaut pas la peine, surtout à ce prix-là, dis-je en glissant un bras sous le sien. En plus, j'ai vu d'autres tables basses pas mal un peu plus loin.

Règle numéro un dans le guide du marchandage : toujours faire savoir à la partie adverse qu'on peut partir à n'importe quel moment.

— Il y en a une en particulier, mon Dieu, elle est trop stylée ! Je parie que Ryder va adorer aussi, ajouté-je.

Règle numéro deux : rappeler au vendeur qu'il n'est pas seul et que ses concurrents proposent, eux aussi, des marchandises susceptibles de nous plaire.

J'essaie d'attirer Cassie vers un autre stand, mais elle refuse de bouger, et je tire alors sur son bras d'un geste un peu plus brusque pour l'obliger à me suivre.

Je vais pas y arriver seule, Cassie.

— Qu'est-ce que tu fais ? chuchote Cassie. Je la veux vraiment, cette table.

Je l'adore, vraiment, mais, parfois, je me demande comment elle fait pour ne pas percuter sur certains trucs. En plus, c'est elle qui a voulu que je vienne pour, justement, marchander, le moment venu.

— On va s'éloigner, et, quand il nous interpellera, fais semblant d'être très triste mais ne dis rien, laisse-moi parler, OK ?

Aussitôt, elle me décoche un sourire malicieux. Ça y est, elle a compris.

— Heureusement que tu es là, marmonne-t-elle en me serrant dans une étreinte à laquelle je ne m'attendais pas du tout.

Brusquement, j'ai envie de tout lui raconter, absolument tout, en commençant par ma rencontre avec Tanner jusqu'au râteau que Cash m'a mis hier soir.

On se tourne pour quitter le stand, quand j'entends le vendeur derrière nous :

— Attendez… Je peux vous la faire à 500 dollars, mais c'est bien parce que c'est vous.

Je croise le regard de Cassie, et on se retourne vers l'homme. Il est temps de passer à la vitesse supérieure.

— Ouais, je sais pas trop…, marmonné-je. L'autre table est vraiment parfaite, comme je te l'ai dit, Cassie, je pense qu'elle plaira beaucoup à Ryder.

Mon amie penche légèrement la tête sur le côté, feignant une réflexion profonde. Elle joue bien la comédie, je suis fière d'elle. Du coin de l'œil, je remarque alors que l'assurance du vendeur vacille.

On y est presque.

— Il commence à se faire tard en plus, ajouté-je.

— J'aime bien celle-ci, annonce Cassie en tapotant la surface de la table basse avec un regard trop brillant et qui risque de faire capoter la mission.

— Franchement, tu peux te construire la même pour moins de 50 dollars, fais-je remarquer en esquissant une moue contrite. Trois cents dollars.

Bon, je suis peut-être partie un peu loin. Le but de la manœuvre est de baisser le prix un max, mais sans exagérer parce qu'il ne faut pas non plus manquer de respect au vendeur et à sa marchandise.

— Cinq cents, répète-t-il.

— Celle que j'ai vue est à 400, et le vendeur est même prêt à baisser le prix, rétorqué-je.

— Quatre cents, et c'est mon dernier mot.

— Marché conclu ! m'exclamé-je, un large sourire aux lèvres.

J'ai peut-être du mal à gérer ma vie amoureuse, mais ça, je peux le faire les yeux fermés sans jamais sortir perdante.

— Cassie, paie le monsieur.

Toute joyeuse, elle sort son portefeuille avant de remplir le formulaire de livraison, et je vais inspecter les stands alentour en attendant qu'elle termine. Je n'ai besoin de rien, je cherche surtout un moyen d'éviter l'inévitable. Ça y est, on a réussi notre mission avec brio, et Cassie peut donc se pencher sur mon cas.

Lorsqu'elle me rejoint, je lui montre un ensemble de tasses à thé, et elle me défie en silence d'un regard qui dit : « Sérieux, c'est tout ce que tu as trouvé ? »

Oui, j'avoue, c'était con de ma part, mais je me devais bien d'essayer, non ?

— Alors, cet homme : ex ou d'actualité ? m'interroge-t-elle.

Toujours directe, c'est aussi pour ça qu'on l'aime, notre Cassie.

J'ai eu toute la matinée pour faire le point sur mes sentiments, du coup je pense que ça va être plus facile d'aborder le sujet à présent.

— D'actualité, marmonné-je en posant les tasses.

Cassie me prend la main, et on remonte l'allée sans même regarder les stands autour de nous.

— Tu sais que, si un jour tu veux me parler de ton ex, je suis là, me dit-elle d'une voix douce.

Je hoche la tête. Bien sûr que je le sais, je peux tout lui dire. C'est juste que je ne veux pas parler de Tanner Jakes.

— Très bien. Tu veux quand même qu'on parle de Cash ? Soit dit en passant, je me réserve le droit de lui foutre un coup de pied là où je pense s'il te fait souffrir.

Cassie prend son rôle de meilleure amie très au sérieux. Et, depuis l'histoire avec son taré d'ex-mari, elle est prête à défendre ses amis corps et âme, quitte à s'embrouiller avec un autre ami qui en plus d'être l'un des meilleurs amis de son mec est aussi l'amant de sa meilleure copine. Quel merdier !

— C'est noté.

Comme je ne dis plus rien, elle attend quelques secondes avant de parler.

— Alors… qu'est-ce qui se passe ? Un problème au lit ? C'est pas très grave en soi, ça…

— Non, c'est le seul endroit où on s'entend à merveille.

Je jette mon gobelet vide dans une poubelle en tentant de convertir mes pensées en des paroles censées et honnêtes.

— Franchement, je suis pas stupide, je savais très bien dans quoi je m'embarquais, et ça me convenait tout à fait. C'est pas comme si je pensais…

Allez, Savannah, autant arracher le pansement rapidement.

Note à moi-même : va falloir que tu arrêtes de citer Cash.

La vérité finit toujours par se savoir, autant que Cassie l'apprenne de ma bouche.

— Je sais que Cash a un passé chargé d'aventures d'un soir, ajouté-je.

— Oui, c'est un queutard.

— Tu crois pas que c'est un terme un peu trop fort ?

— Je ne fais que reprendre tes mots.

— Ouais, je sais… Et, je répète, je savais parfaitement dans quoi je m'embarquais. J'ai même fait un petit calcul. En partant du principe que Cash se tape disons deux nanas par semaine, ça signifie qu'au total, sur ces cinq dernières années, il a couché avec au moins cinq cent vingt meufs. Cinq cent vingt et une avec moi. Et encore c'est le minimum.

Mon estomac se contracte à cette pensée, mais je ne peux rien reprocher à Cash sur ça d'autant plus qu'il ne s'en est jamais caché. D'ailleurs, chaque fois que j'en ai l'occasion, je remets le sujet sur la table, ce qui, je le reconnais, n'est pas très cool de ma part.

— Il est évident qu'il n'est pas du genre à se caser ; ça aussi, j'en étais parfaitement consciente, enchaîné-je. Mais maintenant… je ne veux pas être juste un nombre sur son tableau de chasse. Je ne veux pas être la conquête numéro cinq cent vingt et un.

Cassie s'arrête net au milieu de l'allée et me dévisage avec des yeux larges comme des soucoupes.

Voilà, tu connais la vérité, ma biche. J'ai envie d'un truc plus sérieux avec Cash Gardner, play-boy notoire.

Je m'avance dans l'allée, et Cassie me rattrape au bout de quelques secondes en disant :

— Je peux te poser une question ?

Je lui fais signe de poursuivre.

— OK, je me lance… La grande question : tu veux qu'il soit plus qu'un ami avec lequel tu t'envoies en l'air ?

Oui. Et, si je suis tout à fait honnête, c'est quelque chose à quoi je pense depuis notre première fois ensemble, sur le toit du *Hangar.* Mais j'étais persuadée que, si je repoussais cette idée ridicule chaque fois qu'elle se présentait, elle finirait par disparaître et que mon cœur arrêterait de faire la sourde oreille à ma raison et n'exploserait pas en mille morceaux quand Cash déciderait qu'il était temps pour lui de passer à sa conquête numéro cinq cent vingt-deux.

Inconsciemment, je serre les poings.

— Oui, mais les choses n'auraient jamais dû se passer comme ça.

Jamais. Cash devait être une distraction, un remède pour oublier Tanner Jakes, c'est tout.

— Je sais, murmure Cassie en enroulant un bras autour de mes épaules avant de me guider dans une des petites allées du marché bordées de stands de bijoux et objets de déco.

On reste silencieuses quelques instants et on examine les nombreuses parures éparpillées sur les comptoirs.

— Tu crois qu'elles iraient bien avec mon nouveau look ? s'enquiert Cassie en désignant du doigt une paire de boucles d'oreilles pendantes dorées.

— Ah, mais carrément ! Tu devrais les acheter pour les porter à l'ouverture de la *Librairie.*

Son regard s'illumine, comme si elle venait d'être couronnée Miss États-Unis.

— En plus, j'ai trouvé une petite robe noire, et ces boucles d'oreilles s'accorderaient parfaitement avec elle.

— Achète-les, c'est un ordre, m'esclaffé-je.

Cassie les prend et paie le vendeur avant de se tourner vers moi.

L'entracte est fini, il est temps de passer à l'acte II.

— Est-ce que tu en as parlé à Cash ?

— Pour lui dire quoi ? « Écoute, on couche ensemble, et, comme ça se passe trop bien, tu ne voudrais pas que ça devienne plus sérieux entre nous ? » Il ne veut pas se caser, il préfère vivre l'instant présent. Comment veux-tu que je construise quelque chose avec un mec qui se fout pas mal du futur et refuse de s'étendre sur son passé ?

— À en croire Ryder – je suis ta meilleure amie, j'ai donc le droit de glaner des infos sur ton petit copain –, Cash sait être très têtu, et c'est vrai qu'il se montre imprévisible parfois, mais quand il est question de ses potes ou de sa famille il ferait tout et n'importe quoi pour eux sans même se poser de questions.

— Suis-je la seule à penser qu'il se comporte d'une façon cheloue ces derniers temps ?

— Cheloue ? C'est-à-dire ?

Je décide alors de lui relater les faits principaux concernant notre relation sans omettre ses brusques changements d'humeur, qui surviennent le plus souvent après un coup de fil mystérieux, ainsi que son refus de s'étendre sur le sujet. Je lui confie aussi que, sexuellement parlant, je n'ai jamais été aussi comblée de ma vie mais que je suis persuadée qu'il me cache quelque chose. Il me connaît par cœur, alors que moi, je ne sais presque rien de lui, je n'arrive pas à briser sa carapace, et ce n'est pourtant pas faute d'essayer.

— Je sais pas, je n'ai rien remarqué d'anormal dans son comportement, objecte Cassie. Mais bon, je ne le connais pas très bien non plus. En tout cas, selon Ryder, c'est quelqu'un de bien et… Voilà, quoi.

J'aimerais tellement pouvoir me fier à l'avis de Ryder. Il a raison, en plus : Cash est un type bien ; cela dit, quelque chose ne tourne pas rond dans sa tête. Les autres ne l'ont peut-être pas remarqué, mais moi, si. Sans parler de sa philosophie de vie qui m'embête parce que, si on suit son raisonnement, on ne peut pas éternellement appartenir à l'instant présent, sans basculer tôt ou tard dans le passé.

Je revois sa tête quand on est tombés sur Morgan, hier soir. Peut-être qu'elle n'était pas qu'un simple coup d'un soir. Si ça se trouve, ils sont sortis ensemble et Cash l'aime encore. Toutes ces suppositions me donnent la migraine.

— On a croisé une nana hier, en sortant du concert, et j'ai tout de suite compris qu'ils avaient un passé commun, tous les deux. Je vois vraiment pas pourquoi il refuse d'en parler, j'ai même l'impression qu'il me ment. Le pire, c'est qu'il sait tout concernant mon histoire avec Tanner.

Merde, le prénom de Tanner est sorti tout seul !

D'un air pensif, Cassie passe la main sur un gros plateau en argent.

— J'en conclus que ce fameux Tanner est l'ex dont tu ne veux pas trop parler et qui t'a menti, déclare-t-elle. Il a tellement pipeauté que ça a même été la cause de votre rupture.

Perspicace, la miss, mais bon, tu ignores toujours de quel Tanner il est question. Si seulement tu savais…

— Bingo, répliqué-je après avoir poussé un profond soupir.

Si seulement je m'étais rendu compte à temps à quel point cet enfoiré de Tanner me menait en bateau, je l'aurais largué bien avant et j'aurais pu faire le deuil de notre relation plus vite. Sauf que ça n'a pas été le cas et que mon cœur n'a pas encore cicatrisé.

— Et tu penses aussi que Cash est comme ton ex, c'est ça ?

— Oui. Non. Je sais pas. Il me cache quelque chose, quelque chose d'important, et j'ignore pourquoi alors que moi, je lui ai tout raconté, je lui ai même dit pour l'épouse cachée de Tanner.

Oups, j'en ai encore dit un peu trop, là.

J'ai dû bien hausser la voix parce que plusieurs passants se retournent sur nous. Super ! Je suis en train de péter un câble en public, et ma meilleure amie est visiblement choquée par ma dernière information parce qu'elle doit se dire que de nous deux, c'est moi qui fais toujours les bons choix, je suis celle qui ne se trompe jamais sur rien.

Avant que Cassie ait le temps de me questionner sur Tanner et sa femme, je poursuis :

— Je ne comprends pas pourquoi Cash n'a pas confiance en moi.

— Je pense que tu dois lui en parler, réplique Cassie.

— Il aime peut-être une autre nana. Il doit s'agir de Morgan, et, du coup, je suis probablement juste une distraction pour lui.

— Tu dois lui poser la question, Savannah. Tu es avocate, non ? Fais ce que fait un avocat digne de ce nom quand il interroge un suspect à la barre : ne lâche pas l'affaire tant que tu n'as pas obtenu les réponses aux questions que tu te poses. Ne laisse pas Cash s'en sortir comme ça, ce serait trop facile pour lui.

Elle a raison. Que ça me plaise ou non, il est temps de prendre le taureau par les cornes.

17

Cash

Enfin, la *Librairie* prend forme ! Les ouvriers ont terminé leur boulot ce matin, et l'endroit ressemble à un vrai bar.

Jackson a voulu que je l'accompagne pour qu'on voie exactement comment placer le matériel nécessaire pour le bar. Cette fois, on a décidé de tout miser sur celui-ci. Grand et circulaire, il trône au milieu de la salle et n'attend que moi. On savait tous qu'on prenait un gros risque en optant pour une telle disposition, mais on ignorait qu'elle allait entraîner plus de problèmes qu'on ne l'avait imaginé.

— Il me faut plusieurs supports pour bouteilles, annoncé-je en passant derrière le bar pour coller des Post-it afin d'indiquer les endroits exacts.

Accoudé au comptoir, Jackson m'observe en silence, et je décide de l'ignorer pour me concentrer sur le plus important : la *Librairie*, notre nouveau club qui va bientôt ouvrir ses portes. Le premier étage est terminé, et il ne manque plus qu'à équiper le bar.

— Encore un support ici…, dis-je en collant un Post-it.

Jackson émet un petit grognement étranglé, et je sais que ça n'a rien à voir avec les supports pour bouteilles. Il ne m'a pas traîné ici juste pour discuter du bar, il veut me parler d'un autre sujet que je vais essayer d'éviter le plus longtemps possible.

— Oui, je sais, ça fait beaucoup, mais c'est nécessaire, sinon on ne pourra jamais tenir la cadence, lui expliqué-je en guettant sa réaction.

Dernièrement, j'ai l'impression que tout le monde veut me parler de ma famille, et moi, pour le moment, je veux juste régler la commande du matos pour le bar.

— J'ai senti une certaine tension entre Ryder et toi ces derniers jours. Tout va bien ?

Y a pas qu'entre Ryder et moi que c'est tendu, même si tout s'est arrangé depuis, je me suis également pris la tête avec Savannah. J'avais prévu de passer la nuit dernière chez elle – en elle et sur elle –, mais si j'étais resté elle m'aurait sûrement questionné à propos de Morgan et j'aurais probablement fini par lui parler d'Emmett et de Martha. En rentrant chez moi, j'ai même pensé appeler une autre nana pour me changer les idées, mais, depuis que je couche avec Savannah, je n'ai plus envie d'aucune autre fille. C'est à peine si je remarque les femmes autour de moi, et c'est en train de me rendre ouf.

Je pose les mains à plat sur le bar et tente de visualiser la *Librairie* pleine de monde.

Une fois que le club sera ouvert et que les choses se seront calmées, j'aurai une explication avec Savannah, après quoi on ne sortira pas de mon appart pendant au moins une semaine.

— Tout roule entre Ryder et moi, on a réglé notre différend. Concentre-toi sur tes immeubles, espèce de commère.

— Tant mieux, parce qu'il est hors de question que je joue les tampons entre vous, j'ai déjà assez de problèmes sans ça.

À ces mots, il colle un autre Post-it sur le bar, là où il est assis, pour indiquer l'emplacement d'un autre support.

— Tu sais, Jackson, c'est pas parce que tu gardes toujours un œil sur Shelby que tu dois tous nous surveiller. On est grands et on a tous un papa déjà.

Je regarde autour de moi pour étudier une éventuelle disposition des verres et des bouteilles.

— Shelby est ma petite sœur, et je ne fais que la protéger des mecs comme toi. Et puis j'estime être le plus mature de vous tous, il est donc de mon devoir de veiller sur vous. Et, sinon, Savannah est au courant pour tes vieux ? La vérité finit toujours par éclater au grand jour.

Savannah sait déjà plein de choses : l'effet qu'elle a sur moi, le fait que j'adore le goût de sa chatte, sans parler de la sensation lorsque celle-ci se contracte autour de ma queue. En revanche, il y a certains trucs qu'elle n'a pas besoin de savoir, mon passé entre autres.

Lentement, je passe la main sur le comptoir. Je suis derrière le bar, dans mon élément, et, pourtant, je suis quand même très agité. La surface de chêne est aussi lisse que la peau des cuisses de Savannah.

Merde, pourquoi je ramène tout à elle ?

Mon boulot a toujours été ma priorité. Peu importe ce qui se passe, je sais qu'il ne m'arrivera jamais rien derrière le comptoir. Sauf qu'à présent j'ai l'impression qu'il me manque quelque chose.

— Bon, allez, concocte-moi un de tes nouveaux cocktails, déclare Jackson même si je n'ai pas répondu à sa question.

Heureusement, on a déjà assez de bouteilles pour préparer de quoi ravir les papilles de Jackson. Je décide de commencer par le 351.3, la Libraire – du whisky, de l'absinthe et un peu de menthe –, et sors donc deux bouteilles du carton. J'attrape ensuite mon shaker et le remplis avant de le secouer légèrement puis je pose un verre sur le comptoir pour y verser mon mélange. D'habitude, dès que je prépare une boisson, tous mes soucis s'envolent, mais, là, je n'arrive vraiment pas à me détendre.

J'ajoute quelques gouttes de bitter dans le verre, mélange un bon coup puis le fais glisser vers Jackson.

— Tout à l'heure, tu m'as dit que tu avais déjà assez de problèmes comme ça, tu veux en parler ? demandé-je pendant qu'il avale une gorgée. Après tout, dans mon boulot, une des premières choses est de savoir écouter.

— Putain, trop bon ! marmonne-t-il en posant le verre devant lui. Comment tu fais pour créer de telles merveilles ?

— Grâce au sexe, à beaucoup de bon sexe. Et toi, c'est quoi, ton secret pour faire pousser autant d'immeubles un peu partout ?

— Les orgies, répond-il du tac au tac.

Je comprends à son sourire qu'il plaisante.

J'attrape un autre verre pour me préparer le 808.9, « le Section classique », un Manhattan revisité par mes soins. Jackson va revenir à la charge, et l'alcool me donnera le courage de l'affronter.

— Tu dois lui dire, mec.

Voilà, j'avais raison. Au moins, il a eu l'amabilité d'attendre que je finisse de préparer ma boisson avant de revenir sur le sujet.

Je bois une petite gorgée avant de regarder fixement le contenu de mon verre. Je peux discuter de tout avec Savannah, sauf de mes parents.

— Pourquoi ? marmonné-je en posant mon cocktail pour ranger les bouteilles dont je me suis servi.

Je dois m'occuper, ça m'aide à ne pas trop penser à Savannah même si Jackson ne me facilite en rien la tâche.

— Parce que très vite elle voudra savoir ce qu'il y a exactement entre vous.

— Elle le sait déjà.

Je suis le mec qui lui procure les meilleurs orgasmes de sa vie, et, sinon, on est amis, c'est tout.

— Dans mon expérience – car oui, j'en ai une contrairement à ce que tu peux croire –, les nanas aiment bien que les choses soient bien claires quand il est question de relation sans engagement. Tu lui as au moins demandé si elle voyait quelqu'un d'autre en même temps que toi ?

— C'est impossible, on passe toutes les nuits ensemble.

Enfin, toutes sauf la dernière, mais je doute qu'elle soit partie à la recherche d'une aventure sans lendemain après que je l'ai déposée chez elle. Ce n'est pas du tout son style, ça ne l'a jamais été, peu importe le niveau de sa frustration sexuelle.

— T'es vraiment une tête de mule, se lamente Jackson.

— Ferme ta bouche et bois ton cocktail, c'est mieux.

C'est moi, le barman, ce n'est donc pas moi qui dois recevoir des conseils, c'est plutôt à moi d'en donner.

— Et le rencard d'hier, c'était comment ? demande-t-il.

— Disons qu'il a remis les choses en perspective.

— C'est-à-dire…

— Ça ne marchera jamais, pas tant que ma famille…

Je laisse délibérément la phrase en suspens.

— Cela dit, tu peux sans problème parler de tes vieux à Ryder, mais pas à Savannah, c'est ça ?

Hier soir, Savannah était à deux doigts de découvrir la vérité sur moi. Si je n'avais pas interrompu Morgan, qui sait ce qui se serait passé ? Mon mensonge ne cesse de grandir de jour en jour, j'en suis parfaitement conscient. Tôt ou tard, je devrais passer aux aveux, mais, pour le moment, étrangement, c'est ce mensonge qui m'aide à garder la tête froide.

— Imaginons que ça devienne plus sérieux entre Savannah et moi ; à un moment, elle devra forcément rencontrer mes parents.

— Ça va, c'est pas non plus la fin du monde.

— Tu dis ça parce que tu ne les connais pas. Ils gâcheront tout, je le sais. À peine on aura franchi le seuil de la maison que ma mère commencera à organiser notre mariage, et mon père se contentera de nous juger silencieusement.

— Au cas où tu l'ignorerais, c'est comme ça dans toutes les familles.

— Ah ouais ? Même dans la tienne ? demandé-je en haussant un sourcil sceptique.

Jackson ne dit rien, et je me rappelle alors que ses parents ont perdu la vie dans un accident de la route il y a cinq ans environ. C'est d'ailleurs la raison pour laquelle il surveille le moindre mouvement de Shelby, elle est la seule famille qui lui reste.

— Excuse-moi, mec, c'était cruel de ma part.

Il hoche la tête, et j'avale une autre gorgée de mon 808.9 avant de poursuivre :

— Mon père détruit tout ce qu'il touche, il n'existe pas de pire famille que la mienne.

— Je suis pas du tout d'accord avec toi. Chaque famille a son propre linge sale, y compris la mienne. Et, oui, Shelby et moi avons aussi des squelettes dans notre placard familial, comme tout le monde, mais heureusement que vous êtes là pour nous aider à ne pas trop y penser.

— C'est vrai que notre petit groupe forme une belle famille, déclaré-je en levant mon verre.

— Et quelle famille ! En tout cas, je suis persuadé que Savannah pourra gérer tes parents, tu dois juste lui faire confiance. Plus longtemps tu gardes tout ça pour toi et plus difficile il sera pour toi de construire quelque chose avec elle si c'est vraiment ce que tu veux.

— C'est bon, t'as fini ton discours moralisateur ?

— Ça dépend… Tu vas lui parler ?

— Ouiiiiii.

Mais pas avant que mon père répare sa connerie.

On revient à des sujets plus anodins et, quand on a fini nos verres, on décide de retourner à *Altitude*.

Plus j'y réfléchis et plus je me dis que Jackson a raison, je dois parler avec Savannah, mais je veux essayer de gagner encore quelques jours, le temps que tout se tasse dans ma tête.

Le club est déjà bien rempli quand on arrive, et, voyant Katie derrière le bar, je me rappelle que c'est elle qui l'a en charge ce soir ; normal, cet endroit sera bientôt le sien en quelque sorte.

Elle m'adresse un sourire en me voyant, avant de remplir cinq verres de shot d'un geste assuré tout en discutant avec un homme installé sur le tabouret juste en face d'elle. Le client éclate de rire, ce qui renforce mon sentiment d'avoir fait le bon choix. On n'a aucun souci à se faire, *Altitude* est entre de très bonnes mains.

Comme on n'a manifestement pas besoin de moi, je décide de rentrer et sors mon téléphone de ma poche en me dirigeant vers l'escalier menant à mon appartement.

Aucune notification ne s'affiche sur mon écran, pas de messages ni d'appels de Savannah. Depuis qu'on se connaît, on n'est jamais restés autant de temps sans se parler. Gravissant lentement marche après marche, j'hésite à l'appeler. Mais je ferai quoi si elle me pose des questions au sujet de ce qui s'est passé la veille ? Je ne peux pas lui parler de Morgan et de tout le reste, c'est au-dessus de mes forces.

Réprimant un soupir, j'entre dans mon appart et je claque la porte derrière moi avant de jeter mon portable dans le bol fourre-tout. Pour une fois, je suis même content de rentrer seul puisque l'unique personne que je voulais voir plus que…

— Ah, enfin ! s'exclame une voix féminine que je reconnais immédiatement.

Je lève la tête vers mon lit et j'y aperçois Savannah, allongée sur le côté, appuyée sur un coude, entièrement nue.

Les paroles de Jackson me reviennent aussitôt en mémoire.

Oui, c'est le moment de tout lui révéler, sauf qu'elle me fait signe d'approcher en remuant l'index et que je change illico d'avis. Je le ferai plus tard.

— Corrigez-moi si je me trompe, mais je pense que vous avez pénétré chez moi par effraction, dis-je en retirant mon tee-shirt et en marchant vers le lit d'une lenteur délibérée.

Savannah se redresse alors sur les genoux puis s'avance vers le bord du lit avant d'effleurer du bout des doigts le tatouage qui recouvre mon épaule.

— Non, très cher, parce que j'ai une clé, murmure-t-elle avant de déposer une pluie de baisers sur mon torse.

Ouais, nan, je peux vraiment pas tout lui avouer maintenant, j'ai trop besoin d'elle, de nous, comme ça. Demain. Peut-être.

Je défais la braguette de mon jean, et sa main chaude se referme autour de ma queue. Inutile de préciser que je bande déjà comme un âne.

— Savannah…

— Chuuut, je ne veux rien entendre, annonce-t-elle en me caressant de haut en bas. Ne me force pas à sortir les menottes.

Sur ces mots, elle se penche puis lèche les gouttes de liquide qui perlent sur mon gland, et à cet instant toute pensée rationnelle déserte mon cerveau.

Savannah me prend ensuite dans sa bouche, caressant de sa langue chaque millimètre carré de ma queue, et je grogne de plaisir quand elle se met à jouer avec mes testicules en les effleurant des doigts. J'enfouis une main dans ses cheveux pour la forcer à se redresser – à mon tour de la goûter –, et je sens ses dents mordre dans la chair sensible, juste en dessous de mon gland.

Pris au dépourvu, je tressaille, et Savannah se redresse légèrement, le temps de dire :

— Oh, et moi qui pensais que tu n'avais rien contre un peu de brutalité au pieu !

— Sav…

Mes paroles meurent sur mes lèvres parce qu'elle m'absorbe tout entier avant de me sucer comme seule elle sait le faire, m'amenant plusieurs fois au bord de la jouissance avant de s'interrompre. Lorsque, enfin, j'éjacule au fond de sa gorge, elle libère mon sexe avant de se lécher avidement les lèvres.

— Je vois que vous avez fait des progrès en matière de maîtrise de soi, monsieur Gardner, susurre-t-elle en s'allongeant sur le matelas.

Je me sens durcir sous son regard plein de malice et grimpe sur le lit pour m'installer entre ses jambes avant de m'introduire brusquement en elle, bien décidé à effacer de nos mémoires les événements de la veille. Ses gémissements résonnent comme une douce mélodie à mes oreilles, et, une fois qu'on a joui ensemble, je décide qu'il est plus prudent de ne pas lui révéler certaines choses sur ma vie.

Ce soir marque un nouveau début pour nous, et c'est ma dernière pensée avant de sombrer dans un sommeil lourd, collé contre Savannah.

18

Savannah

Putain, c'est pas du tout ça que j'avais prévu à la base !

C'est la première réflexion qui me vient à l'esprit quand j'ouvre les yeux avant de tourner la tête vers Cash qui dort encore, un bras autour de ma taille. Je pourrais rapidement m'habituer à des réveils comme celui-ci. Doucement, je me love davantage contre lui, sa barbe naissante me picotant délicieusement la joue.

Mmmh, que demander de mieux, sérieusement ?

Je voudrais me réveiller à côté de Cash tous les matins.

Cette pensée me fait l'effet d'une douche froide métaphorique.

À la base, si je suis venue ici hier, c'était pour discuter. En restant habillés, tous les deux. Puis, quand je suis entrée dans son appartement, j'ai subitement changé d'avis, préférant plutôt satisfaire mes besoins sexuels. Et les siens, bien évidemment. En revanche, j'espère vraiment qu'on pourra avoir une discussion sérieuse aujourd'hui sur notre relation, qu'il devient urgent de définir.

Mais, pour le moment, je referme les yeux, en quête de quelques heures de sommeil supplémentaires qui me permettront d'affronter la dure réalité. Malheureusement pour moi, mon estomac ne semble pas être sur la même longueur d'onde que mon cerveau et crie famine. En plus d'avoir séché mon cours de Pilates hier soir, j'ai également sauté le dîner afin de m'envoyer en l'air et je dois reprendre des forces. Je vais probablement devoir revoir mon régime alimentaire pour tenir la cadence de nos galipettes.

Le plus lentement possible, je me dégage de l'étreinte de Cash qui, dans son sommeil, essaie de m'en empêcher avant de se tourner vers l'autre côté en relevant un bras au-dessus de la tête et en grommelant quelque chose d'inintelligible.

Je me dirige vers sa cuisine, qui est plus petite que celle de mon tout premier appartement, constatant très vite que ça va être une vraie mission d'y trouver de quoi se nourrir. J'ouvre son frigo et – quelle surprise !– celui-ci est pratiquement vide hormis quelques barquettes de plats qu'il a dû se faire livrer au siècle dernier et que je ne toucherais même pas avec des gants. Il y a aussi plusieurs bières dans la porte, mais bon, y a quand même bien mieux comme petit déjeuner.

Si je veux vraiment trouver quelque chose de comestible sans finir à l'hôpital, je ferais mieux de descendre au club. J'enfile un des tee-shirts de Cash et son bas de survêtement, puis descends dans la salle. Au point où j'en suis, même des cacahouètes feront l'affaire.

L'endroit est totalement différent lorsqu'il n'y a personne. Un rai de lumière filtre sous la porte d'entrée, et lorsque j'appuie sur l'interrupteur, allumant ainsi les spots au plafond, *Altitude* m'apparaît sous un tout autre jour : une immense pièce à moitié vide.

Je passe derrière le bar, fouillant un peu partout dans l'espoir de trouver mon bonheur, et, quand j'ouvre le mini-frigo sous le comptoir, je me retiens de pousser un cri de joie en voyant une boîte d'œufs. Oui, forcément, Cash a besoin des blancs pour préparer ses cocktails.

Heureuse de ma trouvaille, je remonte dans l'appartement et jette un coup d'œil vers le lit, où Cash dort encore comme un loir. Je souris en me disant que c'est exactement ce que je veux. Bon, peut-être pas dans cet appart et avec un frigo dans lequel s'est créé un véritable écosystème, mais je veux vraiment que ça marche entre Cash et moi, que ça devienne plus qu'une histoire de cul.

Je suis surprise en constatant que sa cuisine est malgré tout très bien équipée et sors une poêle du placard pour préparer une bonne omelette. Rapidement, je m'aperçois que ce sera plus des œufs brouillés, mais peu importe, du moment qu'il y a des protéines…

Quand les œufs commencent à prendre, je racle le fond et les parois de la poêle en réfléchissant au meilleur moyen d'aborder le sujet de notre relation avec Cash, et mon attention est très vite attirée par des cartes postales aimantées sur son réfrigérateur. Je ne sais rien de lui, et c'est le moment d'essayer d'apprendre quelque chose, étant donné que je suis chez lui.

Je baisse le feu de la plaque et j'attrape une carte au hasard avant de la retourner.

Elle lui a été envoyée par un certain Knox. Ce prénom ne me dit rien, et je remarque que c'est loin d'être la seule carte qu'il a reçue de cet homme. Qui est-ce ? Son frère peut-être ? Le mouton noir de la famille Gardner dont il refuse de parler ? Cash a-t-il peur que ses secrets de famille ne me fassent fuir ? Il a tort de penser ça, je peux tout encaisser, il faut juste ne pas me mentir. Je suis avocate après tout, plus rien ne peut me choquer, et puis je suis aussi sortie avec Tanner Jakes et j'ai survécu à cette catastrophe.

Toutes ces questions mènent à la plus importante : qu'est-ce qu'on est, Cash et moi ? Personnellement, je ne le considère plus comme mon plan cul depuis un petit moment, mais lui, voit-il toujours notre relation comme étant purement sexuelle et sans engagement ?

— Cash…, murmuré-je en remuant les œufs.

Qu'est-ce que je ne donnerais pas pour mon bloc-notes pour coucher mes idées sur le papier, préparer ma plaidoirie.

— Cash, on s'amuse bien tous les deux, hein ?

On va peut-être éviter d'utiliser le verbe « s'amuser » étant donné que je désire bien plus que ça. Bien entendu, je veux continuer à m'amuser avec lui, mais pas qu'au lit. Je veux une vraie relation avec cet homme.

Lorsque les œufs sont cuits, je retire la poêle du feu, ne sachant toujours pas comment présenter les choses à Cash.

— Cash..., je dois savoir ce qu'il y a exactement entre nous, déclaré-je à l'adresse du frigo. Parce que, moi, je ne veux plus qu'on ne soit que des amis qui baisent, je veux plus.

Autant aller droit au but, non ?

J'attrape une assiette pour y placer les œufs brouillés.

Il n'est pas juste question de définir notre relation, il doit aussi savoir ce que je ressens.

Je manque de m'étouffer sur ma première bouchée quand j'entends frapper de grands coups à la porte d'entrée du club, le bruit résonnant dans la salle du bas.

Posant ma fourchette sur l'assiette, je me dirige vers la porte de l'appart. Qui que ce soit, il partira si personne ne répond. Je tends l'oreille lorsque d'autres coups, plus insistants, me font sursauter.

Que dois-je faire ? Prévenir la police ? Réveiller Cash ?

Fidèle à moi-même, j'opte pour une troisième solution et je descends quelques marches en cherchant à déceler le moindre bruit suspect. Je suis sur le point de remonter pour aller réveiller Cash quand une voix s'exclame depuis l'extérieur du bâtiment :

— Cash Gardner, ouvre cette porte pour m'affronter en face !

C'est… c'est une femme. Une femme qui veut que Cash, mon Cash, l'affronte en face.

Les coups reprennent de plus belle, et je décide de descendre.

Je traverse la salle, et, quand j'ouvre la porte, la femme a l'air surprise en me voyant. Elle est jeune, elle doit avoir le même âge que moi. Ses cheveux blonds sont relevés en queue-de-cheval, et heureusement que ses yeux gonflés et rougis ne peuvent pas cracher de flammes, sinon je serais déjà carbonisée.

Elle est en pétard, et je pense que je vais faire les frais de son humeur massacrante.

C'est à ce moment que je remarque le bébé qu'elle porte dans ses bras. Mignon comme tout, il a les cheveux blonds et de grands yeux bleus qui…

Non…

Non.

Si… Le petit ressemble beaucoup à Cash.

Ne tire pas de conclusions hâtives, Savannah. Cash n'est pas un salaud comme Tanner.

— Je peux vous aider ? demandé-je d'une voix légèrement tremblante.

— Où est-il ?

— De qui parlez-vous ?

Question stupide de ma part étant donné qu'elle a hurlé son nom il n'y a même pas trente secondes.

— Cash Gardner, vous le connaissez ? (Elle passe la tête par l'embrasure de la porte.) Je sais qu'il habite ici parce que c'est l'adresse qui figure sur son satané chèque.

Le petit se met à pleurer à tue-tête, probablement à cause de la crise d'hystérie de sa mère.

— Pouvez-vous s'il vous plaît lui demander de descendre et d'assumer ses responsabilités ? tonne-t-elle en balançant l'enfant dans ses bras, qui est désormais pris par une crise de larmes.

Mon cœur tambourine dans ma poitrine, et j'espère vraiment que je me trompe, qu'elle n'est pas en train d'insinuer ce que je pense qu'elle insinue.

— Quelle est la nature exacte de votre relation avec M. Gardner ? demandé-je.

— Vous êtes sa secrétaire ou quoi ? Chut, Billy, s'il te plaît, maman a bientôt fini... Allez, chuuut, mon poussin...

Billy ne se calme pas pour autant, mais baisse quand même d'une octave.

— Dites à Monsieur Je-vaux-mieux-que-les-autres que Marissa Stamertz est ici. Non, mieux encore, dites-lui que je n'en veux pas, de son argent sale provenant de son fonds fiduciaire. (Elle sort un chèque de sa poche et me le donne.) Son père a ruiné ma famille, et la seule chose qui pourrait éventuellement arranger les choses, c'est de savoir cet homme en prison. Il s'est pris pour qui ? On n'achète pas les gens et le pardon comme ça !

Je déplie le chèque et lis ce qu'il y a d'inscrit dessus. *Waouh, ça fait beaucoup de zéros !*

De quoi est-ce que parle cette bonne femme ? Cash n'a pas autant d'argent. Elle a mentionné un fonds… Quel fonds ?

— Je… je suis vraiment désolée, bafouillé-je, sous le choc.

— Ce n'est pas votre faute, cela dit, voilà ce qui arrive quand vous faites confiance à un escroc. Il vous pique tout votre pognon avant de demander à son fils de tenter d'étouffer l'affaire.

— Savy ? m'interpelle Cash en apparaissant dans la salle, vêtu d'un jean, les cheveux ébouriffés et le regard encore embrumé par le sommeil. Qu'est-ce qui se passe ?

— À toi de me le dire, marmonné-je en levant le chèque vers lui.

Il écarquille les yeux et nous dévisage, Marissa et moi, tour à tour, comme s'il était en train d'assimiler ce qui lui arrive.

— Cette femme est venue avec son enfant pour te rendre ton chèque, annoncé-je d'une voix étonnamment calme.

Aussitôt, Cash blêmit.

Eh ouais, espèce d'enculé, tu t'es fait choper.

— Savy…, laisse-moi t'expliquer, bredouille-t-il en avançant vers moi.

Je recule instinctivement. J'ignore ce qu'il compte me dire, mais je ne veux rien entendre. Apparemment, Cash m'a caché un paquet de choses sur lui. Exactement comme Tanner.

Putain, mais je suis trop conne !

— Ah, c'est pas trop tôt, observe la dénommée Marissa. Tu penses vraiment qu'un simple chèque nous fera oublier tout ce qui s'est passé ? On n'en veut pas de votre argent !

L'expression de Cash confirme mes doutes, et c'est le dernier clou dans le cercueil de mes espoirs : il a occulté toute une partie de son passé, qui a fini par le rattraper.

Sans dire un mot, je bouscule Cash et me précipite vers son appartement.

19

Cash

Savannah disparaît au détour du couloir, mais je ne peux pas lui courir après en ignorant la femme qui se tient sur le pas de ma porte et brandit furieusement un chèque – mon chèque – pile devant mes yeux. Je lis le nom du bénéficiaire…

Marissa Stamertz.

Merde!

Ce n'est pas du tout de cette manière que je voulais que Savannah apprenne la vérité sur mon père, sur ce qu'il a fait, et j'ignore ce qui est pire : le fait que Marissa me fusille du regard ou l'expression déçue qui s'est peinte sur le visage de Savannah quand elle m'a vu arriver.

— Garde-le, ton sale fric, et fous-le-toi là où je pense, déclare Marissa en me tendant le chèque, que je prends machinalement.

À ces mots, elle se retourne pour s'en aller, ce qui me fait aussitôt réagir.

Non, non, non! C'est pas censé se passer comme ça, elle doit accepter cet argent. Si je fais ce que je fais, c'est pour essayer d'aider les gens que mon père a ruinés. Elle n'a pas le droit de refuser mon chèque…

— Non, cet argent est à vous, je n'en veux pas, je… je n'en ai pas besoin, bredouillé-je.

— Pauvre petit gosse de riche ! Ta vie est très dure à ce que je vois, raille-t-elle.

— Je sais que je ne peux pas changer ce que mon père a fait, mais j'essaie au moins d'arranger les choses dans la limite du possible.

— À cause de ton père, mes parents ont tout perdu, leur maison et toutes leurs économies, mais tu sais quoi ? Ils y ont survécu et sont allés de l'avant malgré tout. Et ce chèque n'a fait que raviver de douloureux souvenirs qu'on veut tous oublier. Vous, les Gardner, vous vous en êtes vraiment bien tirés tandis que nous, on a vécu une véritable descente aux enfers.

— Je sais, et c'est justement pour cette raison que…

— Je n'ai pas terminé, m'interrompt-elle sèchement. (Le petit qu'elle tient dans ses bras se met à applaudir.) Ma mère est tombée malade, gravement malade, et là, on a plein de factures à payer et plus de mutuelle.

— Dans ce cas, utilisez cet argent pour vous aider à sortir la tête de l'eau, dis-je en espérant qu'elle finira par accepter ma proposition. Je suis parfaitement conscient que ça ne pourra jamais effacer ce qui s'est passé, mais c'est mieux que rien. Je donnerais tout pour changer ce qu'a fait mon père, vraiment, mais c'est impossible.

Je lui tends le chèque en l'implorant silencieusement de le prendre, et la tête de Savannah me revient à l'esprit, la contraction qui me noue l'estomac se faisant plus intense. Cette mission dont je dois absolument m'acquitter est la seule raison qui m'empêche de haïr mes parents parce que je me dis que je fais une bonne action qui trouve sa récompense dans l'acceptation des gens à qui j'envoie l'argent.

— Si je suis venue ici, c'est uniquement pour te regarder droit dans les yeux et te dire que…

— Oui, je sais ce que vous voulez me dire, mais avant écoutez juste deux secondes… Cet argent, je n'en veux vraiment pas. Je sais d'où il vient et ce que mon père a fait pour l'avoir, et il est hors de question que j'y touche. Toute cette histoire a foutu ma famille en l'air, ne la laissez pas briser la vôtre aussi.

Marissa demeure silencieuse quelques instants en contemplant le chèque, les sourcils froncés.

Allez, acceptez, s'il vous plaît, acceptez ce putain de chèque.

Elle lève la main, mais c'est juste pour attraper le bras de son enfant, qui ne cesse de jouer avec sa queue-de-cheval.

— L'argent peut éventuellement générer des tensions dans une famille mais ne peut en aucun cas la briser, la mienne en est la preuve vivante, et je sais qu'on arrivera à se débrouiller sans ton sale fric.

Elle tourne les talons puis s'en va, et je la regarde s'éloigner, totalement impuissant, avant de refermer lentement la porte. J'ai envie de hurler de toutes mes forces. Ça ne devait pas se passer comme ça… J'entends alors un bruit provenant de mon appartement, qui me rappelle que je ne suis pas encore au bout de mes peines.

Savannah…

Un frisson me parcourt l'échine comme je traverse la salle silencieuse du club avant d'accélérer le pas. Ça y est, elle a découvert le pot aux roses. Qu'en pense-t-elle exactement ? Que pense-t-elle de moi à présent ?

Je gravis les marches quatre à quatre et, lorsque j'entre dans mon appartement, j'aperçois Savannah en train de jeter furieusement ses affaires dans son sac, refusant délibérément de croiser mon regard.

— Ne t'approche surtout pas de moi, marmonne-t-elle d'une voix cassée par des larmes.

Merde, je l'ai fait pleurer, tout est ma faute ! La veille, j'étais sur le point de lui confier mon terrible secret avant de changer d'avis – pour la énième fois –, au dernier moment. Putain, j'ai été trop con ! J'ai attendu trop longtemps, et voilà le résultat…

— Savannah, je peux tout t'expliquer… Juste, écoute-moi, s'il te plaît. Je sais ce que tu penses, mais je ne suis pas comme lui, je ne suis pas comme Tanner.

Elle doit me laisser une chance. Une fois qu'elle connaîtra toute l'histoire, peut-être qu'elle comprendra mieux certains de mes choix.

Tu aurais dû tout lui dire plus tôt, espèce d'abruti.

— Crois-moi, Cash, tu ne sais pas du tout ce que je pense en ce moment, rétorque-t-elle en avançant vers la porte.

Je pose une main de chaque côté du chambranle pour l'empêcher de sortir.

— Si, tu te dis que je suis comme Tanner, que je ne suis qu'un menteur et que la femme qui vient de partir est l'une de mes nombreuses conquêtes à qui je verse une pension alimentaire pour le gamin.

Elle croise les bras en secouant la tête.

— Pas du tout. Laisse-moi passer, m'intime-t-elle sèchement en essayant de me pousser.

Je lui saisis les poignets, bien décidé à ce qu'elle ne quitte pas l'appartement tant qu'elle n'aura pas écouté ce que j'ai à lui dire.

— Je te jure que…

— Non, Cash, stop. Si, tu as vu juste, en fait : oui, je pense que tu es exactement comme Tanner et j'espère que vous brûlerez tous les deux en enfer. Je te déteste, espèce de connard !

— Laisse-moi t'expliquer, je t'en supplie, Savannah.

Je penche la tête pour la forcer à me regarder, et elle se libère de mon emprise en sortant son téléphone portable de son sac.

— Donne-moi une bonne raison de le faire.

— Déjà, je te jure que l'enfant n'est pas le mien et que je n'ai jamais, jamais vu cette femme avant aujourd'hui.

Elle me croit tout de même sur ça, non ? Elle n'est pas bête, elle doit savoir que je ne lui aurais pas caché un truc aussi gros.

— Tu as deux minutes, lâche-t-elle en soupirant avant de lever les yeux de l'écran de son téléphone.

Je ne sais par où commencer ; du coup, je remonte au tout début de cette histoire cauchemardesque. Je me concentre sur mon récit en essayant de n'oublier aucun détail, je lui parle de mon enfance, de mes parents, je lui explique qui est Morgan Dockson et comment on se connaît, et enfin, je lui révèle ce qu'a fait mon père à de pauvres gens qui avaient confiance en lui et pourquoi j'ai un fonds fiduciaire, avant de lui révéler ce que je fais de cet argent.

Tout le temps que je parle, Savannah m'écoute sans rien laisser paraître.

— Voilà, c'est la vérité, terminé-je.

— Pourquoi avoir attendu avant de m'en parler ? Tu aurais pu me le dire n'importe quand, tu en as largement eu le temps, mais non, toi, tu as choisi de ne passer aux aveux que maintenant.

— Parce que je ne voulais pas te…

— Non, déclare-t-elle dans un murmure.

Elle ne pleure plus et elle est étonnamment calme étant donné la situation, ce qui ne présage rien de bon.

— Si tu m'as tout révélé aujourd'hui, c'est parce que tu n'avais pas le choix.

Elle plisse les yeux en posant fermement l'index contre mon torse si bien que je recule d'un pas.

— Si tu ne t'étais pas fait gauler ce matin, quand comptais-tu me parler de tout ça ?

— Je ne voulais pas t'impliquer dans mes histoires de famille… Mes parents… Mon père a fait des trucs impardonnables, et toi, toi, Savannah, tu es la meilleure chose qui me soit arrivée… Je ne veux pas que ma famille gâche ce qu'il y a entre nous.

Apparemment, j'aurais mieux fait de me taire ou de tourner les choses autrement parce que ma réponse semble l'énerver encore plus.

— Donc, tu ne comptais même pas m'en parler en fait, c'est ça ?

— J'ai pas dit ça, c'est juste que ce n'est pas aussi simple. Tu ne connais pas ma famille et…

— Maintenant, je ne la connaîtrai jamais.

— Ce ne sont pas des gens bien, Savannah, ils détruisent tout autour d'eux et ne respectent rien ni personne. Je voulais juste te protéger.

— Je n'ai pas besoin qu'on me protège, réplique-t-elle. J'ai juste besoin de quelqu'un en qui je puisse avoir confiance, quelqu'un qui est là pour moi quand j'en ai besoin, quelqu'un qui sait qu'il peut compter sur moi à n'importe quel moment. Franchement, je pensais que ça pourrait devenir plus sérieux entre nous, mais il faut croire que je me suis trompée. En fait, ça n'a toujours été que du cul entre nous, rien de plus.

— Tu es sérieuse quand tu dis ça ?

— Je te signale que c'était le deal que toi, tu m'as proposé. À la base, tu voulais m'aider à me « détendre ». Et moi, j'ai fini par m'attacher à toi et à me bercer d'illusions sur nous deux. J'ai fini par me convaincre qu'on pourrait facilement devenir plus que des amis qui couchent ensemble.

Sur ces mots, elle me pousse de nouveau, plus fort cette fois, mais je refuse de bouger d'un pouce. Elle est énervée, elle ne sait pas trop ce qu'elle dit. Je dois juste trouver les bons mots pour lui faire comprendre la situation.

— Bien sûr qu'on est plus que des amis qui couchent ensemble, annoncé-je. Je pense que je ne suis jamais resté aussi longtemps avec une femme.

— Je suis ravie de l'apprendre, sauf que je m'en fiche, parce que ça ne change en rien les choses, tu ne vaux pas mieux que Tanner, tu m'as vendu du rêve.

— Ce n'est pas vrai, je n'ai jamais trahi ta confiance, je ne t'ai jamais menti.

— Si, tu m'as menti par omission à propos de ta famille. Combien de fois t'ai-je demandé de me parler, de te confier à moi, de me dire ce qui te tracassait… C'est trop tard, Cash. Tu aurais dû avoir confiance en moi tout comme moi, j'ai eu confiance en toi dès le début.

Cette fois, elle me bouscule, et je me décale pour la laisser passer en prenant sur moi pour ne pas l'attirer de force dans mon étreinte. Néanmoins, je lui emboîte le pas dans l'escalier parce que c'est plus fort que moi : je ne peux pas la laisser partir comme ça.

— Ne me compare pas à Tanner, répliqué-je.

— Et pourquoi pas ? Vous êtes pareils, tous les deux, lance-t-elle avant de commencer à énumérer les raisons sur ses doigts. Vous avez un tas de secrets ; vous vous êtes bien foutus de ma gueule, chacun à votre tour ; vous pensez à vous avant de penser aux autres et, quand vous vous faites griller, tous les moyens sont bons pour essayer de rattraper le coup. Eh bien, désolée, mais ça marche pas, cette fois !

— OK, je vois. Donc, tu préfères juste te barrer parce qu'après tout c'est bien plus facile de ne pas se battre pour ce qu'on veut dès qu'on rencontre un obstacle sur son chemin. Tu as fait la même chose avec Tanner ?

— Fais bien attention à ce que tu dis, Cash.

J'avoue, ma dernière remarque était déplacée, mais je sens la colère et la frustration monter en moi. Une chose est claire : un de ces jours, je vais buter mon père, parce que tout cela est sa faute. Pourquoi est-ce que je suis le fils d'un salaud ?

— Vois-tu, poursuit-elle, je me bats toujours pour obtenir ce que je veux, sauf que, là, la bataille n'en vaut clairement pas la peine parce que je me suis juré de ne plus jamais sortir avec un menteur. Sur ce, bonne continuation, Cash, t'inquiète, tu retomberas vite sur tes pattes ; après tout, tu habites juste au-dessus d'un bar plein de nanas qui se battront en duel afin de pouvoir te consoler.

Brusquement, elle ouvre la porte et la claque si fort en sortant que celle-ci se rouvre avant de cogner le mur, et je la regarde traverser la salle avant de me laisser tomber sur la première marche de l'escalier.

Pour la toute première fois de ma vie, je déteste ce bar, cet endroit, moi, tout.

Je reste assis là longtemps, n'ayant pas la force de remonter dans mon appartement, où, hier encore, j'étais tellement heureux avec Savannah.

J'ai vraiment tout niqué et j'ignore si je pourrai rattraper la chose.

20

Savannah

En sortant d'*Altitude*, j'hésite à rentrer chez moi parce que mon appart est chargé de souvenirs aussi brûlants que douloureux, et je décide d'aller plutôt chez ma meilleure amie.

Cassie ouvre la porte à moitié endormie, mais, dès qu'elle me voit, elle émerge rapidement de sa torpeur et s'efface pour me laisser entrer.

Jusqu'à présent, je refusais de lui parler de mes problèmes à cause de tout ce qu'elle a vécu, mais, là, j'ai vraiment besoin de ses conseils et de son soutien.

— Café ou alcool ? demande-t-elle.

— Café. Pour l'instant.

J'ai peur que l'alcool ne me fasse faire de mauvais choix, comme retourner chez Cash et avaler son histoire qui n'a aucun sens. Je repense à notre discussion et me prends la tête dans les mains, essayant de bloquer cet horrible souvenir.

Ryder me tend une tasse fumante avant de quitter la pièce sans dire un mot. Sage décision de sa part étant donné qu'en ce moment je déteste la population masculine, sans exception.

— Bois ton café tranquillement, m'intime doucement Cassie. Je reviens, je vais nous concocter un petit programme pour la journée.

Je hoche la tête et pars m'installer dans son canapé en serrant ma tasse contre moi comme un bouclier. Je m'aperçois alors qu'elle a reçu la table basse qu'on a achetée au marché, et c'est vrai qu'elle rend vraiment bien dans l'appartement.

Tiens, je pourrais peut-être déménager. Ou, au moins, changer la déco de mon appart en commençant par l'acquisition d'un nouveau lit.

Je suis perdue dans mes pensées quand Cassie revient, plusieurs vêtements dans les mains.

— Habille-toi, dit-elle. Aujourd'hui, on va se faire plaisir comme il se doit.

Cassie m'emmène à *Essentials Spa*, le centre de beauté et de remise en forme où je suis allée quand j'ai rompu avec Tanner. Je pense même que j'ai dû faire tous les soins qu'ils proposent. Tiens, je devrais voir si la société est cotée en bourse pour acheter quelques actions vu que je vais probablement y passer pas mal de temps dans les mois à venir. En tout cas, Cassie a très bien choisi, j'adore cet endroit, il a tout ce dont une femme – qu'elle soit comblée ou déprimée – a besoin.

On arrive à l'accueil, et Cassie s'occupe de prendre les rendez-vous pendant que je reste immobile à côté d'elle, à regarder dans le vide.

— Alors, j'ai pris la totale : un soin du visage, un massage, une manucure et pédicure, et mon petit extra, l'atelier « Je peste contre les mecs parce qu'ils sont tous cons », déclare-t-elle, un large sourire aux lèvres. Tu veux commencer par quoi ?

— Qu'est-ce que tu as à reprocher aux hommes, toi ? Tu es sur un petit nuage depuis que tu t'es mise avec Ryder.

— Oui, t'as pas tort… Et c'est pour cette raison que j'ai amené du renfort.

En parlant, elle fait un signe de tête en direction de l'entrée et… Qui vois-je ?

Shelby, Avery et Ruby. Avec de l'alcool.

Je les regarde avancer vers nous et me sens déjà un chouïa mieux.

Shelby, vêtue d'un jean, d'un tee-shirt blanc et de sa veste en cuir caractéristique, me tend une bouteille de champagne tandis que la joie de vivre et la bonne humeur qui se dégagent d'Avery me réchauffent comme un rayon de soleil. Ruby qui est d'habitude plus réservée que les autres filles me prend tout de suite dans ses bras.

— Si jamais tu as besoin de te débarrasser du corps, appelle-moi, me chuchote-t-elle à l'oreille avant de me relâcher.

— Alors, qui est-ce qu'on déteste aujourd'hui ? s'enquiert Shelby, ses yeux verts pétillant de malice. Les frères ? Les petits copains ? Les plans cul ?

La connaissant, je pense qu'elle est partante pour torpiller verbalement chacune des catégories qu'elle vient de citer. Je l'adore, elle dit toujours ce qu'elle pense et sait charmer pour obtenir ce qu'elle veut. Ce n'est pas pour rien qu'elle est devenue un requin dans le monde des relations publiques.

— Les plans cul, dis-je en m'installant dans un des fauteuils.

On ouvre le champagne avant de se servir chacune une coupe, et Ruby manque de s'étouffer avec sa première gorgée, mais nous fait un signe du pouce en toussant pour nous signifier que tout va bien. J'avale une bonne rasade de mon champagne pour me donner du courage avant de commencer mon histoire.

— Cash Gardner…, marmonné-je. Enfin, je ne sais même pas s'il s'appelle vraiment comme ça. Pour le coup, on peut dire qu'il n'a pas du tout été « cash » avec moi, mais qu'il a plein de « cash » à la banque.

Les filles échangent un regard confus. Elles le connaissent depuis plus longtemps que moi, mais elles ignorent encore tellement de choses… D'ailleurs, s'agissant de lui, je sais qu'elles vont probablement toutes essayer de marcher sur des œufs pour me ménager ; cela dit, c'est vraiment pas la peine. Je survivrai, ce n'est pas la première fois qu'on me brise le cœur, j'ai déjà un manuel de réparation le concernant. Si j'ai réussi à survivre à Tanner, ce n'est pas Cash qui va m'enterrer.

— Que les couilles des mecs se réduisent et s'assèchent, annonce Ruby en levant sa coupe.

— Comme des pruneaux, ajoute Shelby.

Je pense qu'une partie d'elle espère vraiment que ça se produise.

On rit ensemble et on trinque avant de commencer notre marathon de bien-être.

Quelques heures plus tard, je suis détendue comme un élastique qu'on a relâché. Cash pourrait même faire irruption ici, je m'en foutrais totalement, je suis bien trop occupée à me relaxer.

Installées, toutes les cinq, dans une rangée de fauteuils ultraconfortables, on se fait faire une manucure et une pédicure dans une des salles privées du centre. Pour ce qui est de la boisson, on est passées du champagne à l'eau infusée aux fruits et au vin. Bah, oui, il faut toujours avoir de l'alcool à portée de main !

— Vous avez vraiment de la chance de ne pas avoir de frère, déclare Shelby.

— Euh…, fait Cassie.

— Grand frère, pardon. Jackson est devenu insupportable. Il m'interroge sur chaque homme qui décide de s'approcher à moins de dix mètres de moi.

— Arrange-toi pour qu'il te surprenne en pleine action avec un homme, ça devrait le calmer rapidement, ça, je pense, propose Ruby.

— Tu sais quoi ? C'est tellement dégueulasse que ça pourrait marcher, réplique Shelby, l'air pensif.

Avery boit une gorgée de son vin avant de se tourner vers moi.

— Alors, vas-y, on t'écoute. Qu'est-ce que le *Bastard* barman a fait cette fois ?

On n'a pas cessé de dire du mal des mecs, mais je ne leur ai toujours pas raconté en détail ce qui s'est passé avec Cash. Les filles ont été plutôt sympas, elles n'ont encore posé aucune question, mais là je pense que celles-ci vont commencer à pleuvoir de tous les côtés.

Je choisis la couleur de mon vernis avant d'avaler une grosse lampée de vin.

Quand faut y aller, faut y aller… Sauf que j'ai pas trop envie encore.

— Ça va te faire du bien d'en parler, m'encourage Ruby alors que je suis sur le point de leur parler du môme qui ressemble à Cash comme deux gouttes d'eau.

On va peut-être commencer mollo…

— Il distribue du fric aux gens, lâché-je.

— Genre, ses pourboires ? demande Cassie, déconcertée.

— Non, il a un fonds fiduciaire d'un montant à plus de huit chiffres.

Je le sais parce que, avant mon soin du visage, je n'ai pas résisté à l'envie de faire quelques recherches sur Internet, en consultant quelques bases de données qu'on utilise souvent chez Briggs, Meyers et Associés. Il s'avère que Cash est plein aux as, sa famille aussi, et que l'argent est aussi sale que la lunette des W.-C. publics.

Aussitôt, Ruby lève le regard de la palette des couleurs.

— Pardon ? OK, les *Sexy Bastards* gagnent très bien leur vie, mais quand même…

J'attrape mon téléphone et le jette à Shelby afin qu'elle et Ruby puissent voir de quoi je parle.

— Putain ! s'exclame Shelby en faisant sursauter l'esthéticienne qui s'occupe de sa pédicure.

Elle nous regarde en se pinçant les lèvres avant de poursuivre :

— Pardon… Non, mais c'est une blague ? Quand je pense à quel point les mecs s'inquiètent pour lui étant donné qu'il vit pratiquement dans un trou à rats alors qu'en fait il est probablement le plus friqué de tous !

— C'est vraiment un connard, opine Ruby.

Cassie et Avery, elles, ne disent rien. Contrairement aux deux autres filles, elles essaient de bien analyser l'information avant de donner leur avis.

— Il t'a demandé de payer pour quelque chose pendant que vous sortiez ensemble ? m'interroge Cassie. Parce que bon, je pense qu'il n'y a pas que la taille de son portefeuille qui te pose un problème.

— Son portefeuille se porte très bien, répliqué-je.

— Tu sais que ce n'est pas de…

— Il a quelqu'un d'autre, soufflé-je en fermant les yeux et en revoyant cette femme sur le seuil de la porte, avec l'enfant dans ses bras.

Allez, tu as presque retiré le pansement, encore un peu et ce sera bon.

Cash m'a caché tellement de secrets, mais une minuscule partie de moi espère quand même qu'il n'est pas l'enculé que j'imagine.

— En fait, il ne s'agit pas que d'une personne, ajouté-je. Il a un enfant.

Un ange passe.

Les filles s'attendaient probablement à tout sauf à ça.

— Je vais le tuer, fulmine Cassie en brisant le silence.

— Un enfant ? répète Ruby, estomaquée. Cassie, je vais t'aider à t'occuper de cette ordure.

— Moi, je sais déjà comment on peut faire disparaître le corps, déclare Shelby.

Étrangement, Avery est la seule à n'avoir toujours rien dit. L'air pensif, elle tapote les doigts contre son verre, et je lui lance un regard interrogatif pendant que mes autres copines planifient le meurtre de Cash.

— Certes, c'est un enculé, on est toutes d'accord là-dessus, commente enfin Avery, mais il n'est pas con. En tant que queutard qui se respecte, je pense qu'il a toujours fait très attention à ne pas foutre une de ses conquêtes en cloque.

— Il m'a dit que le chèque qu'il avait donné à la mère était pour racheter les erreurs que son père aurait commises dans le passé. Une histoire à dormir debout quoi.

— Et Ryder, il en pense quoi de Cash exactement ? demande Shelby en se tournant vers Cassie. Et dis-nous la vérité. Je suis sûre que tu lui as demandé des infos dès que t'as su que ta meilleure amie couchait avec lui.

Cassie pousse un profond soupir avant de répliquer à mon adresse :

— Il ne m'a pas dit grand-chose, mis à part que c'est vraiment quelqu'un de bien. Je l'ai bombardé de questions, mais il est resté assez vague.

— J'aimerais croire Ryder, vraiment, mais là…

Je ne sais même pas quoi dire. Cassie semble avoir des doutes sur mon histoire, ce qui, malgré moi, atténue légèrement la colère qui m'habite, mais m'empêche de m'écrouler aussi.

— Bon, je me lance…, marmonne Cassie en se redressant sur son siège. Est-ce qu'à un moment tu t'es dit qu'il te racontait peut-être la vérité ?

— Hé ! s'écrie Shelby. T'es de quel côté, toi ? Ne l'écoute pas, Savannah. On va lui faire la peau, à ce bâtard. Je m'occupe de nous trouver des battes de baseball.

— C'était perdu d'avance, nous deux, marmonné-je en remontant les genoux sous mon menton.

J'ai voulu tenter ma chance avec Cash, mais, au lieu de ça, je me suis brûlé les ailes, exactement comme avec Tanner. Même pire, parce qu'après lui j'étais persuadée de ne plus jamais retrouver un homme avec lequel j'envisagerais un avenir. Et puis Cash est arrivé… Tout allait bien jusqu'à ce que j'apprenne la vérité, la vérité qu'il m'a cachée pour me « protéger ».

— Je peux te poser une autre question ?

L'interrogation de Cassie me tire de mes réflexions.

— Vas-y, je commence à être pompette en plus, profites-en.

— Tu as pensé à lui demander de te dire la vérité et rien que la vérité ?

— Oui, mais… Et s'il me ment encore ? Regarde, il a même caché la vérité à ses meilleurs potes.

Ça veut dire que je ne représentais vraiment rien pour lui, mis à part une bonne distraction au pieu.

— Ouais, mais tu en sais quand même plus que ses meilleurs potes, et crois-moi, entre eux ils se racontent pratiquement tout, fait remarquer Shelby. Je n'arrive pas à croire que je vais dire ce que je suis sur le point de dire, mais… je pense que tu devrais lui laisser une chance de s'expliquer. Sérieusement, Cash est beaucoup de choses, mais ce n'est pas un enculé.

— Tu aurais donné une seconde chance à Sebastian ? demandé-je à ma meilleure amie.

— Tu es vraiment à court d'arguments pour me poser une question pareille, répond-elle. Contrairement à Sebastian, Cash est un homme bien et mérite donc une autre chance.

Plus tard dans la journée, je suis chez moi, en train de retourner tout mon appartement, à la recherche du contrat de Misty Singh. J'étais sûre de l'avoir mis dans ma serviette en cuir hier soir et…

Merde !

Merde, merde, putain de merde !

Je sais où il est.

Je pourrais très bien demander à Rob de m'imprimer un autre exemplaire, mais il s'agit d'un document confidentiel, je ne peux pas le laisser chez Cash.

Brusquement, je saisis mon téléphone et compose le numéro d'*Altitude*, me préparant à raccrocher si c'est un certain barman qui répond. Je n'ai pas envie de lui parler.

— *Altitude*, Ryder à l'appareil.

Ouf...

— Salut, Ryder, c'est Savannah, j'ai un service à te demander...

Après lui avoir posé un tas de questions, j'apprends que Cash s'est absenté du bar et qu'il ne sera pas de retour avant plusieurs heures, ce qui me laisse le temps d'aller récupérer le contrat sans avoir à le croiser.

Je raccroche et j'attrape mes clés de voiture.

Sur le trajet, j'élabore mon plan, qui consiste à passer chercher ma serviette chez Cash et à faire un crochet par le bureau pour récupérer les dossiers qui traînent avant de retourner chez moi et de me plonger corps et âme dans le travail. Je dois me remettre rapidement de cette histoire, je ne dois pas la laisser m'abattre et me détruire. Il faut absolument que j'aille de l'avant.

Quand j'arrive, Ryder m'ouvre la porte en me promettant de me prévenir si Cash venait à rentrer plus tôt. Je le remercie puis j'emprunte l'escalier menant vers l'appartement, et, lorsque j'ouvre la porte, je tombe nez à nez avec... Cash.

Il porte le même jean qu'il avait ce matin et un tee-shirt aussi. Des mèches rebelles de sa chevelure blonde retombent en désordre sur son front, lui donnant un air vraiment pathétique. Sans parler du regard implorant qu'il me lance dès qu'il me voit arriver.

Non, je ne vais pas craquer.

Je ne vais pas craquer et je ne vais même pas récupérer ma serviette.

Je me retourne pour repartir – mais, avant ça, je compte passer un sacré savon à Ryder –, quand j'entends la voix à peine audible de Cash derrière moi :

— Savy, s'il te plaît…

— Non.

Je ne veux pas écouter ce qu'il a à dire parce que j'ai peur de le croire.

— Mon père a causé du tort à beaucoup de gens et il s'en est sorti avec juste une petite tape sur les doigts. Et moi, avec cette histoire, j'ai découvert le vrai visage de mes parents et, quand j'ai vu qu'ils n'éprouvaient aucun remords par rapport à ce qui s'était passé, j'ai décidé de tourner la page.

— Cash, je te jure que si tu me racontes des bobards je me casse tout de suite, dis-je en me retournant pour rentrer dans l'appartement avant de fermer la porte derrière moi.

— OK.

— Quoi ? Tu n'essaies même pas de négocier ? Ça ne te ressemble pas, plaisanté-je parce que c'est plus fort que moi, parce que c'est comme ça qu'on fonctionne d'habitude.

— C'est sérieux ce que je vais te dire.

À ces mots, il se dirige vers la cuisine et ouvre un des placards en désignant du doigt une liste collée sur la porte de celui-ci.

Je m'approche pour voir de plus près, et il poursuit :
— C'est toutes les personnes que mon père a plumées, et j'essaie de réparer ses erreurs même si je sais que c'est impossible… La femme qui était là ce matin… Mon père a détruit sa famille, ils ont tout perdu, absolument tout.

Il va s'asseoir sur le canapé pendant que je me laisse tomber par terre en essayant de faire le tri dans mes pensées et mes émotions.

J'aimerais tellement que rien de tout ça ne soit vrai, mais quand je plonge le regard dans le sien j'arrive pratiquement à sentir sa détresse. Il semble si fragile, j'ai l'impression qu'il se brisera en mille morceaux si je le touche et je serre les poings parce que je ne veux pas me lever pour aller le rejoindre. Si je le fais, je risque de lui pardonner rapidement et je refuse encore d'envisager cette option.

— Savy, dis quelque chose…

J'ouvre la bouche avant de la refermer.

Qu'est-ce que je peux bien lui répondre ? Qu'il m'a quand même menti et qu'il ne vaut pas mieux que Tanner, et que je ne pourrai plus jamais lui faire confiance ? Il le sait déjà, tout ça, et puis ce n'est même plus ce que je pense, à vrai dire.

Cash n'est pas comme Tanner, au contraire. Tanner a trompé sa femme et m'a délibérément menée par le bout du nez alors que Cash cherche juste à payer les pots cassés de son père, sa démarche est sincère.

— Savy…

— Tu ne peux pas continuer comme ça, Cash.

Il veut protester, mais je l'en empêche d'un geste de la main. Il voulait que je parle, eh bien, dans ce cas, il va m'écouter.

— Ce n'est pas à toi de te racheter auprès de tous ces gens, ajouté-je.

— Oui, mais si moi je ne le fais pas personne ne le fera. Et j'en veux pas de ce putain de fric, il me rend malade, vraiment.

Il passe une main dans ses cheveux d'un geste nerveux. On est si proches, mais tellement loin de l'autre en réalité. Je finis par me lever pour aller le rejoindre sur le canapé et sens aussitôt la chaleur de son corps envahir chacun de mes pores.

— Regarde-moi, murmuré-je en prenant doucement sa tête dans mes mains. Tu n'y es pour rien, dans cette histoire.

— Je sais, mais je ne peux pas rester les bras croisés.

J'esquisse une petite moue. Cette histoire le touche tellement qu'elle finira par le tuer. Sans parler du fait qu'il ne pourra jamais effacer le crime de son père.

— Tu te souviens de la fois où tu m'as dit que je me punissais par rapport à Tanner en sortant qu'avec des losers ?

— Super, il manquait plus que tu me racontes un de tes rencards avec un abruti, histoire de bien remuer le couteau dans la plaie.

— Non, idiot, j'essaie juste de te faire comprendre que toi aussi, tu es en train de te punir pour quelque chose qui n'est en aucun cas ta faute. Tu aurais très bien pu faire appel à un courtier afin qu'il s'occupe des paiements à ta place. Mais non, toi, tu préfères encaisser le chèque du fonds tous les mois avant d'en adresser un autre aux personnes concernées. Ce n'est pas ta bataille, Cash.

— Quelqu'un doit bien assumer cette responsabilité.

— Oui, le coupable, pas toi. Tu n'as rien fait de mal.

— Le coupable, c'est mon père, mais il refuse de faire quoi que ce soit.

— Tu lui en as parlé ? Peut-être qu'en lui expliquant les choses comme tu viens de le faire il comprendra la position intenable dans laquelle il t'a mis.

— Il s'en fiche complètement. Ça fait déjà des années qu'il vit comme s'il ne s'était jamais rien passé. Il ne renoncera jamais à son petit confort, il y tient beaucoup trop.

— Tu dois quand même essayer de lui faire comprendre ton ressenti, Cash. Tu dois arrêter de porter ce poids, ce n'est pas à toi de le faire.

— Avocate et psy en plus ? Je suis impressionné, marmonne-t-il.

Je ne peux m'empêcher de sourire.

Je me lève pour aller chercher la bouteille de vodka que j'ai vue ce matin, sur le frigo, et j'attrape aussi deux verres avant de retourner m'asseoir à côté de lui pour nous servir.

— Au futur que tu mérites, annoncé-je en levant mon verre.

— Juste pour info, tu sais que tu viens quand même de nous servir l'équivalent de deux shots et demi ?

— Heureusement que j'ai déjà un boulot.

— Ouais, bah, garde-le précieusement, ne compte pas sur moi pour t'embaucher derrière mon bar.

— Quoi ?! m'exclamé-je en feignant l'indignation. Pas de favoritisme, même pas pour ta petite amie ?

Je retiens mon souffle, jaugeant sa réaction face à mes derniers mots, sur lesquels j'ai insisté exprès.

— Non, pas même pour elle. Désolé.

— OK, si je n'ai pas ma place derrière ton bar, peut-être que je trouverai un petit coin sous lui, plaisanté-je avant de vider mon verre d'un trait. Non, mais pour en revenir aux choses sérieuses tu mérites d'être heureux, Cash, et tu ne pourras pas l'être tant que tu n'auras pas parlé à ton père.

— Tu viendras avec moi si je le fais ?

Sa question me surprend plus que la force de la vodka que je viens d'ingurgiter. Je suis sur le point de refuser net lorsqu'une phrase que m'a dite Cassie, au centre de bien-être, me revient à l'esprit :

« Parfois, il faut se battre bec et ongles pour celui qu'on aime. »

Elle a entièrement raison, et je suis prête à le faire pour Cash parce qu'il en vaut la peine. On en vaut la peine.

— Bien sûr, dis-je en lui prenant sa main.

Peu importe ce qui s'est passé hier et même le jour d'avant ; tout ce qui compte, c'est l'instant présent, le moment où on a décidé qu'ensemble on était plus forts et qu'on était capables de tout surmonter.

Il se lève du canapé en m'attirant contre lui, et je me laisse aller en fermant les yeux. On est un peu comme deux pièces de puzzle qui viennent enfin d'être assemblées. On est bien comme ça, et je suis désormais persuadée que notre histoire est bel et bien sérieuse, et qu'elle nous mènera très rapidement vers l'Amour, avec un grand A, si ce n'est déjà le cas. Avec Cash, je ne sais jamais trop sur quel pied danser, mais je suis sûre d'une chose : il sera toujours là pour me guider, c'est mon partenaire.

Et, quand il m'embrasse, cette journée prend une nouvelle tournure.

Un nouveau départ.

21

Cash

La discussion que je compte avoir avec mon père ne mènera à rien, autant m'asseoir sur un baril de poudre et faire craquer une allumette, mais Savannah a raison : je dois lui donner une dernière chance et lui dire ce que je pense de toute cette situation.

On est dans la voiture, et plus on approche de la maison, plus ma tension grandit.

En tout cas, je ne regrette pas de m'être confié à Savannah, j'aurais vraiment dû le faire plus tôt. Je la regarde rapidement du coin de l'œil et remarque qu'elle sourit. Il faut dire qu'elle n'a pas fait les choses à moitié, avec sa robe et son sac, tous les deux signés par un grand couturier, on pourrait croire qu'elle a toujours fait partie du monde dans lequel vivent mes parents. Mais la cerise sur le gâteau, c'est le ruban qui retient ses boucles. Ma mère va l'adorer, c'est sûr, et c'est déjà bien.

Elle doit sentir mon angoisse parce qu'elle couvre ma main crispée sur le levier de vitesse de la sienne, me donnant ainsi tout le courage dont j'ai besoin pour ce qui va suivre.

Personne de ma famille n'est au courant de notre visite, pas même ma sœur. Je parie qu'elle me chiera un cake monumental de ne pas l'avoir prévenue, mais, pour ma défense, tout s'est décidé au dernier moment. C'était l'idée de Savannah, en plus, pas la mienne. Elle m'a bien fait comprendre que si je voulais qu'on avance, elle et moi, je devais me confronter à mon passé une bonne fois pour toutes. Hors de question de fuir, croyez-moi, j'ai bien retenu la leçon. J'ai passé une bonne partie de la nuit dernière à réfléchir à tout ça et, ce matin, j'ai décidé d'entrer dans l'arène.

Je m'engage dans Bluebird Lane et m'arrête devant le numéro 2323 avant de couper le contact.

Ça y est, on est arrivés. On reste silencieux quelques instants, observant la maison dans laquelle j'ai grandi, et je serais probablement resté toute la journée dans la voiture si Savannah n'était pas déjà descendue du véhicule.

Je tourne la tête vers elle, détaillant sa robe à pois, ses boucles attachées en queue-de-cheval, dansant sur ses épaules. Ce qu'elle va voir pourrait la ruiner, nous ruiner. J'étais pourtant à deux doigts d'éviter l'inévitable, mais ça n'aurait pas été juste envers elle, je le sais. Elle est grande et elle a le droit de se faire sa propre opinion sur la question. Néanmoins, je n'ai quand même pas envie de sortir de la voiture.

— Cash, si tu ne viens pas, tu seras privé de sexe pendant un mois, me met-elle en garde en se penchant vers moi.

J'éclate de rire avant de comprendre ce que cela implique.

— Tu penses que je plaisante ?

Je croise son regard, et, en effet, elle est on ne peut plus sérieuse. Merde, mon passé ne va pas me gâcher la vie plus qu'il ne l'a déjà fait !

À mon tour, je descends du véhicule puis le contourne pour aller rejoindre Savannah avant de l'attirer contre moi tout en la pressant contre le capot.

Je l'embrasse avec une passion qui enflamme ses sens et les miens. Peut-être que j'arriverais à lui faire changer d'avis, il n'est pas encore trop tard pour faire demi-tour. Cela dit, je connais bien Savy : une fois qu'elle a quelque chose en tête, elle ne s'en laissera pas dissuader par un baiser, aussi brûlant soit-il.

Quand je décolle les lèvres des siennes, j'essaie de lire son expression. Ses pupilles sont légèrement dilatées et elle est un peu haletante, mais, bien sûr, elle n'a pas changé d'avis. Serais-je en train de perdre mon pouvoir de séduction ?

— Allez, on y va, murmure-t-elle en me prenant la main.

On remonte l'allée et on gravit les marches du perron avant de s'arrêter devant l'imposante porte d'entrée.

Je suis chez moi avec Savannah.

Tout ira bien… Vas-y, sonne…

À cet instant, Savannah me serre la main, et j'appuie sur la sonnette.

Quelques secondes après, un domestique vient nous ouvrir la porte et nous conduit jusqu'à ma mère, qui est dans le jardin. On traverse plusieurs couloirs et pièces, et je refuse de regarder Savannah, craignant trop sa réaction en voyant l'opulence des lieux.

Quand on arrive enfin dans le vaste jardin, j'aperçois ma mère, en train de jardiner tranquillement. Forcément, quand on n'a jamais travaillé de sa vie, il faut bien se trouver des occupations à un moment donné.

— Posez le petit déjeuner sur la table, Suzette, marmonne-t-elle sans même lever le regard.

— C'est pas le déjeuner, maman.

Aussitôt, elle se redresse, et je pense qu'elle frôle l'arrêt cardiaque en voyant Savannah. Elle tente de se recoiffer, mais s'aperçoit rapidement qu'elle porte des gants de jardinage.

Oh là là, le drame !

— Madame Gardner, ravie de faire votre connaissance, la salue Savannah.

Elle semble aller bien pour le moment, et j'espère juste que ma mère ne va pas aborder le sujet des petits-enfants. La situation est déjà assez tendue comme ça.

— Je… Moi… Euh… Cassius ?

Savannah me jette un coup d'œil surpris en entendant mon prénom.

Bon, je ne lui ai peut-être pas tout dit. *Putain, va vraiment falloir que je pense à changer légalement mon prénom un jour !*

— Maman, je te présente ma petite amie, Savannah Sunday.

C'est étrange, j'arrive à dire le mot « petite amie » sans problème. Après avoir confessé tout mon passé à Savannah, on a eu la grande discussion, à propos de notre relation, et ça m'a fait un bien fou. C'est officiel : on est en couple, on l'a un peu été depuis notre première nuit ensemble, je pense.

— Je vois…

À ces mots, ma mère détaille attentivement Savannah, et une alarme se déclenche aussitôt dans mon cerveau. Si elle ose faire un commentaire déplacé, Savy ne va pas mâcher ses mots…

— J'ai beaucoup entendu parler de vous, madame Gardner. J'avais vraiment hâte de vous rencontrer, annonce Savannah en s'approchant d'elle avant de la prendre dans ses bras.

Ma mère a du mal à cacher sa surprise et, lorsque Savannah se tourne vers moi, elle m'adresse un regard qui me fait sortir de cette torpeur dans laquelle j'aime bien me réfugier quand il est question de ma famille.

Allez, qu'on en finisse une bonne fois pour toutes.

— Je suis navrée, mon fils ne m'avait pas prévenue de votre visite, bredouille-t-elle en enlevant rapidement ses gants. Voulez-vous un peu de thé ?

Elle fait un signe vers la véranda, où son petit déjeuner lui a été servi entre-temps puis m'examine de la tête aux pieds, mais ne dit rien. À mon avis, elle a dû vachement prendre sur elle pour ne rien me dire. Si elle continue comme ça, peut-être qu'elle connaîtra les joies d'être grand-mère, qui sait. Mais avant, avec Savannah, on va devoir beaucoup s'entraîner, parce que, si on décide vraiment d'avoir un enfant un jour, je veux qu'il soit parfait. Savannah mérite le meilleur.

— Avec plaisir, répond Savy.

Ma mère glisse alors rapidement un bras sous celui de Savannah, comme pour s'assurer qu'elle ne rêve pas, puis l'entraîne vers la véranda, et je leur emboîte le pas.

— Cassius, ton père est dans le bureau si tu veux le voir, me dit ma mère par-dessus son épaule avant de reporter toute son attention sur Savannah. J'en profiterai pour en apprendre un peu plus sur ta petite amie entre-temps.

Mon estomac se tord aussitôt. Voilà ce que je redoutais…

— Oui, on t'attendra ici, « Cassius », ajoute Savannah d'un ton mielleux.

— Comment prenez-vous votre thé, très chère ? s'enquiert ma mère avant de me lancer un regard appuyé.

Bon, apparemment, ma présence dérange.

— Pour une fois je vais le prendre nature, avec une touche de… citron, réplique Savannah en me faisant un clin d'œil.

Si elle n'enroule pas ma mère autour de son petit doigt avant la fin de la journée…

— Et sinon prévoyez-vous d'avoir des enfants bientôt ?

Je retire ma dernière pensée. C'est mort, Savannah va surtout me quitter avant la fin de la journée. Elle va se rendre compte que je n'en vaux tout simplement pas la peine.

Essayant de chasser cette horrible pensée, je me dirige vers le bureau de mon père. La porte est entrouverte et je le vois, confortablement installé dans son fauteuil, en train de lire *Le Prince*, de Machiavel.

Surtout, garde ton commentaire pour toi, pas la peine d'envenimer les choses.

— Quelle surprise ! marmonne mon père, sans même lever les yeux de l'ouvrage qu'il tient entre les mains. Tu es venu pour me faire la leçon ou me faire comprendre que, contrairement à moi, tu n'es pas dépourvu de morale ?

Je ne réponds pas et prends place dans le fauteuil en face du sien.

Ce matin, avant d'arriver ici, Savannah a voulu me donner quelques tuyaux sur la manière d'être un bon négociateur. Cela dit, elle s'est rapidement aperçue que j'avais des problèmes de concentration et s'est donc contentée de m'énoncer trois règles ; après quoi j'ai voulu, à mon tour, lui apprendre quelque chose de bien plus intéressant, mais elle a refusé. Bref...

Règle numéro un : toujours se mettre au niveau de son adversaire afin de lui faire croire qu'on est sur la même longueur d'onde.

— J'aimerais qu'on discute, répliqué-je.

Il ferme son livre et me lance un regard interrogateur.

C'est déjà bien, il est enclin à une conversation.

— Es-tu venu pour m'annoncer que tu as retrouvé tes esprits et que tu vas enfin te trouver un vrai travail ?

C'était trop beau pour être vrai.

— J'ai déjà un vrai travail, soufflé-je avant de serrer les mâchoires.

Il veut me provoquer afin de retourner les choses à son avantage, mais je ne compte pas lui donner ce plaisir.

— Six mille quatre cent vingt-trois, annoncé-je soudain.

Ce nombre restera probablement gravé à vie dans ma mémoire.

Ils ont été six mille quatre cent vingt-trois à faire confiance à mon père avant qu'il leur gâche leur existence. D'ailleurs, je devrais revoir ce nombre à la hausse et me compter dedans. Ma sœur aussi, si elle ne se sort pas rapidement les doigts du cul. En tout cas, je vais faire tout mon possible pour empêcher que mes parents ne la détruisent irrémédiablement.

— Tu vois, j'aurais pu te confier ma comptabilité au lieu d'avoir à embaucher quelqu'un pour s'en occuper. Tu t'es toujours bien débrouillé avec les chiffres.

Règle numéro deux : faire comprendre à l'adversaire qu'on est réceptif à ses demandes.

— Écoute, papa, il est évident que tu ne te sens nullement coupable par rapport à ce qui s'est passé. Tu as fait un choix et tu arrives à vivre avec lui sans problème, et je dois, moi aussi, apprendre à vivre avec ton choix.

— Je suis content que tu le comprennes enfin, mon fils. Si seulement tu acceptais de venir travailler pour moi. Ton avenir est dans l'actuariat, pas derrière un bar, en train de préparer des cocktails.

Et voilà, il revient sur mon travail. Encore. Il est déçu par mon choix de carrière, blablabla. Je sens ma tension monter d'un cran et j'inspire pour la faire redescendre.

Je ne suis pas venu pour discuter de mon avenir professionnel. Si je suis là, c'est pour essayer, une dernière fois, d'arranger les choses. Savannah m'a également dit que la règle la plus importante dans ce genre de situation est de ne jamais faire taire ses émotions, mais de ne pas les laisser hurler non plus.

— Oui, c'est peut-être ce que tu crois, mais je suis assez grand pour savoir ce dont j'ai besoin, papa. Et une des choses dont j'ai besoin, c'est que tu prennes enfin tes responsabilités et que tu essaies de réparer tes erreurs. Si tu refuses, je serai obligé de couper définitivement les ponts avec maman et toi.

Règle numéro trois : savoir apporter le coup de grâce au bon moment, quand l'adversaire s'y attend le moins.

Aussitôt, mon père bondit de son fauteuil, le visage presque écarlate.

J'aurais peut-être dû le ménager étant donné sa crise cardiaque, mais je me rappelle alors son état, plus que stable, le jour où je suis allé le voir, en panique, à l'hôpital. Il veut juste retourner la situation et n'hésitera pas à user de tous les moyens nécessaires pour y parvenir. Tant pis pour lui, je devais le lui dire, on ne pouvait pas continuer éternellement comme ça.

— Serait-ce une menace ? De toute façon, tu ne fais déjà pratiquement plus partie de cette famille.

— Et, si tu refuses de faire ce que je te demande, je n'en ferai plus du tout partie. Il est grand temps que tu assumes tes erreurs. Vous ne me reverrez plus jamais sinon.

— Tu sais que ça risque de tuer ta mère. Elle a déjà assez de mal à supporter ta décision stupide de nous faire payer pour quelque chose qui s'est passé il y a une éternité.

J'observe quelques instants la rigidité de sa posture et le pli d'amertume au coin de ses lèvres. Ça y est, ça va partir en couille dans trois, deux, un…

— Tu es mon fils, mon seul fils, marmonne-t-il simplement.

Et toi, tu te réveilles un peu trop tard.

Tiens, la philosophie de Machiavel ne repose-t-elle pas sur cette idée que « la fin justifie les moyens » ? Mon père doit en savoir quelque chose, en plus. Si lui peut s'en inspirer, alors moi aussi.

— Oui, tu as raison et, si tu veux que je reste ton fils, tu ferais mieux de dépoussiérer ton sentiment de culpabilité et d'aider tous ces gens que tu as roulés dans la farine. Je refuse de faire partie de cette famille tant que tu ne l'auras pas fait.

Échec et mat. J'ai droit à un petit cocktail pour fêter ma victoire, non ?

Je pense que tout est dit. Je me lève, et mon père me regarde faire.

Pendant toutes ces années, j'ai fui ma famille et ses problèmes, alors que j'aurais dû les affronter, mais bon, mieux vaut tard que jamais.

Je me dirige vers la porte et me tourne vers mon père, une partie de moi espérant qu'on ne va pas en rester là.

Rassis dans son fauteuil, il a repris la lecture de son livre comme si de rien n'était. Ouais, certaines choses ne changeront vraiment jamais, mais d'autres oui : moi, par exemple.

Une fois dans le couloir, du coin de l'œil, je vois une porte, celle de Tasha, se fermer rapidement. Je m'avance jusqu'à elle et j'entre sans même frapper avant. Sa chambre est un véritable bordel, il y a des vêtements un peu partout, et du matériel de peinture occupe la moindre surface plane de la pièce.

— Ah, c'est toi ! marmonne-t-elle. Tu vas nous rayer de ta vie encore une fois ?

Réprimant un soupir, je m'appuie contre le chambranle de la porte.

Je tenais à la voir avant de partir pour lui expliquer ma démarche. Elle n'est pas du tout concernée par ma décision ; au contraire, je veux qu'on continue de se voir le plus souvent possible.

— Juste les boulets, dis-je. Ça te dirait de venir à l'inauguration de notre nouveau club ?

— T'es sérieux, tu m'invites vraiment ? demande-t-elle en écarquillant les yeux.

— Non, ta sœur jumelle. Elle est où d'ailleurs ?

— Mais, et ce que tu viens de dire à p'pa…

— Franchement, faut que t'arrêtes d'écouter aux portes, frangine. Tu sais que je serai toujours là pour toi, j'ai merdé une fois et je ne veux pas refaire la même erreur.

Je lui souris en tendant mon poing vers elle, et elle tape dedans du sien.

— Et, sinon, tu comptes me dire qui c'est la nana, en bas ? s'enquiert-elle.

— Peut-être.

— Quoi ? T'as peur que je la fasse fuir ?

— Je l'ai laissée seule avec maman ; si elle survit à ça, elle peut survivre à tout, y compris à toi. Viens manger à la maison un de ces quatre ; comme ça, tu pourras faire sa connaissance.

— Vraiment ? Tu me présenteras tes amis aussi ?

— Ça dépend... Tous tes vaccins sont à jour ? Celui contre la rage aussi ?

Tasha me donne un coup de poing dans l'épaule, et je fais semblant d'avoir très mal, puis elle noue les bras autour de ma taille, et je serre ma petite sœur contre moi dans une étreinte pleine d'affection avant de retourner en bas.

Lorsque je m'arrête sur le seuil de la véranda, Savannah croise tout de suite mon regard, et je lui fais un petit signe de tête. Elle se lève de la table sans se soucier de la réaction de ma mère et vient me rejoindre.

— Je vois..., dit-elle, ayant tout de suite compris l'issue de la négociation avec mon père.

— Ouais, marmonné-je en enfouissant les mains dans mes poches.

Je savais qu'un ultimatum de ma part n'allait rien changer, mais, jusqu'à présent, je n'arrivais pas à tirer un trait définitif sur mes parents, il me fallait rassembler du courage pour aller jusqu'au bout.

Savannah passe un bras sous le mien et pose la tête sur mon épaule.

— Allez, on s'en va, je sais exactement comment te redonner le sourire.

On quitte la maison sans se retourner, et, pour la première fois de ma vie, je suis prêt à regarder vers l'avenir.

Épilogue

Cash

Quelques semaines plus tard…

Je suis de repos ce soir, mais, comme je suis l'un des associés du club, je me dois de toujours garder un œil sur la situation. Et puis je n'arrive pas à résister à l'envie de faire le tour du bar, ici et là.

Ça y est, la *Librairie* a enfin ouvert ses portes et remporte un franc succès. Les gens adorent le concept, la déco, et les cocktails surtout.

Je me faufile sous le rabat du comptoir pour faire ma petite ronde et j'ai presque fini lorsque j'aperçois Savannah, assise au bar, sur l'un des tabourets, tenant une petite pancarte « réservé » dans les mains. Ses boucles blondes encadrent son visage dans un charmant désordre – qui reste malgré tout sophistiqué –, à cause de nos galipettes rapides dans ma voiture, en arrivant ici. Étant donné que le bar est circulaire, Savannah n'y a peut-être plus son « coin » attitré, comme à *Altitude*, mais elle y aura toujours sa place.

Un sourire aux lèvres, je prends quelques instants pour la détailler en remerciant le ciel que tout se soit arrangé entre nous.

Qui aurait pu croire que moi, Cash Gardner, j'allais finir par m'embarquer dans une relation sérieuse avec une femme ? Pas moi, c'est clair. Mais, tant que la femme en question est Savannah, ça ne me dérange absolument pas ; au contraire, je suis le plus heureux des hommes.

— Je vous sers quoi ? demandé-je en attrapant une bouteille de whisky que je fais virevolter dans les airs.

— Mon petit ami, si possible. Il fait environ un mètre quatre-vingt-dix, les cheveux blonds… Vous l'avez peut-être aperçu dans les parages ? Il m'arrive de l'appeler Monsieur Chaud bouillant, et, d'ailleurs, s'il pouvait m'être servi avec quelques glaçons…

J'éclate de rire en posant le verre de whisky devant elle.

— Je vais voir ce que je peux faire, mademoiselle.

Elle avale son verre d'une traite avant de dire :

— Parfait, mais ne traînez pas trop, s'il vous plaît.

Me faisant un clin d'œil, elle se laisse glisser de son tabouret, tout simplement époustouflante dans sa robe rouge moulante avant de disparaître dans la foule.

Je sers encore quelques clients puis rejoins notre petit groupe, dans un des box VIP, où différentes conversations vont bon train. Autour de la table basse sont posées plusieurs bouteilles de champagne, dont certaines sont déjà vides.

Savannah papote avec Tasha, et mon cœur se gonfle de joie en les voyant rigoler ensemble. J'avais peur que ma rupture définitive avec mes parents ne compromette ma relation avec ma sœur, mais on est plus soudés que jamais. Mon père, quant à lui, refuse toujours d'admettre ses torts, et moi, je continue à envoyer des chèques aux personnes qu'il a plumées.

Me voyant arriver, Savannah se lève, et Tasha se joint à la discussion des autres filles. Mon Dieu, je préfère ne pas savoir de quoi elles parlent, mais je me doute bien que la gent masculine doit en prendre pour son grade.

Ma petite sœur ne sortira jamais avec un mec. Jamais.

— Regardez qui arrive enfin, déclare Savannah en avançant vers moi avant de m'attirer vers elle pour m'embrasser.

Désormais, mes lèvres lui sont exclusivement réservées, et je ne me lasserai jamais de lui faire l'amour. Elle est la bonne, dans tous les sens du terme.

— Bienvenue au club, commente Ryder en passant à côté de moi et en me filant une tape dans le dos.

— Quel club ? m'étonné-je.

— Le club des casés, voyons, répond-il.

Au même moment, Savannah me mordille l'oreille, et je réprime un grognement. Il est trop cool, ce club, en fait je suis très honoré d'en faire partie.

— Je lève mon verre aux trois derniers survivants, se fait entendre Parker, installé sur une des banquettes.

Jackson est le seul à trinquer avec lui, étant donné que Knox n'est toujours pas là.

— À la belle vie et aux aventures sans lendemain, ajoute-t-il avant de porter sa coupe à ses lèvres.

L'instant d'après, Shelby apparaît de nulle part, remettant sa queue-de-cheval en place.

— T'étais où ? l'interroge Jackson.

— Ça ne te regarde pas, cher frère, réplique-t-elle avant de porter son attention vers Savannah et moi. Oh là là, entre vous deux et Cassie et Ryder, je peux limite me désabonner de la chaîne porno du câble !

— Épargne-moi, Shelby, veux-tu, marmonne Jackson. Ma petite sœur ne regarde pas de porno.

— Dans ce cas, tu dois parler d'une autre sœur que moi.

Ils s'embrouillent de plus en plus souvent ces derniers temps, surtout depuis que Shelby est bien décidée à sortir avec qui bon lui semble, au grand dam de son frère.

Les mecs célibataires du groupe comptent bien le rester le plus longtemps possible tandis que les filles, elles, semblent vouloir trouver chaussure à leur pied, et pas que dans leur boutique préférée.

— Il y a beaucoup de monde ici, tu ne trouves pas ? me demande Savannah à l'oreille.

— Dommage que je n'habite plus au-dessus du bar.

— Ce n'est pas grave, on va bien trouver un coin tranquille…

Elle hausse un sourcil malicieux, et je lui souris parce qu'on pense exactement à la même chose.

Franchement, j'adore ma vie.

— Hé, trouvez-vous une chambre ! nous lance Cassie.

J'embrasse Savannah et je suis sur le point de faire un doigt d'honneur à nos amis, qui ont apparemment décidé de nous taquiner ce soir, mais ma chérie me devance.

Bien joué.

Ma Savy est comme un cocktail – plus que détonant –, à déguster sans modération.

[illegible]

[illegible]

[illegible]

[illegible] NOVEMBRE [illegible]

[illegible]

[illegible]-MOIS-[illegible]

[illegible]risten Ashley, Rock Chick, [illegible]

[illegible] NOVEMBRE [illegible]

[illegible]

[illegible] NOVEMBRE [illegible]

[illegible]

[illegible]

[illegible]

The Fell Types are digitally reproduced by Igino Marini.
www.iginomarini.com

Achevé d'imprimer en octobre 2016
Par CPI France
N° d'impression : 3019292
Dépôt légal : octobre 2016
Imprimé en France
81121836-1